JE SUIS EN VIE
ET TU NE M'ENTENDS PAS

DU MÊME AUTEUR

MIREILLE BALIN, OU LA BEAUTÉ FOUDROYÉE, biographie, La Manufacture, 1989.

NOCTURNES, nouvelles, H.B. éditions, 1996.

LA PROVINCE DES TÉNÈBRES (prix Femina du premier roman), Phébus, 1998 ; Libretto n° 64.

LA VILLE ASSIÉGÉE, nouvelle, éditions du Rocher, 2000.

EN SILENCE (prix du jury Jean-Giono), Phébus, 2000 ; Libretto n° 232.

LILY, Phébus, 2002 ; Libretto, 2014.

IVRESSES DU FILS, Stock, 2004.

DES CHEVAUX NOIRS (grand prix Thyde-Monnier de la Société des gens de lettres), Stock, 2006 ; Le Livre de poche n° 30930.

DES AMANTS (prix de la ville de Valognes), Stock, 2008 ; Babel n° 1439.

ALBERTO, éditions du Chemin de fer, 2008.

UN CERTAIN MOIS D'AVRIL À ADANA (prix Chapitre du roman européen), Flammarion, 2011 ; Libretto, 2015.

QUE TAL (prix 30 millions d'amis, mention spéciale du jury), Phébus, 2013 ; Libretto n° 462.

JE SUIS EN VIE ET TU NE M'ENTENDS PAS (prix Jean-d'Heurs, prix du Roman gay, prix des Genêts), Actes Sud, 2016.

ISBN 978-2-330-09070-8

DANIEL ARSAND

JE SUIS EN VIE ET TU NE M'ENTENDS PAS

roman

BABEL

PREMIÈRE PARTIE

L'un de ses toits s'était effondré. En novembre 1945, la gare de Leipzig exposait les ravages causés par la guerre. Là, devant lui, Klaus Hirschkuh, vingt-trois ans, devant lui et autour de lui, droite, gauche, ciel et terre, et peut-être à l'infini, dans sa mire et au-delà, en somme partout, s'étalaient et s'entassaient les ruines d'une ville à plus de la moitié détruite. Il y avait vécu son enfance et son adolescence, il y avait aimé Heinz Weiner, on l'y avait torturé, d'où il avait été arraché à dix-neuf ans, c'était jadis, dans un passé impassible et peut-être rêvé. Murs, sol, air, tout était imprégné d'une odeur de chose calcinée et de dépôts pulvérulents. On ne lui avait pas menti. Les dégâts occasionnés à la gare de Leipzig, la centrale, la prodigieuse, l'enviée, on l'en avait averti. Il avait imaginé le désastre et le désastre, brutal, inconcevable, le happait, si riche en regard de ce qu'il s'était peint et bâti. Le nombre des tués lors des bombardements, eh bien, comment l'évaluer vraiment ? Comment être sûr de quoi que ce soit ? Des fracas, des sifflements de balles, des corps qui tombent, et si peu, si peu de certitudes. Il espérait que la jeunesse qu'il avait eue à Leipzig s'interposerait entre lui et les traces laissées par le passage de la guerre. Mais en lui tout se taisait, hier, quand il était un gosse, comme aujourd'hui où il était sans âge.

Les mots s'étaient raréfiés depuis des mois et des mois.

On le regardait beaucoup. Apprendre à ne pas s'en étonner, à en souffrir le moins possible demandait beaucoup de force, et les forces, elles, lui faisaient défaut. Crever les yeux des passants lui aurait plu. Encore que. Que croire de lui ? Il en avait envie, oui, mais si passagèrement, si tristement. Même sa violence était maussade, affaissée, endormie.

C'était donc la gare de Leipzig et Leipzig était donc sa ville. Elles s'ouvraient sous ses yeux non comme un livre, mais plutôt comme un fruit pourri et néanmoins givré. Le froid qui stagnait dans son corps en fut accentué. Catastrophe horizontale. Regard qui balayait en tous les sens un univers introuvable. Ou masqué par ces ruines. Un panneau de fer indiquait une rue anéantie. Ce qui survivait se dressait, jaillissait d'un enfer immobilisé, assagi, déroutant. Klaus Hirschkuh venait de débarquer à Leipzig, et rien n'était plus étrange que de la voir, sa ville natale, et la gare, tout – quand on est de là-bas *(là-bas, oui, et pas ailleurs, entends-tu ce que je dis ? C'est à toi, Heinz, que je parle !)*, comment contempler encore ? –, tout, vraiment tout, tout était en débris minéraux, en lambeaux de parcs, en tronçons d'avenues, en broutilles d'une histoire effondrée, suffocante. Et pourtant, contempler il le pouvait. Il avait acquis une indifférence qui lui permettait de se tenir à distance de la fosse et des pendus. Se diriger vers le sud exigeait de la constance. Par moments, la marche se convertissait en errance, puis reprenait son cours, fleuve tranquille entre des murailles détruites. Même les ruines menaient quelque part, à la maison, chez père et mère (sur le châlit, très rarement, mais avec des larmes comme une râpe dans la gorge, il disait *papa*, *maman*, il ne les dessoudait jamais l'un de l'autre), dans cet immeuble, au troisième étage, où la famille Hirschkuh, autrefois au complet, logeait. Numéro 23 d'un boulevard datant d'un quart de siècle, artère où des ascensions sociales avaient amarré.

Il croisait des passants, mais les passants, ici, en étaient-ils encore ? Se promener appartenait au langage des légendes. Sur leurs faces s'était figé un impitoyable désespoir. Un masque devenu le visage même et qui, en se répétant, fatiguait Klaus Hirschkuh. Car, bon Dieu, qu'est-ce qu'il était fatigué ! Et soudain désespéré. Comme les gens dans les rues de Leipzig. Leur désespoir, cependant, n'était pas le sien. Ils étaient maigres, sans avoir sa maigreur. Ils étaient autres. C'était eux qui étaient autres. Pourquoi ce devrait être toujours à lui de l'être ?

Il ne se hâtait pas, il ne ralentissait pas. La démarche se maintenait prudemment égale. De la vitre boueuse d'un train il avait entrevu des bourgs, quelques petites villes, des maisons sans toit ni façade, des fondations telles des entrailles refroidies. Une paroi de verre ne suffisait plus depuis longtemps à abolir la permanente sensation d'un froid sans saison. Était-ce déprimant ? Non, ou pas vraiment. Son étonnement offrait une nouvelle clarté à son regard.

Il n'avait pas fait que naître à Leipzig. Une enfance avait suivi, s'était ébauchée, avait pris forme, avait été, une enfance, ce n'était pas rien ; et son adolescence avait présenté des aspérités, comme la plupart des adolescences – des gouffres sans doute pas, ceux-ci seraient pour plus tard ; il avait connu des attachements indéfinissables pour des garçons, des filles, des silhouettes, des corps ; l'amour avait surgi ; et quelques frêles amitiés avaient eu un air d'éternité avant de s'éteindre. *Passons.* Là d'où il avait été libéré – en prononcer le nom il ne pouvait pas, c'était humiliant, exaspérant, ce pourrait être destructeur, mortel même –, la dégradation des pierres, celle des baraquements, des bureaux, des ateliers, des villas où ne logeaient que les maîtres, ne se produisait pas, et si c'était le cas, on ravalait, rafistolait, la ruine jamais n'apparaissait. Seuls, là-bas, les hommes s'effritaient, ou se rompaient, parfois des bêtes – des chiens, essentiellement, ensuite, c'était les oiseaux du ciel qui entraient dans la danse – les dépeçaient. Beaucoup de sang lavé par des rires. Car les maîtres riaient. Rires énormes. Dans aucun rêve on ne voyageait assez loin pour ne plus les entendre. *Aucun, je t'assure, mon amour.* L'avenue des Aigles tranchait droit à travers un désert de poussière et d'os. Des processions d'ombres se succédaient. D'un haut-parleur, la voix de Zarah Leander avait un mouvement de palme. On ne chantonnait pas la rengaine. *Pas nous, Heinz, pas nous, mais les maîtres, oui.* Les notes coulaient en plomb fondu de la trachée au cul. On était un autre, visiblement, et le même encore, de plus en plus pâle, au souffle de plus en plus faible, mais le même, cette oscillation entre les deux, c'était cela survivre, enfin, il se le disait aujourd'hui, dans cette rue, à Leipzig, où il revenait, où il avait vécu son enfance et son adolescence, et où il avait aimé Heinz Weiner.

À ce qui aurait dû être hier un carrefour, il fut désorienté, jeté dans un abîme de peu de profondeur, mais un abîme assurément. Un camion roulait, klaxonnait, on l'engueulait parce qu'il ne se collait pas sur-le-champ à ce qui avait été un mur et n'était plus qu'un hérissement de ciment, on ne lui tirait pas dessus. Il ne mourait pas, il n'était pas revenu d'entre les morts et parmi les vivants pour mourir, *et faites pas cette tête, ne doutez pas de moi, je dis la vérité*. Une femme avec un fichu, il ne faisait pas très chaud *(bon Dieu, que ça caille ! Ne crève pas, laisse-moi me réchauffer à tes fesses, salaud, pédé)*, et boudinée dans un large manteau qui devait être rêche au toucher, maculé de boue et de cendres, ou d'une matière sans nom, lui avait certifié, avec ou sans émotion, avec curiosité, et reproche certainement, lui avait assuré qu'il se trouvait sur le bon chemin, mais surtout qu'il ne perde pas de vue les arbres, il en reste, on les voit bien. Cette vieille et ses contemporains avaient été plongés dans le chaos, mais à l'air libre, pas environnés de crocs et de gourdins, ils n'avaient pas sous les yeux cette fumée qui tuait le ciel. Il avait remercié. C'était agréable de remercier. On remerciait avant la guerre. De quoi remercier, après ? Là-bas, *sais-tu de quoi je parle, Heinz, le sauras-tu un jour ?*, on ne remerciait pas, ou pour ne pas recevoir des coups, remercier pour ne pas crever, c'était ainsi, là-bas.

Il avait eu l'impression que la femme marchait derrière lui, même après qu'il eut tourné à droite, et encore à droite. Des rues décapitées, des rues intactes, des rues-ce-qu'on-veut. Il haletait doucement, dans la peur que ses parents ne soient à six pieds sous terre. Papa, maman, en cet instant, ici-bas.

Ne m'abandonnez pas ! Pas cette fois-ci.

Et il avait un frère. À songer à Golo, il éprouvait un recul de toute son âme, un affolement de tout son corps, comme s'il devait s'écarter d'une chose morte.

Les ruines le déconcertaient plus qu'elles ne le désespéraient. De là-bas, il ne revenait pas. Déboussolant d'avoir à demander son chemin dans la ville de son enfance.

Rien n'était un décor là-bas.

Heinz, m'entends-tu ?

Ce bouquet d'arbres lui était familier soudain, quoique en son milieu il y eût ce petit cratère. Et tant de charpie végétale.

Je suis en vie et tu ne m'entends pas.

De grands arbres apparaissaient fendus de la cime à la racine, arrachés à la profondeur de la terre, couchés dans la nuit de leur feuillage. Tombés, depuis peu. Il croyait qu'il n'y avait que les hommes à tomber, ainsi, vaincus, en bouillie, de si peu d'importance, inoubliables, se confondant, mais inoubliables, *je vous veux ainsi*. L'hiver serait bientôt là. C'était un square. Un banc avait tenu bon. Un gars y était assis. Il absorbait de son abandon et de sa lassitude la fraîche chaleur d'arrière-saison. Le chêne de Goethe avait été étêté, incendié, une bombe en avait rasé le faîte. Les maîtres le niaient, et quand ils ne le nièrent plus, ils se vengèrent, on pendait beaucoup d'hommes à des crochets. Le gars toisait Klaus. *Leur regard était pareil et je pensais : Je vous tuerai tous, bande d'ordures.* Dans celui de Heinz, cette haine n'affleurait pas, jamais, ni là-bas, dans celui des morts, oui, il fallait être mort pour ne pas avoir ce regard, ou aimer, mais on n'aimait pas là-bas, on ne pouvait pas, on n'en avait pas la force. Cet échalas se grattait les flancs. Bain pour désinfecter, baignoire remplie d'une eau glauque. On s'y lavait. On y noyait des types, et les rires, toujours. Klaus Hirschkuh se considérait l'égal de ce type, sur ce banc, usé, *Ce sera lui ou moi.* Il n'aspira brusquement qu'à retrouver les siens. Odeur d'un père et d'une mère, odeur de ce qui n'a pas été vaincu. Sous son crâne, ça. *De quoi parles-tu ?* À qui s'adressait-il ? C'était là-bas, oui.

Des chiens, au jappement tantôt enroué, tantôt perçant, qu'on ne confond à aucun cri d'homme ou de femme, ou d'enfant, pas à ce cri asexué par la douleur qui évide le corps, humain toujours, des chiens de Leipzig s'entredéchiraient sur les monceaux de décombres, fragments de chambres, de cuisines, de salles à manger, de placards, d'ustensiles. Ils semblaient chez eux. Ils se battaient pour quelque matière pourrie, quelque cadavre de bête affleurant à la surface des pierres et du monde. Ses paupières le démangeaient. Il avait peur. Le sang était le sang. En flots ou larmes, s'égouttant, la couleur en était identique, oui. Il tétait son index. Comme là-bas. Il l'avait mordu, dès qu'il avait aperçu ces chiens, ceux d'aujourd'hui et d'hier, en une unique vision, se confondant, ces chiens pour toujours. Une perle rouge, si minuscule qu'il retrouvait à peine le goût, ou la saveur, de son sang, pourtant il en avait coulé de lui, et jailli, ensuite c'était les croûtes de sang. Chiens affamés. Il n'était pas un chien, *la faim est intolérable*, il frémissait comme une proie que courserait le prédateur, il n'était plus qu'un grand et long frémissement, enveloppant, à ne plus éprouver ses os, ses nerfs, sa peau, son sexe, il frémissait affreusement, et personne n'y pouvait rien, frémir à ce point mettait en feu l'être entier, calcinait, il redoutait moins ces corniauds parmi les ruines que les molosses en laisse, là-bas, *là-bas, uniquement là-bas*, voilà, ceux d'aujourd'hui ne se confondaient pas avec ceux de là-bas, on les lâchait sans prévenir, ils bouffaient des hommes, tout vivants, *des hommes, des chiens, ces crocs, ce bruit de chair arrachée à un ventre*, ces chiens seraient-ils de retour, un jour ? Les chiens de Leipzig se nourrissaient d'un autre que lui, de n'importe quoi, un chat crevé, des rats, un chien blessé, *cochon de chien*, c'était ce qu'on lui lançait, cochon et chien, chiens d'un éternel camp, bêtes blêmes et néanmoins repues, qui montraient les dents, souriaient.

On avait été en guerre, mais l'avait-il vue, cette guerre ? Là-bas, était-ce encore la guerre ?

Il déambulait, une valise s'alourdissant à son bras, d'une taille pourtant si riquiqui qu'on l'aurait attribué à un gosse, et contenant si peu, le strict nécessaire, quelques linges de corps, quelques médicaments, et des trésors qui n'en seraient pas pour certains, bien qu'au temps des ruines rien ne fût à bouder, voici une brosse à dents et un peigne, et voici un crayon à papier, un minuscule carnet aux pages vierges où étaient inscrits en première page *Heinz Weiner* et le nom du lieu de l'effroi. Il allait de par l'univers, réduit à Leipzig, sa ville tel le signe d'un espoir, avoir foi en ceci. Il allait donc dans une spectaculaire maigreur. Quand ils le croisaient, l'indifférence des gens fondait comme neige au soleil. Qu'on lui porte une attention aussi méfiante qu'ébahie le crispait – l'angoissait. Les gens le toisaient, ils l'offensaient. Cynisme. Braves gens et mâchoires de loup. Comment définiraient-ils la souffrance, eux ? Se faisaient-ils une idée de ce que sont quatre années de constantes ténèbres, et qu'importait la saison, et qu'importait qu'on fût à l'aube ou à midi ?

Cette avenue n'existait pas, *crois-moi, elle n'existait pas. Où es-tu Heinz ? Il y avait ta voix sur ma peau, et tes paumes, et tout ton corps. On n'avait même pas à se dire que c'était cela vivre.*

Mais si, allez tout droit.

Un homme âgé le scrutait.

Vous venez d'où ?

Il répondit simplement qu'il venait de loin. La curiosité hargneuse de l'homme appartenait au domaine de l'insulte, pareil pour l'imprécision de sa réponse. Parmi des ruines, déjà l'affrontement, la nuit, ces grumeaux de haine ancestrale.

Les ruines agrandissaient la ville, en donnaient l'impression, ruines infinies, soûlantes et monotones. Le nom du boulevard où logeaient ses parents, il le gargouillait, sa langue fourchait, dès qu'un trou dans sa tête en marquait l'emplacement. L'allemand, sa langue natale, se concassait de plus en plus souvent. Une ivresse sans plaisir qu'apportait tout désastre. Ivres morts, le dimanche, ils se le tapaient, pas les kapos, pas les officiers, pas les maîtres, mais ses voisins de baraquement, tous, l'un après l'autre, *sale pute, tante, pissez-lui dessus*, marcher et réentendre la rocailleuse rengaine, *sous-homme*. Vivre, là-bas, c'était aussi cela.

À Leipzig, lors de son arrestation, on lui avait enfoncé une règle de fer dans le cul. *Ça ne rappelait ni l'école, ni l'instituteur, ni les copains.* Le présent pareil à de la vase, de la mémoire, ni plus ni moins, éternelle et colonisatrice. Il marchait en plein jour et ce n'était pas de ténèbres qu'il voulait se souvenir.

Des soldats l'obligèrent à s'arrêter. Ce n'était pas des Américains. Depuis peu, ils avaient laissé la place aux Russes. *On est en quel mois, déjà ?* Ils l'encerclèrent, goguenards et rudes, si jeunes, presque vieux. Klaus Hirschkuh se reflétait dans leur incrédulité, ce miroir, on le brisait avec difficulté. L'uniforme ne devait plus être synonyme de peur. Des Russes, il en avait côtoyé dans le périmètre alloué aux porcs, aux larves, aux agonisants – *ça pue !* On tirait dans le tas. Des types plus décharnés que lui. Abattus par centaines. On en avait suspendu à des crocs, les mâchoires des chiens à leurs culs, à leurs couilles, leur corps s'ouvrait, se vidait, atroce leçon d'anatomie. Les chiens engraissaient. Les chiens ne mouraient pas.

Ces Russes-là réclamèrent ses papiers, que lui avait délivrés l'administration américaine. On les lui demandait dans les trains, dans les gares, sur un sentier, au cœur des campagnes. Le nouveau conquérant régnait. *Comment être en paix, ici-bas, hein ?* L'un des types semblait déchiffrer noms et dates. Ou avait-il juste l'habitude de la couleur des papiers, et de leur format. Klaus Hirschkuh prononça quelques mots en russe, ce qui réjouit les autres. Il existait des rires bienveillants, il entendait leur bienveillance. Le soldat s'enquérait d'un copain, Sacha. L'as-tu connu ? Non, il ne l'avait pas connu. Il ne connaissait personne. Là-bas, personne. Il ne les aidait pas, ils le jaugèrent alors défavorablement, il redevenait un Allemand. On lui rendit ses papiers.

Il avait un état civil. *Quelle chance, n'est-ce pas ?* Il était Klaus Hirschkuh. *Ils t'ont enterré, où ? Où es-tu, mon amour ? Je veux savoir, je veux savoir, je veux savoir, c'est le silence, comment te mêler à du silence, comment peux-tu n'être que du silence ?*

Ils lui tapèrent sur l'épaule, l'un après l'autre et *qu'ils partent !* Omoplate douloureuse. Douleur qui se diffusait dans le dos tout entier. Un coup de gourdin avait fêlé l'omoplate. Il avait de la chance, il s'en était bien sorti, lui disait-on. Si une main l'effleurait, on ne comprenait pas le raidissement de tout son corps.

À gauche, le monument dédié à la bataille des Nations paraissait intouché. Et du coup, stupide. Raide et sauvegardé, écrasant, bête. Lui, Klaus Hirschkuh, il était debout, et droit.

D'un tas de cailloux un arbre s'élevait. Une poussière crayeuse le blanchissait. Des thyrses fanés faisaient des grappes brunes. À Leipzig on redoutait la rigueur de l'hiver. *Là-bas*, on rendait l'âme en toute saison. Printemps ou automne, une épreuve. Ce froid vous clouait au châlit, au sol, *qu'on en finisse !* L'été n'était plus un enchantement. Il vous desséchait. En cette fin d'automne une insidieuse humidité sévissait à Leipzig. Plongé dans un engourdissement sournois, Klaus avait froid. Y avait quoi derrière ce froid ? La paix, sûrement pas. Heinz Weiner se délectait de la tiédeur de certains automnes. Sable et sang se sont déversés sur ce passé qui étouffait, bâillonnait. Klaus boitait légèrement. *Matraque, pieu, barre de fer.*

L'arbre était un lilas. De ses branches, de ses feuilles lui parvenait un parfum disparu. Tout n'était donc pas aboli. Un souvenir n'était pas qu'un souvenir, mais un seuil, et le palais, parfois, au-delà, l'avant-guerre, l'adolescence, l'amour si tôt, invincible, une armure intérieure, *quelle chance, tu as, Klaus.* Heinz le prenait dans ses bras. Ravissement que respirer ce lilas mort. S'accélérait son impatience à rejoindre les Hirschkuh, sa famille. Il se mêlerait à eux, il serait de nouveau un fils, un frère, quelqu'un. Il avait été aussi un amant, il y avait eu Heinz. Il serait le fils prodigue, ils enseveliraient la honte d'avoir un fils aimant un garçon. Il revenait vers eux. Il n'avait plus qu'eux. De vivants. Vraiment. *Je le jure !*

Il quitta le lilas, l'éboulement, une ruine précieuse, un éden pétrifié. Lilas. Mot que le hasard lui restituait.

Il s'engagea dans un quartier plus préservé que les précédents. Mais il était, où ?

Où ? Ne m'abandonne pas !

Là-bas, il était là-bas. Et il serait incapable de définir ce qu'était là-bas.

Ces blocs d'immeubles lui paraissaient brusquement familiers. Une seconde patrouille russe le retint un moment. Il tendit ses papiers, une atroce fatigue l'envahissait, ça ne finirait jamais. L'enfer lui avait appris à se contrôler. Avec ces Russes, il n'y eut pas d'au revoir, ils le relâchèrent avec rudesse. Liberté agitée de spasmes. Son corps était de nouveau en mouvement, flottant, des rues l'emportaient, un océan de ruines, elles s'ouvraient devant lui, *Viens*, disait Heinz.

Dans cet immeuble, au deuxième étage, habitaient les Wenkel. Otto, leur enfant unique, était mort du croup à quatorze ans. C'était il y avait longtemps, si longtemps qu'on s'y noyait, que le cœur se durcissait d'indifférence. Il appréciait Otto. Des rideaux voilaient toujours les fenêtres. Il avait sangloté lors du service funèbre. On avait remarqué son extrême sensibilité, elle serait, pour les nazis, inqualifiable. *Que voit-on encore de toi ?* Ironie, ensuite mépris, enfin haine. Logique qui ne concerne que l'être humain. Trop facilement ému, le gars, et il était déjà condamné. *Qu'entends-tu ?* Heinz s'était défenestré. Ils avaient fracassé la porte, il s'était comme envolé du lit, il avait ouvert la fenêtre, sans un adieu, et le deuil serait comme les marées, il irait et repartirait. Un jeune mort, et des milliers après lui. Peut-être avait-il bien fait. Par la fenêtre et adieu. L'aube, comme un dais de nuit absolu. *Comment en sortir ? Je suis, où ?*

Il s'essoufflait. Il n'avait plus les poumons qu'aurait dû avoir un garçon de vingt-trois ans. Il se promettait de reconquérir son souffle, ce serait être hors les barbelés, hors les baraquements, hors un temps comme une enclume. Dormir dans un lit, son lit, au creux de son enfance – avoir un souhait, une certitude. Qu'est-ce qui réchauffait mieux qu'une certitude ? Il possédait toujours de l'espoir – en quoi, exactement ? Il n'aurait pu le dire.

Il boitait et se rapprochait d'eux, ses parents, M. et Mme Hirschkuh. Il avait ce droit-là : ne plus se heurter à des murs de cendres.

Des monuments comme des monstres échoués dont le cœur était incendié. Des lambeaux de grandeur. Des pages qui se tournaient, sans que l'oubli soit total. Tant de pierres nues, offertes, l'impudeur étalée par la guerre. Là-bas, à… il n'y avait pas de monuments, pas de temples, pas d'églises, mais des villas, une porcherie, une usine, des ateliers, et un atelier de tailleur où cent fois il était mort à lui-même, et ce n'était pas une phrase, pas une draperie, mort à soi-même et vivant. Là-bas, une constante et épaisse fumée, tranquille, affreuse, chassait les oiseaux du ciel. Allée des Aigles, et les rapaces refoulés dans la nuit, on n'avait plus la force de les rêver. Il ne se réveillait pas au chant des merles. Ou d'une grive. Et la hulotte ne froissait pas de ses ailes le silence nocturne. Hors le chien et le porc, l'animal était banni. Lorsqu'on égorgeait un goret, Klaus, *Mon petit, mon fils*, était inaccessible à la pitié, il avait faim, tellement, jour et nuit, on était affamés, rien dans le bide, et on chiait néanmoins, on pouvait crever de tant chier.

Combien de fois s'était-il obligé à prononcer à haute voix et au plus sonore de son âme ce nom, le sien : Klaus Hirschkuh. À l'école, on le charriait, et ses amants, et même Heinz, se moquaient de lui, de ce nom si doux, avec des yeux tendres, mais oui, il signifie qu'il était biche. Hirschkuh, la Biche. Biche de mon cœur et biche, sale pute. Purin. On le déculottait, dans le baraquement, et on y allait, on se disputait pour être le premier, tant de merde dans le cul.

Chaque matin il fixait un lé de ciel, une sorte de rendez-vous, une attente qui ne signifiait ni fosse ni corde à pendre, en lisière du fleuve de fumée. Ce bleu ! Le bleu était de ce monde. Ce bout de beauté céleste lui donnait souffle. Ça respirait, ça descendait vers lui, un songe comme une houppelande, quelle chance, une grâce, ça le remplissait, ça le nourrissait, il en oubliait qu'il avait un corps résumé à un ventre, il était uni à hier, à demain, à l'inaccessible, à un présent d'oubli et de nouveau à Heinz, *mon amour*, il pleurait, il survivait par ces larmes, comme c'était étrange, des larmes comme une bouée. Brusquement, un hurlement, un coup de matraque, une injure, et il tombait de haut, et si profondément.

Église Saint-Thomas.

Des musées.

Des statues.

La Bourse du commerce.

Leipzig était une ville qu'autrefois on visitait.

Il était de retour. Et chez lui, peut-être. *Dites-moi que c'est vrai, que je suis revenu.*

Des oiseaux criaient dans les nues.

Le ciel était de ce monde, lui aussi, et ce ciel serait, était de nouveau sien, sans avoir à franchir un songe.

Accompagne-moi !

Il avait marché, s'était perdu, il avait demandé son chemin, on lui avait répondu, il était seul, sans autre alternative que de l'être, moins seul que là-bas, il était son propre guide, là-bas, quel pouvoir pouvait-il acquérir, exercer ? Sans pouvoir aucun, était-ce cela l'infernale nudité ?

Il n'était pas sur les traces de son passé. Il revenait. C'était tout. Qu'on lui ouvre les bras lui suffirait.

Boiter l'horripilait, boiter le ramenait aux ténèbres, les poètes les auraient nommées ainsi, mais il n'était pas poète, juste un jeune homme très maigre, lourd de milliers de morts, lourd d'un silence d'acier, entravé par sa maigreur, boitant à cause de sa maigreur et de sa mémoire, même pas triste, l'être appartenait aux gens qui n'avaient pas vécu ce qu'il avait traversé. Boiter le poignardait. Faisait tanguer les visions. Douleur cependant objectivement supportable. *Je ne vois pas ce que vous voulez dire. Objectivement ? Je n'ai pas fait d'études, je reviens de là-bas.* Son père prendrait rendez-vous avec des médecins pour corriger ce boitement. Son père était la bonté incarnée. Le dire, c'était presque tout dire sur lui. L'autre monde, celui dont on l'avait libéré et qui l'envahissait toujours, entrait en lui, toujours plus profondément, avec une insoutenable persistance. À quoi s'habituer désormais ? Désolantes, toutes ces ruines, mais vivantes, oh ! tellement.

Un second square, où son enfance s'ébattait. Joli espace creusé par les bombes, empestant l'égout. Hochet, seau et pelle, et lui, en barboteuse. Popeline ou peau d'ange. Les mots gravitaient sous son crâne, petits astres brûlants, contondants, petites bouches avides, le crochetant, l'aplatissant, l'écartelant. Crissements. Soie qui se déchire. Chemise de Heinz. Il était nu, la fenêtre ouverte, il le vit basculer dans le vide. Lui, infiniment. Passer son temps depuis à meubler ce vide – des pensées, des réminiscences, des fétus de vies anciennes, de cris et leurs indestructibles échos. Ce n'était pas cela vivre, pas ce qu'on lui avait enseigné. Qu'il était dur de se rappeler qu'on avait été un enfant, qu'on avait éprouvé la douceur, la confiance, des peurs sans abîme.

Chemise de Heinz Weiner. Il la lui empruntait souvent, il la portait encore lorsqu'ils vinrent l'arracher à ce qui était sa vie. Gestapo et règle de fer dans le cul, qui remontait et touillait. Immense lame qui égorgeait tout, l'agneau, le Juif, une pute, un pédé, sans distinction. Des freux, s'il y avait parfois des oiseaux, noirs, le jour s'en obscurcissait. *Heinz n'était jamais là.*

Il pensait à lui et il n'était jamais là, ou si mal, si peu, il peinait à parvenir jusqu'à lui. Il n'aurait jamais cru ça de Heinz.

Il avait été un bambin sans histoire apparente, sans particularité, un de ces dauphins insignifiants, gambadant, morveux, ignorant ce qu'était le bonheur, mais *Donne-moi tout, maman*, et qu'on jugeait heureux, qui l'était à cette seconde, moins à cette autre, la terre tournait, il grandissait.

N'est-il pas beau ?

Sa mère, Hannah Hirschkuh, d'une voix de clair métal quêtait l'acquiescement. Il était mignon. Mignon et inconsistant. Pareil à la plupart de ses pareils. Il embellissait auprès de Heinz Weiner, et Heinz Weiner n'était plus. La mémoire agissait en coups de bélier, et plus elle le forçait, et plus il partait en poussière. Gravats d'homme. À l'image de Leipzig.

N'est-il pas beau ?

Mère imbécile et chérie. Mère entre toutes les mères. Prière. Réponds-moi, suppliait-elle. Gentillesse et orgueil maternels d'Hannah Hirschkuh. *Maman.* Ce qu'elle claironnait, ce en quoi elle croyait, ce dont elle se persuadait, à ce coin de rue, aujourd'hui, hérissait son fils. Passé couleur pastel et pesant comme un mort. *Ne me touche pas!* avertissait-il, là-bas, il y avait les malades, les fous, les morts, et lui qui continuait à vivre. C'était hier et c'était hier que Heinz s'était jeté dans le vide. Il avait envie de chier. *On ne chie tout de même pas dans son froc quand on retourne au foyer familial, hein?* Il ne s'accoutumerait donc jamais à ce qu'on ne lui réponde pas. Là-bas, ce n'était pas avec des mots. On vous répondait en vous tuant. Massacre quotidien. Ritournelle comme un bruit de scie.

Diarrhée.

En arriver à souhaiter des étrons bien moulés.

Rendez-vous pestilentiel avec les chiottes à ciel ouvert.

Adolescent, dans ce même square, vers minuit, il errait. Où vas-tu? s'inquiétait sa mère, à moins que ce ne soit son père, ces tortionnaires de comédie. Il humait les feuillages des tilleuls, l'odeur de la terre arrosée journellement, ou durcie par le gel, et il y avait l'odeur des hommes. Des gars comme lui qu'il prenait, qui le prenaient, ça dépendait. Heinz n'avait pas encore surgi.

Sale porc!

Là-bas, il n'en finissait pas de vivre, de se traîner, même à l'ombre du chêne de Goethe qu'une bombe réduisit au néant. L'Histoire foutue à la morgue. Une légende soudain dérisoire. Ce devenait si peu une légende, là-bas, et peut-être dans cet univers.

Sale porc et saloperie.

Tante.

On l'obligeait à des trucs. Kapos et gars dans les baraquements.

Tilleuls et gars en sueur, mal lavés, excitants, dans ce square, il était une fois, et tralala, trémolos et tutti quanti, il contemplait un square défiguré. Il pouvait contempler cela.

Des pendus à un crochet, dans son cœur.

Viens !

Heinz disait de ces merveilles. Son amour, comme un jardin, puis un pieu d'absence.

Des chiens en horde, et les goûteux os d'un garçon. Là-bas, et pas ailleurs.

Tant de joie partagée avec Heinz. Joie, mot chauffé à blanc. Et qui s'enfonçait dans sa gorge. De grosses larmes de gosse qui ne coulaient pas. Nuit lacrymale en sommeil. À chier sa diarrhée ici même, et repartir, le périple n'était pas achevé. Trou, fosse sur tous les horizons d'hier et thyrses d'aujourd'hui, chaque seconde, et prier sans croire, mais prier pour que demain ne fût plus ça. C'était un si joli petit square.
Où vas-tu ?

Ils étaient à leur porte. Ils défoncèrent la porte. Et la fenêtre qui se remplissait d'un cri.

Les passants en ce moment s'offusquaient de ses larmes qui coulaient enfin, le corps se vidait de ses larmes, mille ans de sanglots et de silences, mille ans et des poussières, ce brouillard de poussière. Les larmes sont dégoûtantes. Le kapo ricanait, et les autres, les comme Klaus, des déportés de tous poils et de toutes langues, ils grognaient leur rire :
Tu pleures comme un cochon.

Cochon !

Cochon dans sa soue.

Cochon plus pourri que ces patates.

Dis-moi quelque chose. Je t'en supplie. Restons ensemble ! C'est possible, non ?

Ses larmes ne le quittaient pas.

Boiter sans raison. Faux boiteux. Boiter pour ne pas disparaître, pour ne pas être une ombre, pour ne pas être haï. Souhait de gens bien portants. *L'es-tu ?* Il était cela et si peu autre chose.

Vagabondage, la nuit serait là, elle ensevelirait Leipzig. *Ne traîne pas dans les rues !* Les chiens avaient une drôle d'odeur, le sang séchait mal, sang boueux, sang de Juif, sang d'inverti, sang transmissible. Chiens atroces. Des gueules qui happaient. Il ouvrait la bouche. *Où est ma voix ?* Heinz, enroué, Heinz, malade, avant les quatre cavaliers sur leur seuil, et Klaus, privé de parole, horrifié, et la voix concassée. *Non !*

Une fenêtre muée en un cri.

Le 23, c'était là. La porte de l'immeuble exposait son bois clair dont le vernis s'était écaillé, comment aurait-il pu en être autrement, quand on était porte, et bois, et que le temps passait, qu'il y avait eu une guerre ? Cette porte grandissait. Elle donnait accès à un havre. *Pourquoi pas aujourd'hui ?*

Il y appuya sa joue. Elle était plus qu'une porte. Et close. En tourner la poignée, geste banal, geste essentiel, geste d'antan, geste de femme, d'homme, d'enfant, tous avaient tourné une poignée, un loquet, ce qui ouvrait, propulsait ailleurs, dans l'inconnu ou non, ça le faisait trembler.

Un frêne, un tremble, un charme.

Heinz !

Il était autorisé à entrer. N'était-il pas le fils d'Herbert et d'Hannah Hirschkuh ? Pas un chien ne le mordrait. *Raisonne-toi, Klaus !* Aucune balle ne sifflerait. Aucun gourdin ne s'abattrait sur son échine. Il ne serait ni chien ni porc. La porte était cette porte qui lui redevenait familière. Elle était à lui. Posséder quelque chose.

Mon Dieu ! s'exclamait sa mère, jadis.

Cette porte l'intimidait aussi. Il était un homme pétrifié et chez lui. Il n'avait plus l'habitude d'entrer quelque part sans qu'on lui en donne le droit. Et sans peur. Et son corps tout à lui, en sa possession, une épreuve d'avoir un cœur, de le posséder, de réapprendre. Les battements de son cœur s'accéléraient. Car il avait un cœur, il en aurait un à chaque fraction de sa vie désormais, ce dont il n'était plus vraiment sûr là-bas, avoir un cœur là-bas, le plus souvent, quelle farce ! *Qu'aurait dit, là-bas, Heinz ?* Son cœur se confondait avec un grand silence, très pur, très dense, battant de cloche qui frappait et que lui seul entendait. Tous ses mouvements restreints par une apparence de béatitude. Il était sans réelle chair. Ça ne durerait pas. Hors là-bas, qu'est-ce qui donnait la certitude de durer ? Heinz, quand il était parmi les hommes. Et ses os se dépouillaient de chair, se livraient à un vent très froid. Supplication instantanée et tourbillonnante : *Qu'il n'y ait pas de vent et qu'il n'y ait pas de neige ! Je ne dois pas mourir maintenant, ce serait trop injuste, là-bas, j'ai été épargné, ici, je dois l'être encore, viens à mon secours, toi, viens.* Le vent se fripait, oubliait qu'il était le vent, se taisait, et une tiédeur laineuse enveloppait Klaus Hirschkuh. Mais quelle saison, en ce siècle, n'était pas gangrenée de violence ? Le vent pointerait de nouveau son mufle. Et soufflerait. Qui ne savait que souffler. Limite de tout vent.

Il poussa le battant, il entra. On le projetait en avant. *Pitié!*

La loge de la concierge, à sa droite.

Fous-toi à poil, et plus vite!

On s'adressait toujours à lui, qui ressemblait à tant d'autres.

Une lumière filtrait par une imposte. Gamin, il se glissait dans la pénombre du hall. Il échappait à l'œil des gardiens. *Vieille guenon! vieux cabot!* Là-bas, quand on se pressait, quand on glissait ici ou plus loin, on était rat. Il n'était pas ça, un de ces rats qui n'étaient qu'une chose. Gosse, il courait vers la rue. Et comme une rue était extraordinaire de clarté et d'ampleur, surtout sans papa et maman aux trousses. Des gonds crissaient, la lumière s'élargissait, encadrait une femme. Elle s'appelait Nora Ganz. *Vieille guenon!* ou *vieille chouette!* ou *la Ganz* ou *Mme Ganz.* Avec un bougeoir dans sa main. Et si peu de lumière, en somme. *Tout ou rien.* Si peu, et pourtant aveuglante.

Qui êtes-vous? Que faites-vous là?

Dire : *Je suis Klaus Hirschkuh* s'avérait impossible. Ou ça faisait mal. Il avait reculé. Et fut surpris par ses propres sanglots et ses balbutiements, ce qui sembla interdire à Mme Ganz de franchir les deux mètres entre eux, des mètres de rien. Marcher sur des braises. Il sanglotait avec effroi. Il était à deux doigts de crier. Il sanglotait avec effroi. Voilà qu'il était soumis à ses larmes, ce torrent.

Il dit enfin qui il était – un remous en lui, il s'appelait donc ainsi, Hirschkuh – et ce fut comme s'il se fracassait.

Comment ? Comment ?

Il la surpassait en taille, et c'était elle la géante. C'est assez banal, aurait dit Heinz. Il avait toujours raison.

Vraiment ? Klaus Hirschkuh ?

Lâcher son nom le terrifiait. Des hommes l'avaient prononcé, puis l'avaient emmené, lui, Klaus Hirschkuh, biche et garçon, si loin de lui-même. C'était aujourd'hui qu'il parlerait d'un enfer.

Ils sont là-haut.

Elle ajouta : Troisième étage.

Il reçut cette précision tel un trait de cruauté. Il avait vécu là, et ici-bas.

L'électricité est coupée.

Il hocha la tête. Il avait un faible sourire qui remerciait. Des gars, là-bas, avaient des sourires sans signification. Nus. Sourire et créer de la peur. Il ne comprenait pas pourquoi il avait envie de la frapper. Elle éleva son bougeoir. Pour qu'il distingue les premières marches. Gentille guenon d'autrefois. Fée Carabosse. *De quoi avais-je peur ?* Elle n'abaissa pas le bougeoir, même quand il atteignit l'espace que la lueur des flammes ne touchait plus. Il monta l'escalier. Il n'avait pas monté d'escalier depuis quatre ans. Si on en descendait un, on ne revenait jamais à l'air libre. *Pourquoi penser cela ?* Il oscillait, cette marche chuintait, il la reconnaissait, la traîtresse, il s'arrêta, puis reprit son ascension, se disant que la gaieté ne lui était pas interdite, peut-être. Ce peut-être, comme un sceau, un leitmotiv, une vague, une trappe aussi. La fatigue s'accentuait, par surprise. Il était un homme épuisé.

Ce fut une si haute marche.

L'escalier faisait un coude. Un palier où il s'accorda un temps d'arrêt. Il était dans les ténèbres, au contraire de Mme Ganz. Il avait connu ces nuits où le pied tâtait, cherchait un appui, transmettait la peur. Ben oui, aurait dit Golo, le frère détesté. Victoire de rien sur victoire de rien. *Mme Ganz était mariée, non ? Où était l'époux ?* Il interrogerait ses parents. En imagination il reconquérait sa place parmi eux. *Je ne suis pas à vous.*

Il était à l'étage des Hirschkuh. Il distinguait le contour de la porte, la troisième, en un bref laps de temps. Inutile d'utiliser la sonnette, puisque l'électricité était coupée. Mme Ganz disait toujours la vérité. D'un sec coup de rein il se dégagea de la rampe, une main serrant la poignée de sa valise, l'autre toquant, oui, toc-toc fébrile et timide, ils étaient toujours là, les Hirschkuh, famille de biches, ma biche, ma jolie biche. L'appartement était tout en longueur. Sa mère s'occupait peut-être à quelque tâche à l'autre bout des pièces, deux, tout au fond, chambre de Golo et de Klaus, deux frères.

Il frappa de nouveau. Il s'énervait. Et il frappait et frappait, parce que maman ne répondait pas. Il avait tant patienté devant des portes – infirmerie, douches, bureau d'un officier, cagibi d'un kapo. *Châtrez-le !* On avait châtré un autre que lui. Porte qui soudain se fit béante. Elle aspirait. Sa mère apparut.

C'était bien elle, auréolée d'obscurité, bien que posée derrière lui, une bougie plantée dans un verre.

Qui êtes-vous ?

Maman ou la concierge, même question.

La question dessinait les lèvres de cette femme, elle s'élevait, elle allait à sa rencontre, à son cœur de jeune homme. Puis, la stupéfaction, parce qu'il avait dit, susurré : *Maman !*, l'intonation ne trahissait pas l'émoi, puis ce fut un regard bouleversé, un geste qui battait la breloque, tout à coup une épure, il y avait de l'amour, sans doute. Elle le saisit dans ses bras, on murmurait : Klaus, Klaus, Klaus.

C'est toi et tu es là.

Elle l'enlaçait, elle relâchait la pression de ses bras, membres fous, Dieu, qu'il était maigre, et c'était lui, il n'y avait que lui au monde, soudain. Lui et toute cette maigreur infinie qui vous écrasait, qui tombait sur vous, lourde, elle n'avait plus l'âge de ça.

Mais entre !

Où en était-elle avec un de ses fils, en cet instant le plus jeune, le cadet, de retour, Klaus, Klaus, *Klaus*, voix de Heinz dans le lointain, incomparable, Klaus, Klaus, elle l'accueillait sans croire ses yeux, ni sa peau. Elle avait, elle aussi, subi des privations, mais cette maigreur n'était pas la leur, pas celle des Hirschkuh, la leur si secondaire, mineure, et pourquoi ? Répondre, vraiment ? On ne pouvait pas être si maigre. Faudrait-il s'habituer au teint jaunâtre de son fils (ni jaunisse ni typhus, expliquerait-il, mais on ne le lui demanderait pas) ? C'était tout de même encore lui, il demeurait quelque chose de lui, une survivance, une bénédiction. Merci, mon Dieu, qu'il en soit ainsi.

Elle s'effaça sans s'effacer pour qu'il entre. Une ombre épaisse, une ombre de mère. Un pas en arrière n'était pas suffisant. Ils se cognèrent l'un à l'autre, elle grimaça de toute son âme chamboulée, il aurait ri, elle était comique, si rire était possible. Il ne pensait pas à rire. Mais de ce rire impossible, elle en avait l'écho, quelque part en elle, il rampait en elle, il la cisaillait. Il était passé devant elle, elle avait refermé la porte. Ah ! ce fils revenu après quatre ans dont on ne savait rien, car il n'avait pas donné de nouvelles, ce fils enfin revenu. D'une inqualifiable négligence, se disait-elle. Elle entrevoyait la vérité, mais la vérité, ça aveugle, comme le soleil, et pourquoi tenter le diable ?

L'appartement en quelque sorte lui sautait au visage, il le retrouvait et en était écrasé. Moribond, on ne l'était que là-bas. *Tout le monde est d'accord, n'est-ce pas ?* Ce qu'il ressentait pourrait le tuer. Il n'en serait pas ainsi. De ses dix doigts de fer sa mère le poussait en avant. Ne reste pas là, glapissait-elle autrefois. Il détestait qu'on le pousse, il haïssait qui le poussait. Elle n'avait pas l'idée de le délester de sa valise – laide, de carton bouilli, elle, elle ne l'aurait pas achetée – et il ne songeait pas à s'en séparer. Il eut un fragile sourire. Fragilité n'est pas retour de l'enfance. Oh ! ce merveilleux sourire de son fils, d'un homme. Il avait souri, parce qu'il était rassuré : il ne pleurerait pas. Elle s'essuyait les paupières d'un coin de son tablier, comme dans les romans naturalistes et comme dans la vie des mères auxquelles est rendue leur progéniture.

Assieds-toi.

Il s'assit, bien qu'il fût hors de lui par une sorte de bonheur qui le submergeait ou se voulait bonheur, il s'assit comme l'enfant de jadis, l'adolescent réticent, il s'assit avec docilité, ne croisant pas les jambes, genoux serrés, il s'assit en faisant glisser jusqu'en bas de la chaise sa valise, attraction du sol, la chaise à haut dossier raide, la même qu'au début du monde et de sa vie, à lui, de sa vie de garçon. Chaise indestructible. Les objets traversent les guerres, et mieux que les hommes. Mais comment cette chose à quatre pieds ne s'était-elle pas muée en bois de chauffage? Il faisait presque froid dans la pièce, mi-cuisine, mi-salle à manger.

Cuisiner, manger – verbes étincelants et d'une insigne cruauté, ils fabriquaient les cauchemars, ou voies royales, pour y mener, ils vous jetaient à bas de vous-mêmes ; là-bas, on n'avait pas droit de séjour dans les cuisines, il n'y avait pas de salle à manger. On mangeait, quoi? Tout se ressemblait, c'était pourri. Cancrelats, charançons.

La jupe maternelle, brune, d'un tissu épais, déformant les hanches, les grossissant, faisait "frou, frou, frou", un soupir, ah! ce qu'il avait entendu sur les femmes, pis qu'à Leipzig, parmi les voyous et les folles et les bonnes gens. Hannah Hirschkuh s'affairait à son fourneau. Qui ne tirait plus comme avant, dit-elle, on économise sur n'importe quoi, il n'y avait plus rien, les ruines, ça ne se bouffe pas, salauds d'Américains, salauds d'Anglais, et salauds de Français, non, je ne suis pas vulgaire, pas devenue vulgaire, mais c'est le bon mot, ce sont tous des salauds, on n'avait pas à avoir froid, tu me contredirais, toi, Klaus, mon bébé revenu.

Ton d'excuse, sonorité de l'orgueil, baragouin de l'agressivité, maternels.

Elle n'allait pas exposer ses plaintes, elle se tenait toujours bien. On l'appelait toujours avec respect Mme Hirschkuh. Ce n'était pas le premier venu qui la détrônerait, et qu'est-ce qu'il y en avait des nouvelles têtes à Leipzig, elle ne parlait pas que des soldats, même quelques Juifs. Oh! ce fils tant aimé, il en avait vécu de drôles de choses, c'était visible, cette maigreur, on arrivait donc à être aussi maigre, on le lui aurait certifié qu'elle aurait douté, c'était une maigreur impossible. Klaus faisait pitié. Aucun Hirschkuh n'avait fait pitié jusqu'à ce jour.

Elle posa la cafetière d'émail crème avec sa corolle de myosotis – un cadeau de mariage, le sien avec Herbert, en l'an 1920 de notre ère – sur une rondelle de fonte. Elle avait manié le grappin, objet lourd, impitoyable, on rompait les os, et même les plus gros, hanches, colonne vertébrale, cuisses, avec un machin pareil. On vous agrippait les couilles aussi avec. Un grappin, voilà, c'était bien le mot. Fer contre fonte, métal contre métal, sans un gémissement. Mais là-bas la tête se fêlait, éclatait.

Elle plaça devant lui une tasse et sa soucoupe, faïence avec une guirlande jaune d'œuf – un œuf, une poule, une chose ovale, parfaite, un gloussement, depuis combien de temps n'avait-il pas vu ça ? Et les comptines se rouillaient, d'une autre planète. Maman était un cordon-bleu.

Une cuillère de métal argenté. D'une boîte à biscuits elle extrayait du sucre. Elle ne pouvait faire plus. On n'était pas pauvre, mais dépossédé de sa grandeur. Les morceaux de sucre, en général, on les réservait à Golo. Ton frère, précisa-t-elle (elle se souvenait de ce sentiment entre les deux frères, haine, peut-être, elle n'oserait jamais le désigner de ce mot, jamais, elle était mère, et cependant, qu'est-ce qu'elle saisissait des autres ?). Il travaillait dur, Golo. Il avait été jardinier, puis plombier, et maintenant, un peu tout, il rencontrait beaucoup de gens. Elle versa à Klaus un liquide marronnasse, un ersatz de café. Le père, lui, exigeait ce luxe, car c'en était un. On était trop sur les rotules pour partir à la recherche de vrai café. Un copain leur fournissait des grains que l'on torréfiait, dont on se servait pour cet épouvantable nectar fournisseur de nostalgie. Même tiède, il brûlait.

Le père va rentrer, puis ce sera Golo, et nous serons de nouveau tous ensemble.

Le sentimentalisme maternel, ce qu'il détestait, sans cesse une phrase de trop, c'était ça, le sentimentalisme, une phrase de trop.

Ils se taisaient, elle le regardait, lui parfois. Sourire beaucoup n'était pas une occupation. Les fils souriaient peu. Le sourire n'avait quelque chose de viril, pensait-on, qu'adressé à une femme désirée. Lui avait un sourire qui n'en était presque plus un, tant il demeurait figé. Comment était-ce possible que s'étale entre eux un si vaste silence ? Mais en lui, l'aptitude au silence s'était réduite comme peau de chagrin. Une ancienne chose tannée par les ans et l'oubli. Tambour sourd. Tambour d'enfant, défoncé, et les baguettes en miettes.

Alors ? demanda-t-elle, éreintée par cette gêne qui l'avait prise au dépourvu. Au collet. Elle se hissait hors d'elle-même.

Il paniqua à ce qui traversait son esprit : *Je vais repartir. Je peux aller ailleurs ? Je peux aller dormir ?*

Je suis content d'être revenu.

Vérité incontournable, et mise en danger dès que prononcée. Oui, il était content d'être revenu, il fallait que ce fût ainsi.

Tu es là, Klaus, mon fils.

Quel tronçon de phrase en trop, là ?

La maigreur de Klaus l'empêchait de poser d'autres questions, d'aller plus loin. L'enfer lui était inconcevable. Enfin, il y avait eu les bombardements de Leipzig. Qu'est-ce qui se comparait à pareille monstruosité ?

Maman.

Et le mot avait été dit.

Elle rougit, déstabilisée, prise par surprise, en émoi et sans désir, comme une mère, et freinant des quatre fers par une ancestrale pudeur. Il était revenu et il revenait vers elle. Maman, un mot solaire qui la ravissait et la hersait de tristesse. Ils l'avaient arrêté, elle en avait été avertie. Des âmes charitables avaient dégurgité devant elle la scène (comment avaient-ils pu y assister ? soudain, des étrangers, ces proches, ces voisins, ces n'importe-qui), ils avaient raconté. Dans le quartier, des caves aux combles, on savait. Et elle aussi savait qu'il en avait été ainsi. Au plus refoulé d'eux, les Hirschkuh le savaient. Leur fils aîné, ce Golo qui se persuadait d'être supérieur à tous. Le père, puis la mère, ils avaient tous été convaincus que ça se terminerait mal pour Klaus. Terminer, dans leurs fausses certitudes, puisqu'il était là, dans leur cuisine, près de sa mère, Hannah Hirschkuh. Ce qui était survenu avait été inévitable. Il avait causé son propre malheur, et le leur. Mais on s'en était remis, il y avait plus grave, certains jours, qu'un fils disparu, emprisonné. Pourquoi en savoir plus ? Avant-guerre, au début de la guerre, il les avait en quelque sorte déclassés par ses mœurs (d'eux, les gens normaux, disait-on qu'ils avaient des mœurs ? Ils couchaient, ils aimaient, ils se mariaient, ils engendraient surtout, mais ils n'avaient pas de mœurs), il les avait rendus douteux à eux-mêmes, à une société tout entière. Comment pardonner ?

Une tasse, un breuvage à goût de manne poussiéreuse, écœurante (il irait uriner, elles se situaient où, les chiottes, dans cet appartement ? Drôle qu'il ne s'en souvienne pas, la disposition des pièces, il l'avait eue en tête, il se repérait, là-bas, dans sa tête il se déplaçait chez lui, sans aide, mais les chiottes, cet après-midi, là, non, ça lui échappait). Il touillait lentement le jus de chapeau ou la pisse d'âne avec une cuillère de métal argenté.

Je ne pensais pas que tu reviendrais, déclara Hannah Hirschkuh, à brûle-pourpoint.

Maman ; depuis longtemps, ça ne valait plus tellement le coup de prononcer ce mot, il ne se l'avouait que maintenant. Il était mort et ne l'était pas, mais quelqu'un d'autre, quelqu'un qu'elle ne prendrait pas le temps de percer à jour. Il était face à elle, elle se réjouissait de son retour, et le lui reprochait à la fois, elle ne dépassait jamais ce qu'elle voyait, et elle ne voyait que ce qu'elle voulait voir, quelqu'un de banal, de dérisoire, et pourtant la mère de Klaus, sa mère, *ma mère*. Elle n'avait pas prévu ce retour.

Le père serait là, et ce serait au tour de Golo. Père imprévisible et bon. Elle avait une peur comme le battant d'une cloche en elle, une peur rude. Comment ne pas nourrir de rancune à l'égard de Klaus ? Il compliquait leur existence. Il revenait, comme ça, on était heureux, on le croyait mort. Elle en avait marre de cette peur édifiée par la guerre.

Elle s'assit à son tour. Être à une encablure de paume d'un revenant la pétrifiait, la transfigurait, lui donnait froid. Elle s'enhardit, elle regagnait son rôle de mère, elle recouvrit la main de son enfant, pour l'éternité et quelques secondes, d'où un tumulte en elle, des ailes vrombissaient autour d'elle. Main d'homme, rêche. Il avait dû travailler dur. Ces os et cette corne.

Tu as dû travailler dur.

On n'ajoute pas "mon chéri" à une telle phrase. C'en serait étrange. Il la regardait sans comprendre. Une impression. Juste cela. Sa paume reflua, se plaqua sur son giron, chuta entre ses genoux, poisson mort, bogue vide. Il n'était plus le garçon dans le besoin de la conquérir à toute heure, d'obtenir sa tendresse sur laquelle elle ne lésinait pas en apparence, et c'était si lointain tout ça, à l'âge de pierre, dans un rêve.

Pardon, dit-elle.

Il haussa les épaules. De quoi ? On aurait à lui accorder du temps avant qu'il puisse répondre avec légèreté, humour même, à des réflexions absurdes, des mots comme de la viande crue, des déclarations closes sur elles-mêmes, que lui seul devait trouver sarcastiques.

Sa voix à lui se fit rauque, il ne la reconnaissait pas. L'émotion la défigurait. Pas sûr que ce soit dû à l'amour.

Tu veux te reposer, que je suis bête, bien entendu, Klaus.

Son cerveau et son corps réclamaient le sommeil, avec urgence. Mais c'était trop tôt. Il aurait à être là, quand son père, son frère seraient autour de cette table, dans leur univers mal chauffé, et néanmoins douillet.

Une clé tourna dans la serrure. On ouvrit, puis referma la porte d'entrée. Le père possédait une clé à lui, comme chaque membre de la famille. Là-bas, on n'avait pas rendu la sienne à Klaus. La mère se précipita vers son époux. Elle n'avait plus de voix pour annoncer un retour qui leur avait paru si longtemps impossible. Et la famille se reconstituait. L'invraisemblable.

Herbert Hirschkuh, comptable dans un cabinet ne roulant plus qu'au ralenti depuis les premiers pilonnages de Leipzig, Herbert Hirschkuh distingua un homme se levant de la meilleure chaise de la pièce, avec lenteur, avec une sorte d'ostentation, dans un clair-obscur, ce garçon, oui, c'était son fils, c'était Klaus. L'accolade fut sincère, affectueuse, sans exagération. Il ordonna à sa femme qu'on leur serve cet alcool de framboise dont on avait sauvé une bouteille. Klaus déclina le verre sacramentel. Père humilié, père attristé, père en solitude.

On ne t'attendait plus, mon gars.

Il tapa gentiment sur la tête de Klaus. Le cheveu était gras. Il avait une odeur de paille moisie. Gras, et pourtant pas sale. Pas vraiment. La maigreur de Klaus le décontenançait. L'incommodait, le dégoûtait sans doute. Comme elle répugnait à son épouse. Une réaction strictement physique. Un enfant provoquait ce genre de réaction où l'intelligence et le cœur n'avaient plus leur rôle. Odeur qui pétrifiait. Comme si. Et comme si, quoi ? Il renvoya toute question dans les profondeurs de son être. L'âge ne les avait pas comblées, ces profondeurs. Il acceptait son fils tel quel. Maigre et pauvre. Entrer dans les détails, ce serait tôt ou tard aborder la raison de son arrestation, et ça, il s'y refusait, cela resterait hors champ. Jusqu'à leur mort à tous. Jadis, Klaus sirotait sans se faire prier son verre d'alcool de framboise (avec des battements de cils – fils infernal, fils qui obligeait à ce qu'on détourne le regard ; qui imposait à un père de souffrir). Ils allaient trinquer. Le fils prodigue n'avait pas à faire la fine bouche. Ce soir, il disait : Une goutte, pas plus. Et le père, comme la mère quelques minutes auparavant, rougissait. On avait alors l'impression d'être nus. Et devant son fils ! Il vous mettait dans de ces situations, Klaus. Toujours le même.

Klaus trempa juste les lèvres. Recracha. Dit qu'il ne pouvait pas. Sans préciser – la moindre explication relevait de l'effort – qu'une goutte d'alcool provoquait chez lui des dérangements intestinaux. Ou diarrhée. Ou chiasse. Et chier dans son froc rabaissait, certains ne s'en remettaient pas, les rêves se remplissaient de merde. Et chier, on s'en foutait au bout de quelques semaines de détention, là-bas. Il ne se viderait pas devant son père, il ne puerait pas devant son père. *Sale pédé !* Pas de sale fils.

Herbert Hirschkuh fronçait les sourcils, déçu, si déçu. Son gosse avait des raisons pour ne pas avaler une bonne rasade de sublime gnôle réservée aux grandes occasions. Klaus avait l'estomac fragile. Il s'en excusait. Son père eut l'intuition qu'il était des choses que Klaus n'avait pas à ressusciter. Sa mémoire, il se la garderait pour lui. Égoïsme salutaire. Ou sauve-qui-peut. Et bonté saine et quotidienne du père, ou visage d'une très sensible indifférence. Cela était. Que dire à Klaus ? Par quoi entamer une conversation ? On échangeait quelques mots, autrefois, on n'avait pas vraiment de conversation. C'était son fils, son môme, son petit, un être à qui il n'était pas interdit de déclarer qu'on l'aimait.

Les trains, ce n'était pas trop le chaos ?

Non, répondit Klaus.

Un long voyage ?

Non, dit Klaus.

Klaus avait l'impression de serrer toute sa vie dans le creux de sa main, et dans ce "non", ce mot de rien, et de serrer, de serrer.

D'où viens-tu ?

Le regard de Klaus s'égara, le fuyait, s'embourbait, à mille lieues d'eux tous. Inhumaines questions.

Weimar, marmonna Klaus.

Sale république, commenta le père. Et drôle d'idée de vivre là.

Weimar, c'était bien, prononcé avec un accent de provocation désespérée. Mais provoquer, là encore, demandait beaucoup d'énergie. On retournait rapidement à la nuit. Père et fils se provoquaient en une époque lointaine. Ils s'aimaient, s'opposaient, se réconciliaient, s'aimèrent moins, s'aimèrent toujours, se poursuivaient dans des brumes. Vapeurs nocturnes qui le transportaient en 1937, 1938, 1940. *Pas plus. C'est assez. Trop d'années. Trop de tout. Papa, je t'en supplie. Laisse-moi ici.* 1941 l'écartelait, il crachait sur quatre chiffres comme des mâchoires, ou des seringues. Il était content de retrouver ses parents, il les en assurait. Il avait faim, aussi. Manger avec prudence, lui avait recommandé un médecin américain dont il rêva la nudité, il renaissait à le suivre des yeux, il désirait quelqu'un. Et dormir, après, serait bon. Digérer, puis dormir. La fatigue parfois lui ôtait tout corps, le raclait jusqu'à l'os. Coupé de tout, sans deviner pleinement ce que ce "tout" signifiait. Ce qui se décomposait, là-bas, le sens des choses.

Weimar, soupira Herbert Hirschkuh, et Goethe, et décadence. Comment tirer les vers du nez à son cadet ? C'était pareil, quand il découchait. Et il avait seize ans. Il n'avait plus essayé de savoir, après que

Golo eut mis des mots honteux sur les pratiques de Klaus, sur ce qu'était Klaus. Honte sur une famille, hyène, hyène. Des aveux l'auraient sali. Les larmes de Klaus – était-il capable de pleurer ? – auraient été coupantes comme un hachoir, et ses réponses, et sa peur, et son ironie. Golo ne mentait pas.

J'entends Golo, signala Herbert Hirschkuh, un doigt levé, il arrive.

Montés sur ressorts, la mère et le fils s'étaient levés, rassis, tortillés sur leurs sièges. Chaises plus anciennes que les vingt-trois ans de Klaus. Quatre années là-bas l'avaient lesté d'une éternité, l'avaient perclu de foudres successives, maillé d'une crasse aujourd'hui invisible.

Golo aliéna l'atmosphère, la remplit de sa force de gars sans complexe, qui s'était débrouillé avec la guerre et ses sbires, qui s'était lié avec des fiers-à-bras sans scrupules, il saturait l'instant d'une fureur mal refoulée. Bon Dieu, voilà que l'autre était de retour. Et sa maigreur de pute. Il faudrait désormais vivre avec elle, à côté d'elle, pas la partager. On ne partageait rien avec Klaus. Maigreur qui frôlait, projetait une ombre comme un sort. Hannah Hirschkuh s'était insurgée, quand Golo avait suggéré de se débarrasser du lit de son frère. Qu'on le vende, qu'il rapporte quelque chose – Klaus avait été embarqué par la Gestapo, non ?

Golo Hirschkuh manifesta stupéfaction de mauvais aloi, puis joie factice à la vue de son frère. Maigreur de petit salaud, qui interloquait, ne vous laissait pas en paix, qui vous tordait les boyaux. Maigreur déjà obsédante. Aimant. On avait redressé le gouvernail, on s'était fabriqué une nouvelle décence, et voilà qu'il déboulait. On n'oublierait donc jamais qui il avait été, qui il était.

Klaus n'arborait plus ces cheveux longs qui bouclaient. Mon ange, chantonnait maman. J'étais, quoi, moi, s'il était l'ange, se demandait Golo, à cet instant comme autrefois ? Pour eux ? Pour moi ? Par flux très brefs il avait eu de l'affection pour Klaus. L'aimer était insoutenable.

Maigreur qui installait le désordre, déclencherait des orages, fantôme tellurique, cette chose qu'étaient ce frère et ce fils.

Klaus Hirschkuh trinquait, buvait du bout des lèvres.

Haïr, c'était péché, se disait Golo. On disait ça. Mais pas lui. Ce soir, pourtant, il aiderait maman à préparer le lit de Klaus. Il n'était pas aveugle au point de ne pas s'apercevoir que Klaus en était incapable.

Une seconde bougie fut allumée. Le stock de chandelles baissait. Golo avait promis de se réapprovisionner bientôt, demain, sans spécifier où.

Golo, nageant en eaux troubles. Frère nu. Rivière de Leipzig. Désir ancien et disparu à jamais.

Les Hirschkuh auraient de quoi s'éclairer, et n'en parlons plus, oui, *N'en parlons plus, mais rampe*.

Pourvoyeurs, intermédiaires, marché noir, Golo et son monde. Le père n'interrogeait pas son aîné sur ses fréquentations. Comparer aujourd'hui à hier, pensait Klaus, inutile, quelle différence ? Ici, il avait l'impression de vivre au ralenti. *Ne mourait-on que là-bas ?*

Par les fenêtres, la nuit s'engouffrait dans l'appartement. Deux pièces, trois, si on incluait les chiottes. Il n'utilisait plus le terme de "toilettes". Golo lui demanda s'il avait si froid que cela pour ne pas retirer son manteau. *J'ai toujours froid.* J'ai toujours froid. À chaque seconde, il avait froid, de l'aube au crépuscule, au creux de la nuit, au flou du jour, sans cesse, froid en noria. Et la nuit, chez ses parents, semblait plus intense qu'avant-guerre, mais ce qui était établi à cette époque-là se perdait dans le flou. L'incertitude, parfois, le crucifiait. Une sensation.

Là-bas. Et pas ailleurs.

Là-bas, une ampoule bleuâtre éclairait l'extrémité du baraquement. On ne voyait pas son voisin mourir. On recevait contre sa joue, pas plus, son dernier souffle. Comme une gifle étrange, un baiser fétide, un adieu tout de même. L'autre n'était plus. On se disait, presque joyeux, que l'on aurait plus de place pour roupiller, quand ils auraient emmené la carcasse, on se sentait néanmoins plus seul qu'une minute auparavant, de nouveaux gars arrivaient, *Pousse-toi*, sains, ou avec le typhus, et les rats sillonnaient la planète, les châlits, et les punaises, les poux, une civilisation d'insectes. S'épouiller. Se nourrir. Dégoût de ce qu'on nourrissait, puis succulence.

La mère réchauffait une soupe aux pommes de terre agrémentée, enrichie de couenne.

Hannah Hirschkuh s'excusa de la frugalité du dîner qu'elle offrait à son cadet, hein, on ne revenait pas deux fois.

Ne revenait pas.

Un potage, pas une soupe, un potage, pas une soupe, un consommé, pas une soupe, le potage s'avalait, le consommé, on le savourait, mais la soupe, ah!

non ! Ils s'entretuaient là-bas – *Et que j'en ai marre de là-bas !* – pour un filament de viande avariée. Ils s'entretuaient souvent, et si facilement, quasi en fermant les yeux. Cette couenne de Leipzig, d'entre les ruines, il la sucerait, puis la mangerait avec voracité. Un dentiste américain avait soigné ses gencives qui saignaient, blanchies de pus. Deux dents, deux molaires lui manquaient, de côté, manque invisible, il était, paraît-il, un privilégié. On n'allait pas ce soir parler malheurs dentaires.

Une cuillérée de farine avait épaissi le potage, *jamais la soupe, merde, jamais la soupe*, qui embaumait le luxe, un doigt, un ongle, une lunule de sel et un grumeau de saindoux. Il ne vomirait pas. Golo l'observait. Il l'avait tant de fois observé. S'en moquer, indifférence décidée qui réchauffait.

Hubert Hirschkuh tenait le crachoir. Il parla de trains. Il avait troqué le train électrique de Klaus contre quelque chose qu'il avait depuis perdu dans sa mémoire, il le lui avoua, presque avec orgueil, sans détour, et soudain il afficha une mine de bêta, il en était émouvant, ce père inchangé. Il parla d'un chef de gare, un copain, tué lors d'un raid anglais. Ce sifflement ! disait-il, puis cette explosion, et la mort brusquement, pauvre Gerhardt. Cuillérée de soupe qui se coinçait dans la gorge de Klaus. Il mastiquait du vide. C'était plus qu'une impression. C'était affreux, le bruit de qui avait faim, toujours, de plus en plus, là-bas, on n'entendait pas les bombes. Dévorer, boire, absorber, le verbe parfait pour décrire un désir inassouvi, il lui échappait souvent, il pataugeait dans des phrases molles, informes. On avait faim et on avait soif. On n'était que des os affamés. Par manque de salive il s'étranglait pour un oui, pour un non, ce qui le gênait devant ses camarades de baraquement, *des camarades, vraiment ?*, puis de mois en mois plus du tout, une fois que les camarades, tous, lui eurent passé dessus sans lui demander son avis, il pourrait citer leurs noms, tous leurs noms, une liste.

Wagons détériorés, saccagés, comme des meubles brisés, le reps troué, le cuir crevassé qui débourre, grommelait Herbert Hirschkuh. *On rotait, on pétait, on chiait.* Il y avait des vivants et il y avait des morts.

C'est assez, papa, dit Golo.

Oui, assez, renchérit Hannah.

Les trains les barbaient, se plaignait Herbert, il n'y avait que lui et Klaus qui ne s'ennuyaient pas à les évoquer. Klaus l'écoutait. Il revenait pour écouter son père, *papa*. Ils n'avaient pas de cadeau de bienvenue à lui offrir.

Tout est parfait, dit Klaus.

Parfait ? Il lui faudrait sa vie entière pour comprendre de nouveau certains mots. Un vocabulaire d'un autre siècle. Des mots incinérés avec des corps. La perfection et son impossible réalité.

Hannah servait les pommes de terre. Une charnue, une comme un poing de bébé, deux chacun. C'était Byzance, s'enorgueillissait Hannah, tandis qu'elle découpait jadis un gibier, un rôti, ou qu'une purée de navets ou de raves coulait en rubans dans l'assiette.

C'était Byzance, se rappelait Klaus, avec la certitude d'appartenir encore à une famille, les Hirschkuh, biches infiniment sauvages, un pays, un monde. Il ne chuterait plus dans une fosse. C'était l'affaire des morts. Pommes de terre cuites à l'eau où a mijoté de la couenne. "Mijoter" apportait de la douceur ici, calfeutrait. Lanières de couenne : du cochon sans goût, neutre, nouvelle race de cochon, engraissé pauvrement dans une cave avec des rogatons de rogatons de rogatons. On avait vidé les caves, depuis que systématiquement on les cambriolait, racontait Hannah. Dans le couloir de l'appartement, s'appuyaient au mur un demi-vélo grignoté de rouille, une caisse de bouteilles de vin, on avait tout sous l'œil.

Klaus bâilla.

Des jonchées de malades couchés sur des lits bas remplissaient une salle, et passait le médecin, l'Américain, très beau, élégant jusque dans son épuisement, avec un corps, un vrai corps d'homme, d'homme épuisé et triomphant, Klaus l'enviait, il désirait cette chair, cette silhouette et son ombre, il en avait le cœur écrasé de reconnaissance et du constat que tant de beauté n'était plus à sa portée, que cet homme évoluait sur une rive opposée à la sienne. Un lit, un garçon. Homme, garçon, *et Heinz.* Il bâilla de nouveau. Autrefois, il disait : “Oh ! pardon”, autrefois il était aussi assis à cette table. Il suçait la couenne avec gourmandise, en s'empourprant de plaisir et d'une honte innocente, cet héritage de là-bas, comme il avait vieilli en quatre ans. Il ne mangeait pas comme eux, ses parents et son frère, ces gens, cette foule, à deux on formait foule, là-bas, c'était ainsi, foule et on avait peur, il n'avait plus les bonnes manières, il avait rompu avec les traditions, là-bas, c'était sans pitié et sans retour.

Pomme de terre à odeur de vase, sans être cependant pourrie comme là-bas. Dans l'assiette plus une miette farineuse, sableuse, d'un goût délicieux et inédit. Plus les Hirschkuh mangeaient et plus ils avaient faim, là-bas, c'en était de même, mais c'était là-bas. Golo maugréait. *Tais-toi !* Un frère inchangé, parlant à lui-même, les Hirschkuh n'y faisaient plus vraiment attention, c'était tout Golo, ça, maugréer et demeurer beau gars. La mère avait accouché d'un dieu qui, maintenant si grand, l'agaçait et l'impressionnait. Hannah, quelques minutes durant une jeune fille, roucoulait qu'elle avait une surprise. De la poche de son tablier à bavette elle extrayait quatre carrés de chocolat.

C'est notre gâteau, dit-elle.

Le rire maternel, si frais, transperça Klaus, ses tempes (migraine), ses yeux (comment voir ce qui était si proche, chocolat aveuglant), son cœur (une palpitation transmise à tous les organes, aux jambes aussi, le cœur engendrait un corps entier). Il se prit cependant à rire. Rire était une offrande qu'il faisait à maman. C'était sa mère et c'était maman. Il dit “maman”, puis croqua avec circonspection, presque méfiance, le morceau de chocolat plâtreux. C'était tout de même bon. Le sucre se muait en nectar. Il se félicitait d'être revenu vers eux, son père, sa mère.

Parmi eux, ce serait pour demain, un jour.

Hannah Hirschkuh économisait l'eau qui clapotait dans une grande bassine. Des brocs et une timbale pour la recueillir, se laver l'aisselle, le cul, l'entrejambe, l'oreille, les dents, le cou. Ce qui sent après deux jours de négligence ou ce qui se voit en public. Les pompes fonctionnaient si mal. Un liquide acidifié par le salpêtre et la rouille glougloutait dans les canalisations de l'immeuble, sous terre, dans l'invisible, mouvement innommable, et coulait soudain, petit jet moqueur. On faisait grossièrement la vaisselle.

L'avait-on, ce cher Klaus, mis au courant du pilonnage des semaines durant de Leipzig, de toute l'Allemagne. Pauvre Allemagne, pays martyr ! Pleurnicher donnait de l'importance.

Hannah Hirschkuh ne se parfumait plus qu'exceptionnellement. Klaus avait humé sur son cou un relent d'eau de toilette rance, il y a un siècle ambrée, blonde, entêtante. Se dégageaient des trois Hirschkuh, sans exception, une odeur tenace de sueur, de chair crasseuse, indécente, et des odeurs remontant des viscères. Comme là-bas, mais atténué. En mineur ou non, ça ramenait à des visions assourdissantes.

Pendant que les hommes s'occupaient à une succincte toilette, Hannah prépara le lit de son cadet. Elle avait secoué la tête : Non, elle n'avait nul besoin d'être aidée. Golo, à l'étonnement de tous, s'était proposé. Il avait lui aussi été renvoyé à son inutile serviabilité. Seconder sa mère aurait nourri sa vanité. À ses parents il ne reprochait qu'une chose : d'avoir engendré cette tante de Klaus.

Elle déploya le drap – héritage d'aïeux à la frontière française –, elle les tendit. Taies d'oreiller et oreillers. L'humidité les imprégnait. Pourtant elle était une ménagère de première classe. Souhaitons qu'Hitler n'ait pas exterminé les plus vaillantes. Ni les Américains et ni les Russes. Mais elle se débrouillait au mieux. Elle étala la couette plumeuse, neigeuse, chaude, légère, onctueuse, ondoyante, que les mites n'avaient pas entamée. Les boules de naphtaline étaient introuvables depuis si longtemps ! Klaus aurait tout ce qu'il lui fallait, tout ce qu'elle pouvait lui donner. Belle famille. Les Hirschkuh, une gloire allemande. Il serait heureux sous la douillette épaisseur. Un fils en son terrier. Klaus, devenu si frileux. Cette métamorphose il n'avait qu'à s'en prendre à lui-même, on ne l'avait pas arrêté, il avait tout simplement quitté Leipzig pour quelque amourette. Ne continue pas ainsi, Hannah ! Avait-il un pyjama ? Sans doute pas. Golo avait emprunté ceux de son frère, il les usait encore plus rapidement que Klaus. Mes loups. Peau rêche, peau d'homme. Pas de pensée de cet ordre, Hannah Hirschkuh. Peau d'homme, parce que Klaus était revenu ? Ce bleu ciel, en coton, l'ultime survivant aux lavages maternels, était doux au regard. Le conflit mondial, comme on disait, n'avait pas empêché les Hirschkuh de porter pyjama ou chemise de nuit. La décence faisant la nique aux combats, au tumulte des peuples, au désastre planétaire.

Bleu ciel et marché noir.

Les hommes s'étaient lavé le museau. Le cul et le sexe, ce serait pour dimanche. Et les aisselles.

Klaus avait le nom honni sur le bout de la langue, le camp, et l'ombre de l'arbre de Goethe. *On a tout son temps pour le dire, non ? Avaient-ils entendu parler de… de… ce serait demain, comme le sexe et le cul, et les aisselles.* Se laver de ce dont on ne parlait pas.

Le père avait tenu bon : ce serait Klaus qui se débarbouillerait en premier dans le cagibi aménagé en salle de bains.

À toi, l'honneur, mon petit.

Mon petit.

Papa.

Et Klaus eut l'impression que c'était dit pour la dernière fois.

Golo et son père discutaient.

Gant en tissu éponge, morve en caillots, narines croûteuses.

Klaus s'était débarrassé de son pardessus. Nous, on n'a qu'un manteau mince comme une pelure, avait fait remarquer Golo. Herbert Hirschkuh s'était réjoui, Klaus, enfin, enlevait ce satané machin. Ce n'était pas trop tôt, sinon on aurait cru qu'il projetait déjà de repartir, que c'était imminent. Un fils, comme lui, un garçon comme lui, ne pouvait qu'être de passage. Herbert Hirschkuh avait embrassé son enfant. Là-bas, on ne s'y hasardait pas, *on n'embrassait pas*. Klaus avait reculé. Au fond de lui-même, et ici-bas. Père vexé. Une panique si flagrante insultait. En revanche, et à la stupéfaction jalouse d'Herbert Hirschkuh, Klaus baisa sur une joue Golo. Un baiser d'inverti lui ferait du bien.

Dans leur chambre – Golo, Klaus, la progéniture des Hirschkuh – Hannah attendait le plus jeune, mais si maigre, si vilain, qui boitait un peu, imperceptiblement (boiter était embêtant, les voisins poseraient des questions : que lui était-il arrivé ? Elle ne savait pas, ELLE NE SAVAIT PAS, et qu'on ne l'emmerde pas ! quel langage, elle avait tout à coup, qui était en réserve). Elle attendait le buste droit, postée à l'extrémité et au bord du lit, camouflant son impatience sous une placidité sans nuages. Il fut enfin là, devant elle et près d'elle ! Elle tapota la place qu'elle lui avait réservée. Il se plia à son invitation. Klaus et ses réticences. Immuable garçon. Elle lui saisit les mains. Elle les observa dans l'espérance qu'elles lui livreraient un secret, mais leur maigreur demeurait muette, elle leva son regard vers son enfant, un fils, un garçon, il ne se confierait pas, c'était écrit sur sa face de mule, sur ses traits, elle l'incommodait, elle le tourmentait, elle le suppliciait, oui, le suppliciait, elle l'importunait. Elle était pourtant une bonne mère. S'en apercevait-il ? Lui rendrait-il un jour justice ? Serait-il enfin le fils promis et rêvé ? Ces quatre années d'absence l'avaient-elles rendu acceptable, sans pour cela qu'il soit moins séduisant qu'il ne l'avait été ? Oui, elle était une bonne mère. L'amour qu'elle lui vouait respectait ce qu'il avait dû supporter, ce dont il souffrait, car tout de même, ce n'avait pas dû être tout rose pour lui, si on s'en référait à sa maigreur. Elle n'était pas coupée de la réalité, elle avait glané des cauchemars à dormir debout auprès de gens de la rue, de commerçants, de voisins, des contes sans queue ni tête et dont on frémissait à les écouter, on avait fait du mal à son Klaus. Il était là, contre elle, glacial, vivant. Ils étaient assis sur le lit de Klaus pour avoir les mains au chaud dans les mains de l'autre, une véritable extase qui se reproduirait, le meilleur recommençait toujours, seulement le meilleur, qu'on ne lui glapisse pas le contraire, à elle, Hannah Hirschkuh, mais quelle était cette boule dans la gorge, de la glaise, mais ça ne se reproduirait pas, jamais, plus de mains enlacées, elle en avait l'intuition. Chair de ma chair, et chair qui avait fondu. Ce fut Hannah Hirschkuh qui dénoua ses mains de celles de son fils, avec lenteur, avec une douceur qui résonnait comme une séparation définitive. Rognures de joie entre eux.

Je te laisse te reposer, mon chéri.

Il se fourra sous la couette, agité, sur la défensive, ce serait horrible qu'ils le surprennent presque nu, sans son bien-aimé pardessus qui lui offrait une telle protection contre le monde et les gens. Là-bas, il s'en fichait d'être nu, état courant, prélude à l'agonie, même pas d'adieu. Il avait dormi dans un lit chez les Américains. Avec un dur et confortable matelas. Son corps ne se réhabituait plus à la banalité du confort. Surface plane et ici sans vermine au milieu de laquelle, en dépit de son peu de poids, il s'enfonçait. Tourbe. Le convenable creux criait sous sa carcasse, il se creusait plus encore et toujours plus, et surtout quand Klaus fermait les yeux. À cet enlisement il aurait préféré un saut dans le vide, comme Heinz en avait eu le courage. Il le revoyait se projeter dans l'espace, dans un cri. C'était une façon de se rapprocher de lui. Et puis tout s'apaisa. Il possédait, c'était évident, une capacité à vivre, à respirer, à rester immobile et apaisé. Se dire et se redire et se dire encore qu'un lit était un lit, pas plus, et qu'un lit était chose bonne, pas une trappe, se dire que sa maigreur d'homme très maigre n'était pas de trop, en trop. Il bandait là-bas parfois. Et c'était maintenant, ce soir, dans son lit d'adolescent que son sexe mourait. Poumons, foie, estomac avaient plus d'importance quand il était sorti du camp (voilà, le nom ne tarderait pas à surgir, le nom du camp). Une haine absolue grandissait, le distordait, l'enfantait. Insatiable. Mais de quoi ? Cette haine aboyait. Elle était donc horde de chiens. Des chiens gigantesques. Gras. Ventrus. Bavant. Engeance sans passé, nouvellement créée. Il voulait dormir. *Laissez-moi dormir, et toi, ne m'abandonne pas, reviens toujours.*

On ne l'avait pas châtré, Klaus Hirschkuh. Biche chanceuse. Jolie biche. *Mon amour.*

Sa mère avait emporté la chandelle. Elle ne s'en était pas excusée, il ne lui en avait pas fait le reproche. On en négligeait des choses depuis le début de la guerre ! Pas de loupiote à la lueur bleutée, cadavérique. Il faisait si froid, que des corps gelaient, viraient au bleu. *Là-bas, toujours là-bas.* On avait le droit d'avoir horreur, et définitivement, du bleu. S'il s'écoutait, il s'étendrait à terre, nu ou pas. S'habituer à un lit, se réhabituer au sien, le courage n'était pas au rendez-vous. Le courage, c'était pour les heureux de ce monde. Quelle sorte d'homme serait-il après-demain, dans un an, dans dix ? Qui serait-il ? Qu'avaient été ses rêves de jadis ? Il n'en avait plus souvenance. Pourrait-il vivre un an de plus ? Dix lui paraissait impossible. Ça n'avait pas la dimension et la beauté d'un rêve. Un constat.

Des rêves. Incendiés, engloutis.

Des voix. Leurs voix. Celles des Hirschkuh. De quoi avaient réchappé son père, sa mère et Golo ? Ces voix lui parvenaient de la cuisine. Des sons, et pas des morts. Les vivants et leurs bruits. Il faudrait du temps avant de redevenir un hôte familier à cet appartement. Pour l'instant il ne l'était qu'à travers une brume. Réinvestir cet univers familial lui apportait une drôle de douleur au ventre, aux genoux et aux tempes : il éprouvait, quoi ? Honnêtement (un mot d'avant, des mots et des mots d'avant en cendres, ou défigurés, des mots pas drôles du tout), il ne pouvait déclarer qu'il était aux anges de se retrouver ici, d'être revenu, la baleine bouffait Jonas, Janus avait deux faces, ce qu'il avait retenu du Livre, des mythologies, quand il était enfant, un écolier, et il y avait eu Heinz.

Je suis Klaus Hirschkuh !

Conscience rouillée et cœur introuvable. *Tu te rends compte ?*

Le père jeta un œil dans la chambre des fils. Klaus s'était blotti dans les bras de Morphée, tout était bien, en ordre, fils prodigue serait de longue durée. L'enfant dort et le père, exceptionnellement, se penche vers sa progéniture, croit accompagner ses rêves, s'émeut de ce silence aquatique qui entoure un enfant – Herbert Hirschkuh s'éloigna.

Cette ombre était l'ombre de papa. Le passé longtemps fragmenté remonta à cet instant par blocs compacts, à mourir de supporter l'assaut d'une si violente mémoire. Il pêchait avec papa, l'époux de maman, sur la rive d'un des trois fleuves de Leipzig. L'eau allait, emportant quelques îles, et ça glissait, ondulait, avait des remous, comme les souvenirs. Être près de papa bâtissait un bonheur. Le vent d'un certain jour soufflait en lui, à cette minute. Dans le camp, *dis-le, dis-le ce nom, dis-le ou tu en crèveras, je t'en supplie, dis-le, il faut le dire, dis-le, dis-le, je suis Klaus Hirschkuh et j'étais interné au camp, dans ce camp, près de Weimar*, là-bas il était des ombres plus ombres que d'autres, une ombre très maigre n'en était plus une, n'avait plus même la force d'en être une, début d'une invisibilité, de ténèbres épaississant la nuit, le jour, les mois, ce n'était plus des nuits ni des jours. Cochon de merde.

Cochon de merde. Il n'était pas une bête. Personne ne l'engraissait. Ne le gavait. Ni oie ni porc.

Par un matin de neige et de bise, par un hiver allemand, il avait assisté à la mort d'Ernst, son seul ami, mais était-ce bien Ernst. Une cohorte de chiens comme il y en eut d'anges jadis, en des siècles oubliés, avait surgi. Ils l'avaient bouffé cru. *T'entends, Heinz ? Est-ce que tu m'entends ?* On était fait de viande, là-bas, on se faisait dévorer, appétissant ou non, on ne retournait pas à la poussière, deux millénaires volant en éclats. S'évanouir aurait été se condamner à un passage éclair et fatal à l'infirmerie, une piqûre dans le cul, cireux, et voici la fin, repos mérité, aurait crachoté le médecin.

N'y pense pas, combien de fois faut-il te le dire, t'en avertir.

Il mima le sommeil, lorsque Golo entra dans la chambre.

Haïssait-il ce frère autant qu'il a haï des brutes ?

Golo pliait ses vêtements sur une chaise, avec soin.

Un pull-over tricoté par maman. Golo sentait la bite mal lavée. Comme tous les hommes là-bas, sauf, évidemment, les maîtres et leurs chiens, et les kapos, *ne pas oublier les kapos.*

Frusques et nudité. Une ombre de plus dans une vie. Un gars épargné. La guerre autour de lui, mais en lui ? Garçon finaud. Un renard. En quatre ans il n'avait pas surpris un de ces animaux. La forêt commençait à peu de distance du camp, un songe qui frémissait, avec ses hauts arbres, inaccessible, paradis perdu et contemplé d'une rive de brumes. Des camarades avaient été abattus pour avoir nourri l'espoir d'échapper à l'enfer, de pouvoir courir sous des futaies. Aucun oiseau dans le ciel et pas de renard à l'affût, fumées, chemins de ronde, qu'il fasse soleil ou pluie.

Un clic et une lumière fondit sur Klaus. Golo avait fermé la porte de leur chambre ; “leur”, à se fourrer la tête sous le polochon, et haleter, pleurer, maudire. L'aîné possédait une lampe électrique. Il la braquait sur Klaus, l'inférieur, le réchappé, celui qui en réchappait toujours, pis qu'un fantôme, pis qu'un incube. Golo surplombait son frère, le poing en voltige, mais non, il ne le frapperait pas.

Paupières closes, et le souffle en miettes, comme là-bas, si souvent.

Être revenu pour subir ce regard, cette ombre, cette lumière, ce passé !

Clic, et la lumière n'était plus.

On ne veut pas de toi.

Golo reflua, le lit de l'aîné grinça, en ce monde civilisé les lits grinçaient.

Maudit pendant quatre ans. Et il maudissait Golo. Qui ne ronflait pas. On ignorait quand il dormait profondément. Ce souffle d'homme. Étouffer cet homme ? Revenir pour tuer ? Que lui conseillerait Heinz ? Mais Heinz, n'est-ce pas… *Ne pense pas à lui, ne pense à personne !*

Hier s'arc-boutait dans son demi-sommeil. Des bouches s'aggloméraient en une. Voix muettes en un cri. Legs d'un siècle. Des morts par centaines. Laissés à l'air libre, et des oiseaux s'enhardissaient à les recouvrir, chants d'oiseaux et bruits de bec, clac, clac, clac. Mouvement de faux des réminiscences. Scène où Heinz n'avait plus été Heinz, mais un défenestré. Ce lit ne se métamorphosait pas en terrier, comme dans certains contes. Belles atroces histoires en cendres. Quel conte aurait-on à dire encore, chez les Hirschkuh et partout ? Quel conte tenait encore debout ?

Saurait-il pardonner ce rayon de lumière qui l'avait sabré ?

Intenable rayon.

Vivre, mais ne pas revivre les faisceaux lumineux comme du feu sur son visage. Qui es-tu, lavette ? Et la règle s'enfonçait dans son cul. Lapin devant des phares. Lapin, lapin. Animal ou chose. Chose, évidemment. Qu'en aurait-il été de Golo en enfer ? Il aurait pâti de sa grande gueule. Mais se serait débrouillé pour ne pas crever. Une brute intelligente. Tout est possible et viable. Monde des origines. Monde stable, défiguré et le même.

Il n'avait pas pissé. Et soudain il en avait diablement envie. Là-bas, il se faufilait entre les châlits, trottinait dans l'allée centrale du dortoir, et les latrines grouillantes de merde et de larves l'attendaient, clapotaient au bout du chemin. *Ça ne crée pas une légende, ça.* Odyssée nocturne. La vessie, comme seule possession. Des fois, on poussait quelqu'un dans la fosse aux excréments. On ne bouffait rien et on chiait tout de même. Barbotage asphyxiant. La bourrade d'un con, et hop ! un voyage dans les étrons, origami détestable. De bonnes âmes l'en avaient tiré. Malgré une douche autorisée par un kapo, il avait l'impression qu'il serait enfermé à vie dans cette pestilence hors d'âge, et si réelle, si d'aujourd'hui. *N'y pense plus !* De cette odeur il n'avait plus trace sur lui depuis des semaines, depuis les Américains puis les Russes. Il se méfiait malgré tout de sa sueur, elle pourrait exsuder les miasmes invaincus. Cerveau fétide. Il se revoyait battre des nageoires dans le putride océan.

Non ! Pas ça.

Tenir jusqu'au matin serait un exploit. Sinon, il aurait à traverser la chambre parentale. Pas de parents au camp. Ou si peu. Pas pour longtemps. Où est papa ? Où est maman ? Le refrain des enfants et des autres, de tous les autres. Rien. Deuil pas accordé. Rien. On pissait jadis chez les Hirschkuh avant d'aller se coucher. Il n'y avait pas pensé. La respectable interdiction d'uriner en pleine nuit continuait à être respectée. Beaucoup de réflexes éteints, vieille enfance, adolescence élimée, plus lointaine et perdue que l'Atlantide, mémoire en banquise.

C'était tout de même mieux d'être ici et non là-bas, où on pissait sans retenue, sur soi et dans les latrines. Devant une matraque, parfois, devant des chiens, devant des hommes, un regard, une corvée programmée, le froid. Là-bas qui n'était pas si loin, ne le serait jamais. *Et viens !* La supplication adressée à personne, ce soir entre tous les soirs.

Il avait dormi comme un bébé, un ange. Anges de ce siècle, amputés de leurs ailes. Le jour rampait par les interstices des volets. Autrefois, c'était lui ou sa mère qui les fermait, les ouvrait. Outre-tombe. Son corps se tendait, détectait le moindre son. Une atmosphère de paix, enfin, d'avant-guerre, et pourtant, ce matin, c'était *là-bas* qu'il se réveillait. Un présent d'hécatombe. Ses poings habitués à ne pas frapper. Le cri qu'il ne lâchait jamais. Une accalmie devait lui être concédée. *Qui m'entend?* L'accalmie se mesurerait en minutes, pas en heures. Impensable espoir qu'elle dure une semaine, l'éternité. Un grand silence le recouvrait sans le pénétrer. Épreuve que parvenir à se hisser hors de sa propre chair, de son propre cœur, de sa propre cervelle. Vain bonheur d'être chez lui. Se recomposer, par quelle magie ?

Comment le faire, seul ? Et comment ne pas être seul à jamais ?

Oui, il y avait eu Heinz, et Heinz lui revenait souvent, mais entre deux visites, il plongeait en lui-même, si loin, il n'aurait pas imaginé enfermer en lui un tel abîme. Éreintement de ne plus savoir tenter, oser, quoi que ce soit. Le sommier n'était pas de boue, de vase, de limon. Mais le talon accusait sa pression et l'eau s'engouffrait dans les veines, dans la bouche, les oreilles, les orbites. Les insultes, à cette heure de l'aube ou à midi, se noyaient avec lui-même dans une fatigue sans surprise, énorme, d'homme condamné. Il y en avait qui mouraient sans agonie. La mort et pas plus et pas moins. La pression se relâchait. Toujours les mêmes mots. Pauvreté du vocabulaire qui s'ajoutait à toute pauvreté. Il revivait et ce n'était pas renaître. La douleur à sa nuque, aux épaules, aux reins, aux mollets, aïe, tous ces os, ne disparaissait pas et ne paralysait pas, elle allait et venait, elle s'établissait, elle était là, immortelle, mot immense, pompeux, ridicule et rassurant. Il se redressa. Le lit n'était qu'à lui. Mais se profilaient, là-bas, le camp et la carrière où il avait manqué crever. *Ne crie pas !* Ce matin, pourtant, il était certain qu'il pourrait crier, ça fuserait d'une force qu'il n'avait plus eue depuis longtemps. Quelle heure était-il ? Un Américain lui avait attaché une montre d'un capricieux mécanisme au poignet. Réparait-on encore les montres ?

Plaine vide, chambre abandonnée.

Golo avait quitté son lit.

Chaque instant avait le tranchant d'une épreuve. Des phrases, mais la vérité. Golo moins salaud que les salauds du camp. Golo n'avait pas braillé :

"Lève-toi, cochon, enculé!" *Comme là-bas, près de Weimar, chêne, Goethe et tralala.*

Uriner se faisait urgent. Vieux fou cahotant et sa tornade au ralenti, maîtrise de sa vessie, *il faut.* Il passa une porte, une pièce, une seconde porte, la mère était là, mais ni le père ni Golo, il passa devant elle, en criant – cri haut perché, rigolo, cri de Klaus : Ha! ha! hou là là! C'est par là, les chiottes, hein, maman?

Elle en était restée bouche bée.

Ouais, c'est là, oh! c'est là, oh! là là.

Les dernières fois où il s'accroupissait au-dessus du cloaque, il rêvassait sur son avenir, puisque les Américains étaient tout près de là-bas, *Ne rêve pas*, un avenir de bouillie, de plus en plus opaque, inaccessible, libérateur juste dans un coin de l'esprit, fantasmé. Plusieurs fois il s'était compissé, il en avait eu honte. En hiver, l'urine séchait mal, gelait, raidissait l'étoffe du pantalon, l'intérieur des cuisses s'irritait, pelait, se crevassait, s'infectait, il y en avait qui en mouraient.

On puait tous, on ne pouvait pas puer plus que nous, sauf les morts.

Un témoignage.

Pisser sur lui, chez ses parents, ah non!, il perdrait foi en aujourd'hui et maintenant, il ruait à l'idée que la honte lui soit de nouveau familière, qu'elle serait ce qui lui tiendrait chaud. Il était parvenu au port, enfin, sain et sauf, en parlant vite, il se débraguetta, ouf, c'était bon, il baissa son froc, il pissa, puis il envoya dans l'abîme une crotte bien moulée, une crotte d'homme normal. En être là. Ne pas aller au-delà de ce bonheur-là. Il actionna la chaîne du réservoir. Un petit, petit, tout petit filet brun coula. Une bombe avait éventré les canalisations du quartier. Golo l'en avait averti hier. Golo ou papa ou maman. Il avait oublié. Il s'excuserait. Commencer une troisième, ou une quatrième vie, en s'excusant ! Lamentable. Pauvre petit garçon ! Quel enfant ! Trois fils en deux, Golo, Klaus ici et Klaus là-bas. Une foule, pour ainsi dire. Mille efforts à accomplir et chacun le rétamait.

Il ne s'excuserait pas. Ce serait s'affaiblir. Il s'était excusé devant des kapos – et devant des déportés comme lui, les pseudo-copains de baraquement ; tous les enculeurs qu'enculer ne condamnait pas, *Vas-y!* Qu'ils soient libres ou non, maîtres ou esclaves. Se justifier, courber la tête, quêter l'absolution, il en avait soupé. Parents ou gardiens de l'enfer, le corps qui rampait était le même. Eux, les Hirschkuh, ils n'oubliaient pas que l'eau manquait. Le cartel sonna neuf heures. Hannah Hirschkuh certifia qu'il y en aurait encore pour des jours et des jours du manque d'eau. Reproche à la façon d'une mère, voilé et ferme – et tendre, comme l'est parfois une réminiscence. Il n'était plus accoutumé au comportement des mères. On se jetait par une fenêtre pour moins qu'un filet d'eau gaspillé. On se tuait si aisément. Ce reproche l'insupportait. Il n'avait jamais été doué pour le pardon. Et dès lors, moins que jamais. Il ne pardonnait rien. Cependant il pouvait toujours dire qu'il aimait maman. Elle et Herbert Hirschkuh lui avaient donné un nom et un prénom. Là-bas on l'avait réduit à un numéro, parfois son prénom surnageait des chiffres, des fumées et du froid.

On vit bizarrement, non ? constata-t-elle.

Ne pas répondre inaugurerait une ère sans référence avec hier.

Tous les hier, c'était jadis.

Elle le servit, comme à son arrivée. Il ne la secondait pas. Ce n'était pas un geste essentiel. Mixture sans lait. Un morceau de pain. Un bout. À peine un quignon. Être affamé. Il acceptait avec impatience la becquée. Il but, et il avait les lèvres gercées. Il ne s'en plaignit pas.

On lui avait arraché le cœur. Qu'est-ce qui battait, vraiment, en lui ? Qu'entendait-il de lui respirer ? Il lui faudrait des années, à coup sûr, pour obtenir une réponse.

Il n'avait pas enfilé la veille le pyjama bleu ciel. Un haut et un bas, un pyjama complet. Elle s'en étonna. Il avait dormi tout habillé ? Lui ? Elle en était triste, confondue. Ce soir, il le mettrait, il le lui promettait. Ça lui ferait plaisir, insista-t-elle. Une phrase s'enroulait à une autre, et l'air se raréfiait. Minuscules déserts tintant comme des grelots. Trop de phrases strangulaient. Là-bas, c'était quotidien. Encore fallait-il pouvoir les entendre. Des sourds que des balles en rafale trouaient. Expliquer que des phrases parfois étouffaient, étranglaient, serait sans utilité, il en avait la prescience. Il n'avait pas eu un sourire, comme à son arrivée. Ni peint sur les lèvres ni sincère. Il rêvait qu'il souriait, il n'irait pas au-delà de ce désir très léger.

Il but et il grignota. Elle ne le regardait pas, elle s'apprêtait à partir à la recherche de bons légumes bien frais. L'argent, ils en avaient un peu. La guerre ne les avait pas dépouillés de tout. Maigreur affreuse et passagère du fils. Elle n'acceptait pas cette maigreur, apprenait à ne pas la voir. Il lui dit qu'il savait.

Elle serait là dans une heure ou deux, ce serait selon ce qu'elle dénicherait sans avoir à payer une fortune. La tendresse résidait seulement dans ses yeux. Il se demandait en fixant sa mère, comme il aurait d'ailleurs fixé n'importe qui, ce qui l'atterrait exactement en elle. Pareille question ôtait à maman son aura. Elle apparaissait soudain un peu moins qu'une mère, elle n'était plus celle qu'il appelait autrefois maman.

Qu'il ne s'inquiète pas, on s'inquiétait trop de tout. Elle ne l'avait pas embrassé. Il était son grand garçon. Vingt-deux ou vingt-trois ans ? Soudain, elle hésitait. Quelle indigne maman, elle faisait, non ? Elle lui balançait, comme ça, un affront, elle eut même un gracile rire imbécile. Enveloppée dans un large manteau marron – de la bonne laine, la qualité ne s'élimait pas –, elle jacassait ; *qu'elle foute le camp !* ; manteau bien chaud agrémenté d'un col de martre ou de marmotte qu'elle avait relevé, voilà Hannah Hirschkuh, munie de son parapluie et de son cabas – cette femme de comptable émérite, la guerre l'avait déguisée en une matrone déclassée –, la voilà chaussée de godillots, qui s'en allait voûtée et se voulait légère.

Golo rentrerait quand il rentrerait, le père, en fin d'après-midi. Klaus aurait un gentil repas de retrouvailles. Le ton infantilisait le fils. Elle ne lui confia pas un des trousseaux de clés. À un clou, à l'entrée, en pendait un. Klaus n'y toucherait pas, il y avait si peu à lui dans cet appartement. Non, il ne s'en irait pas, il ne bougerait pas, c'était trop tôt.

Cœur faible et encagé. Pour l'heure. Sensation de s'empierrer.

Là-bas, on n'avait pas un lit pour s'aimer, sauf avec un kapo, *Je n'aimais personne*. Pas aimer, mais baiser, limer, troncher. *Passons !* Des étreintes imposées, si on les refusait, vous conduisaient directement à l'injection de phénol et d'hydrocarbure. On n'avait de choix en rien. Rien – mot-épieu, mot qui désertifie, mot parfois fait chair. On était sauté debout, à l'abri des regards, près de la soue des cochons, et parfois dans une chambre ou dans un lit.

La mère en allée, la mère ailleurs, il roulait loin d'elle, comme un ballot, un tronc d'arbre, il était un peu plus que ce rien qui le hantait. À son tour de gober – affamé de tout – un flot de sèche tristesse, vent méchant de la tristesse. Il en était ainsi les dimanches, là-bas, sous un ciel saturé de fumée. La forêt éblouissait de tous ses verts, elle le narguait. Le dernier jour écoulé dans le camp il avait pris congé de ses camarades, les mieux en forme que lui, ou les plus foutus que lui, par une poignée de main, *ne m'en demandez pas plus*. Il ne les reverrait plus. Car ce serait désirer mourir sans fin, ce serait raviver l'enfer. Alors, la tristesse, en comparaison, en était presque confortable. Sentiment en forme de couette. Adolescent, elle le prenait par surprise, sans avoir néanmoins l'ampleur qu'elle avait maintenant. Ni cette éternité et ni cette froideur.

Il se promena dans l'appartement. Indéfiniment, à se démultiplier, à se perdre de vue. Là-bas, quand on se promenait, on s'apercevait brusquement qu'on tournait en rond.

Il soupesa les ustensiles de cuisine. Ils avaient un nom, comme lui, comme tout ce qui était sur terre. De temps à autre, un nom lui échappait. Épluche-légumes, moulin à café, râpe, presse-fruit, presse-citron, pelle à tarte, couteau à fromage, couteaux à poisson, pince-serviette. C'était dans ce monde qu'on les fabriquait. Poncer, polir, tailler. Verbes précieux – et gestes, dos rond, minutieux labeur, artisanat magnifique, ancestrale vigueur des hommes. Les jours de ces hommes succédaient à des jours sans rêve et sans pensée, sans que la peur fasse riper l'égoïne ou la massette. Il avait été jardinier, comme Golo, puis tailleur, en apprentissage dans un vaste atelier à l'odeur crayeuse. Tailleur, il l'avait été là-bas aussi. Lothar toussait. Il avait été quelqu'un de proche. Ami semblait un grand mot, comme presque tous les mots, là-bas uniquement. Si la tristesse était froide, la mémoire le brûlait. Nerfs et tout. Épluche-légumes et pelle à tarte, qu'est-ce qui n'avait pas goût de métal ? *Et le sang ? Ton cerveau en flanelle ?* Sang au cul et sang sous les coups et sang des autres et sang des morts. On mourait avec du sang encore dans les veines. Lothar sanglotait à l'aube, au crépuscule, jamais entre, *Travaille !*

Bois spongieux et sang croûteux. *Dis-toi plutôt des choses tendres.*

Au fond du couloir, à côté des toilettes, se dressaient un seau et son couvercle. Pour crotter dedans. Les Hirschkuh chiaient, comme tout le monde. Le seau était quasi vide. Klaus chierait plus qu'eux, un maître-merde. Et il pisserait plus qu'eux. Il serait tout plus qu'eux. Golo s'était désigné pour en balancer le contenu quelque part, parmi des décombres, sur les splendeurs en ruine de Leipzig, le soir, à la sauvette.

Bouche et sa barrière de dents. Ils les cassaient à certains gars. Une par jour, pour Tony, la folle française, et quand il n'y en eut plus une seule, on lui enleva les yeux, à la fourchette, avec précaution, lentement, maintenez-le bien, cette salope vérolée. Comme c'était grand soudain, une bouche. Et qui paraissait inutile, mais tellement source de souffrance.

Il scandait : Papa et maman chient. Il tournait et tournait en rond. Que faisait-il, bon Dieu, ici ? Il n'était plus un adolescent, il n'était plus le Klaus d'hier, Heinz était mort. Réapprendre à dormir, et dormir, c'était en quelque sorte vivre. Il n'en pouvait plus de tourner et tourner. Vieux lion pelé. Vieille chose. Un étranger dans sa propre famille. Quatre années n'avaient pas muselé, anéanti la vivacité d'une certaine intelligence. Homme avili, mais homme envers et contre tout. Homme d'ici-bas. Il ne s'affaisserait pas, ses mains ne trembleraient pas, apprendre aussi la parcimonie dans les gestes. Il était revenu pour ne pas sombrer, il était revenu pour ancrer quelque part, et en lui germait une sourde déception, il aimait ses parents, mais ce n'était pas suffisant, plus rien n'était suffisant à rien. Un drôle de silence l'étrillait, le dépiautait. C'est dans et par ce silence que les Hirschkuh l'avaient reçu. Leur honte d'avoir pour fils un inverti, une paroi de feu, et paroi de peur que la sienne. Leur honte était aussi inadmissible que sa peur était injuste. La joie sur cette planète et en Klaus n'était que de surface. Il attendait de vrais bras autour de sa peau, et des paroles incandescentes qui le délivreraient de visions comme des serres.

L'enfant était revenu. Et il n'y avait pas eu de réelle fête.

Comment imaginer que d'autres bras l'entourent, que d'autres paroles lui fussent un baume ?

Des histoires.

Qu'on l'enlace ! Qu'on lui dise : Je t'aime. *Je t'entends mal, Heinz.* Il voulait un bonheur fou. D'où il ne reviendrait pas.

Il se coucha sur son lit de gosse une deuxième fois sans se déshabiller. Le pyjama bleu ciel bien repassé trônait à la tête du lit. Une odeur de savon et non de cet infect carré gluant qu'on leur réservait, là-bas. Pyjama de Golo, sa mère le lui avait précisé. Il le renifla, le laissa tomber dans la ruelle. Fureur de dégoûté. Envie de pleurer. De s'écraser sur le parquet.

Fin de matinée pour un sommeil de mille heures. Sieste matinale.

On le laisserait dormir. Sa mère intercéderait pour qu'on le laissât dormir tout son saoul. Maman était comme ça, parfois. Une bienfaitrice. Le jour l'emmenait dans un songe avec des arbres et du vent. Il mangeait les arbres et le vent, il avait rudement faim, c'était délicieux, des feuilles, de l'air, ça se digérait bien, il allait tout manger.

Les Hirschkuh se familiariseraient avec l'idée que le cadet était de nouveau parmi eux. Le frère et la mère conjecturaient que le voisinage aurait l'œil inquisiteur, la langue bien pendue, la curiosité en ébullition, qu'on aurait à déjouer des questions venimeuses. Le père serait à la hauteur de la situation. Il fronderait les racontars, les suppositions, les insinuations.

La mère exprima la satisfaction d'avoir aligné des marks et agité un pendentif d'un bleu étincelant, fastueux et de valeur limitée, pour obtenir quatre œufs assurés frais, un épais morceau de lard dont on n'aurait pas à extirper des vers, un fromage. Elle croisait les bras devant ces trophées, se matelassait de vanité, se rengorgeait. Qu'il n'y eût pas un bruit dans l'appartement la troubla. Klaus avait-il pris la clé des champs ? Pas l'âme d'un fils dans la chambre parentale. Enfant, il s'y réfugiait pour ne pas avoir à subir les rudesses de Golo. Hannah Hirschkuh reprochait à son aîné une cruauté dont elle avait horreur.

Klaus était sur son lit et le pyjama bleu ciel gisait sur le sol. De quelle révolte coriace était-il constitué ? Golo, lui, respectait son travail de femme – laver, repasser, récurer. Mais Klaus avait le talent exaspérant de vous empêcher de deviner s'il dormait ou non. Depuis hier, elle pénétrait dans une étrange sphère. Sa fatigue en était immense, peut-être inépuisable. Elle repartit vers sa cuisine.

Elle écrasa un lombric entre ses ongles. Le dégoût se teintait d'indifférence. On n'en était tout de même pas à croquer de telles bestioles. L'Allemagne. On se sortirait bientôt du lisier. En conséquence on accéderait à une honorable aisance. L'univers admirerait son pays. La race des larves et des vauriens ne remporterait pas la victoire. À eux, on réservait la pendaison. Ni elle, ni son cher Herbert, ni Golo ne s'émouvaient plus d'un macchabée oscillant au bout d'une corde. Les épreuves, se dit-elle, qu'avait connues Klaus, prions Dieu qu'elles l'aient endurci. Le malheur virilise. Sa féminité à elle s'était décolorée au cours de la guerre. Elle ne brusquerait pas son fils. Les Hirschkuh tiennent du Phénix. Klaus, son petit gars, son petit Klaus, son égaré, elle le revitaliserait de son amour grondeur. Elle l'aimait – ou l'adorait –, parce qu'on aime la chair de sa chair, n'est-ce pas ? Qu'il ait été quelque chose d'autre que celui qu'il devait être, cela n'aurait été qu'un passage, une tare dévolue à l'adolescence des garçons, il avait été sous influence. C'est maintenant qu'il aurait un vrai corps d'homme, un esprit d'homme. Ce petit Klaus aurait une grandeur toute à lui. On serait fier de lui, il mériterait leur affection. Il serait un véritable fils. Elle avait cependant le cœur étreint à le voir si grand et si fragile. Ce soir, elle ne serait que mère aimante. Mansuétude et amour. Ne pas en dévier.

Herbert et Golo ne déjeunaient pas à la maison. Herbert cassait une croûte frugale chez son patron. Les deux hommes se démenaient pour que le cabinet comptable résiste aux tempêtes de l'après-guerre. Golo fouinait de par la ville, bouffait dans une gargote, un bouge miraculé. Se clamait plombier. Vouait aux gémonies les mous, les couards, les amorphes, les imbéciles.

De l'eau bouillait. Klaus aurait un œuf dur assaisonné d'une pincée de sel. La générosité des mères est infinie. Mais sélective. Et ne se déploie que par aveuglements.

C'était un bel œuf dur. Elle choisit entre deux coquetiers d'argent le plus ouvragé, rubans et ondulations de lierre gravés. Cadeau d'une de ses cousines au baptême de Golo. Celui de Klaus, on l'avait égaré.

L'œuf était cuit comme il fallait, comme l'imposait la tradition.

Il dévorait. Il redevenait un petit garçon. L'œuf délicieux avait été avalé en une seconde. Voracité et non pas plaisir. *Pour une poignée de mie coriace ils se bagarrèrent.* André tua Heinrich. L'œuf additionné d'une tranche de pain, une pomme de la taille d'un pommeau de canne. Il avait mangé sans un mot. Mastiquer et parler, deux tâches inconciliables. Son regard quémandait plus de nourriture. L'exigence de Klaus déroutait sa mère, la braquait un peu contre lui, l'apitoyait. Où en était-elle avec lui ?

D'un doigt, il frotta ses dents – on ne l'avait pas élevé ainsi, si mal, en rustre. Sous un de ses ongles brillait une demi-lune de blanc d'œuf. Il l'ôta, la déposa sur sa langue. Il alla s'enfermer dans les toilettes. Défécation tonitruante. Sa chambre, ensuite, enfin. Il n'avait pas embrassé sa mère. Autrefois, il câlinait naturellement. Ce besoin de chaleur humaine qu'il avait. On l'aimait pour cela. C'était un vrai fils. Un fils attendu. Il répugnait désormais à la proximité physique.

Déconcertant, irraisonnable, voici ce qu'était Klaus pour Hannah Hirschkuh. Elle avait la sensation désagréable, inconfortable, d'être sa mère et une ombre. Au retour des toilettes – il avait utilisé le seau, il n'en faisait pas qu'à sa tête – il avait déclaré que les fruits crus ne lui étaient pas recommandés. Ah ! et elle avait eu une expression particulièrement idiote. Il n'aurait pas dû manger la pomme. Mais il l'avait croquée, le pauvre petit simplet. Elle lui confectionnerait des compotes, bien qu'on manquât de bois pour la cuisinière. L'après-guerre serait-elle pire que la guerre ? D'ailleurs, lorsque Leipzig râlait sous le joug d'un occupant, était-il sensé de parler d'après-guerre ? Elle n'irait pas jusqu'à confier ses réflexions à Klaus. Comme tout était plus limpide avec Golo, avec Herbert, parfois avec un voisin, un commerçant. Les silences de Klaus obscurcissaient le moindre instant. Revenir à zéro, à la case "départ". Pendant ces quatre années loin d'eux, où était-il ? Que vivait-il ? Là où il était, la vie valait-elle le coup d'être vécue ? Elle n'éliminait pas la supposition qu'il avait passé du bon temps. Avec des hommes, puisqu'il était parfois sain d'appeler un chat un chat. Et puis, et puis. Comment continuer ?

D'une boueuse somnolence il ne tirait aucun profit. Son retour à Leipzig, dans cet appartement, chez papa et maman, ça remontait à des années-lumière, corps et âme le percevaient. Ni dieux ni hasard ne lui ramèneraient Heinz Weiner. *Où vas-tu ?* Heinz avait été là et ne l'était plus. Il n'avait jamais autant réfléchi, réfracté que depuis son arrivée à la gare de Leipzig. Il s'appartenait un peu plus que là-bas, qu'hier.

Hannah Hirschkuh n'osait pas remuer les ustensiles ni bouger sa graisse triste. Elle aurait trop de dispositions à se reprocher de l'avoir réveillé. Il n'était pas malade. Il ne mourrait pas chez elle. Il n'était qu'épuisé. Elle mesurait ses mouvements. Il y avait une vingtaine d'heures, elle pouvait évoluer chez elle comme elle l'entendait, sans crainte de gêner qui que ce fût. Mais il était revenu. Il était désormais entre leurs murs, près d'elle, dans une chambre, à l'autre bout de l'appartement. Les heures, en ce moment de la journée, n'avaient plus leur familière fluidité, d'un gris floconneux, d'un gris endormant, et un peu tiède, un gris tout simple, gelé dans sa matité, sans perspective, fournisseur de rêves mous. Elle en était avachie. Et ne secouait pas l'invisible entrave. Léthargie qui faisait écho à la provisoire hibernation du fils. Harmonie trompeuse.

Le père, puis Golo.

Débarbouillage. Sueur au relent de vieux fromage. On se décrassait une fois par semaine vraiment de fond en comble, du crâne aux talons, vigoureusement, à l'eau froide, quand on en avait.

Le dîner se déroula sans variation aucune avec celui de la veille. Le père prit place le premier, puisque c'était le père, et le survivant d'un ordre ancien. À la radio, ce matin, on avait grappillé des informations décourageantes. L'Allemagne ne se relèverait pas d'un claquement de doigts. L'électricité fonctionnerait pour quelques heures, ce soir. Lumières comme des phares miniatures, là. Le père et la mère prenaient des raccourcis pour détailler leur journée. Golo restreignit la sienne aux connaissances croisées de l'aube à la nuit. La fille des Kesten avait embelli, et pourtant elle se baladait en manteau d'homme. Gustav Bermann pêchait aux aurores dans la Parthe, quitte à risquer de se faire embarquer par les Russes, c'était que l'aurore comme le crépuscule favorisaient tous les trafics.

Herbert se leva à l'entrée de Klaus, hébété, les joues jaunies de barbe, une haleine de malade, pareille à celle des curistes dans certaines stations thermales qu'il avait fréquentées, pas un atome d'élégance là-dedans. Klaus se plantait au milieu de la cuisine, ne rougissant pas de son retard, c'en était irritant. Le père se leva, donc, à l'entrée de Klaus. Sa main recouvrit la nuque de son fils – Klaus, mon gars – et vola dans le vide, parce que Klaus, instinctivement, eut une nerveuse torsion des épaules, et la tête qui s'inclinait comme sous une lame. Golo avait jalousé la paternelle tendresse de son père à l'égard de son frère, l'amour sans tache, inaltéré, qu'il lui vouait, il avait eu un gloussement, quand la main avait quitté la nuque, disparu dans ce qui parut un halo d'obscurité. De ce rejet évident, Herbert fut malheureux.

Une soupe, comme hier, était servie, accompagnée de son morceau de lard.

Tu nous gâtes, dit Herbert à sa femme.

Oui.

Tous se disaient que Klaus était là pour longtemps. Un invaincu, un gamin fascinant, un plein de morgue même dans son affligeante et provocatrice maigreur.

Un jour, Herbert saurait ce qu'était la teneur du mal dont on avait accablé son enfant.

Plus qu'un fils, un enfant.

Qui es-tu ?

Pas soupe, mais potage. Pas soupe. "Soupe", mot qui donnait la migraine, la chair de poule, qui avertissait qu'on pouvait mourir à tout instant, et donnait de l'effroi. Soupe-crachat, soupe-infection, soupe-déjection, soupe-poison, soupe-pisse. Une fois, l'un des cuisiniers du camp – *et le nom ?* – avait ajouté à la portion de Klaus un médaillon de viande, ce que Klaus n'avait pas goûté en vingt-neuf mois d'internement. C'était un échange, *comprenez-moi bien*, en échange de ça, ce peu de viande et ce beaucoup de gras, le cuistot le baisa derrière un baraquement, baisse ton froc, petite garce qui a la panse pleine, pas un mot, j'ai dit pas un mot, *il a dit pas un mot il a dit pas un mot il a dit pas un mot il a dit qu'il n'y a pas un mot, il a dit.*

Comment, que dis-tu ?

Vivre, verbe inouï, comme tant de verbes, et ricanant, verbe majeur.

Le verbe unique.

Le potage était bon.

La radio marchait. Golo en avait tourné le bouton sous l'acquiescement de son père. Des gens parlaient merveilleusement, ils venaient du dehors. Chez les Hirschkuh le monde extérieur surgissait, se déployait, dansait. *Ne hurle pas !* Klaus s'abreuvait à ces informations, légères et qui crépitaient, petites braises sages, écheveaux de soie, cousues peut-être du fil blanc de l'espérance. Klaus entendait Heinz – *Un pont sera construit, les moissons seront bonnes, cette année, les furets s'apprivoisent sans souci* –, Heinz n'avait donc pas totalement disparu, ni sa belle âme, ni sa sensualité, ni son corps.

Dans le train qui l'avait ramené à Leipzig, des voyageurs se campaient en roitelets découronnés, en margraves spoliés, et par quelques traits trempés dans l'acide le plus radical, ils cinglaient Américains,

Anglais et Français. Hannah et Herbert Hirschkuh avaient l'oreille attentive, le teint rouge, les traits impassibles, penchés vers le poste. Il y eut un hoquet et la radio se tut. L'électricité avait été coupée. Ça navra Klaus. On le privait de quelque chose qui palpitait, de voix joyeuses, qui mentaient comme l'affirmait Golo, mais pourquoi refuser des mensonges si joyeux ? Voix qui l'avaient rempli de chaleur, qui lui donnaient envie de se promener sous des feuillages, et seul, à travers des prés. Les arbres, se disait-il, auraient le pouvoir de recouvrir de leur ombre sa mémoire.

Bougies allumées par la mère.

Je fumerais bien une cigarette, annonça Herbert Hirschkuh. Il retira de sa poche un étui. C'était le même qu'autrefois, remarqua Klaus. *Papa*, et il serait capable de pleurer, de se lover contre la poitrine paternelle, de dire, comme si personne encore ne l'avait écouté : *JE SUIS REVENU !* Herbert en proposa une à Klaus, qui déclina (il ne pouvait plus fumer, mais plus du tout), en offrit une à Golo qui s'empressa d'accepter, tout en précisant qu'il avait aussi les siennes.

Klaus avait fumé là-bas d'infects trucs à écorcher gorge et poumons, on fumait là-bas, et plus la délivrance – mourir du typhus ou être pendu par les pieds ou apercevoir les colonnes de camions et de jeeps américaines – approchait, et plus on fumait à grandes goulées, plus on se procurait du tabac par des trafics de plus en plus dingues, le danger donnait de l'énergie.

Laisser en plan père et frère les offusquerait. Il en courut le risque. Son corps, ce soir, avait plus d'importance qu'eux tous, ses proches. Il sourit, il se retirait. Son attitude était inacceptable. Tout le monde avait vécu de sales moments, Klaus, sans doute, n'avait pas à s'en attribuer la palme, la plupart n'en faisaient pas tout un plat, le malheur ne sacrait personne, tous les malheurs étaient respectables. On le lui envoyait en plein visage.

Adieu, et c'était comme s'il disait n'importe quoi.

Il oserait étaler ses requêtes.

Il oserait.

Que le mot "soupe" soit proscrit à table. Pas de soupe, donc.

Ni chiottes ni soupe. Ni bassine ni rayures. Ni pyjama bleu ni délavé. Ni corvée. Ni tout. Ni rien. Ni toute une vie de quatre années.

Fenêtre contre laquelle se profilait son bel amour.

Utopie de tout interdire.

Au moins, pas de soupe et pas de louche.

Il oserait demander qu'on lui accorde d'accomplir sa toilette sans une présence dans l'appartement autre que la sienne. Percevoir un souffle humain le rendait fou.

Il oserait suggérer qu'au dernier étage de leur immeuble moisissait une chambre de bonne non louée, parce qu'on n'avait plus de bonne. Le bail l'incluait avec l'appartement. Il oserait l'occuper, s'y établir. Ce serait ses quartiers. N'avoir pas eu un espace à lui pendant quatre ans, puer dans la proximité de l'autre qui ne vous touchait que pour vous frapper, ou pour ce que vous savez, lui avait vidé la cervelle, l'avait brisé.

Il oserait réclamer ce que la bonté familiale ne lui refuserait pas.

Il avait droit à des égards, quoiqu'il fût une ébauche d'homme aujourd'hui. Les Hirschkuh avaient eu le malheur bien pépère. Lui était tout en fragments. Qu'on ne lui reproche pas d'avoir des caprices ! N'était-il pas le fils prodigue revenu d'entre les morts ?

Il oserait, car il fallait oser. Il fallait être de cette trempe.

S'éclipser dans un fracas de mordants petits silences, de balbutiements éreintés, de reproches en pelotes d'épingles, soirée huilée, prison de poupée, s'éclipser de cette pièce, de ce cercle de personnes mal équarries, d'un égoïsme massif et peu malléable.

Il ne nous supporte pas, pensait Herbert Hirschkuh. Il n'a plus que nous et il s'en va, bizarre, inquiétant. On ne percera pas le mystère. Quatre années qu'il nous fait payer ? Être repoussé n'était pas agréable. Le ciel vous tombait dessus. On en était écrasé. On se figeait, et puis on s'écroulait, songeait encore Herbert. Il en pleurerait. C'était Hannah qui pleurait.

Klaus était hors d'atteinte.

S'aimer bien, avoir un passé en commun ne justifiait pas, n'assurait ni la communion d'idées ni une compréhension mutuelle. L'antipathie que vouait Golo à son frère – les mœurs de ce dernier éclaboussaient de suspicion celles de l'aîné, pourtant d'un conquérant amateur de filles – était franche, assumée et revendiquée. De la saine brutalité.

Le retour de Klaus entraînait Hannah et Herbert Hirschkuh à des émotions contradictoires dans lesquelles ils s'embourbaient. Nous sommes des gens calmes, bons, généreux, judicieux, pensaient-ils. Constatation qui les dressait contre Klaus. Il était le fauteur de troubles.

Golo serait bon demain avec son cadet, adorablement bon, de cette bonté particulière qui le rendrait heureux, dont il s'enorgueillirait, une bonté sans pitié, outrancière, vermoulue. Une bonté comme un crachat. Il le pourvoirait d'un travail, il serait un démon plein de grâces. Et au moindre écart de Klaus, il le montrerait du doigt, et les Hirschkuh lui fermeraient leur porte à jamais.

La guerre leur avait appris à tous à se passer du plus jeune fils, du jeune frère. D'année en année on avait de moins en moins souffert de son absence.

Golo embrassa sa mère, ce qui était exceptionnel. Ne soyez pas tristes, demain est un autre jour, faites de beaux rêves, essayez.

Il était allé se coucher, il ne s'était pas lavé. Le père, la mère et leur fils aîné accomplirent leur sommaire toilette rituelle. Peut-être se décrasserait-il dans la nuit. Un loir. Il serait le dernier des quatre à se frotter au gant de crin.

Les matins, il était le dernier à s'humecter la trogne d'une eau fétide, et les soirs, ça ne changeait pas.

Heinz Weiner l'avait quitté, s'était tué.

La guerre.

Weimar. Une ville à brûler de ses fondations à ses toits.

L'arbre de Goethe, un géant dérisoire.

Un corral de barbelés.

Des chiens.

Des hommes fous, emprisonnés, qui le haïssaient autant, sinon plus, que les maîtres et les kapos.

Quatre années.

Il avait vécu quatre années à Buchenwald.

Psaume.

Chantez!

Buchenwald.

Buchenwald.

Voilà, c'était dit.

Buchenwald.

Quatre années à.

L'univers entier se tait.

Buchenwald.

À moi de le dire.

Presque un orgueil à le dire. De l'orgueil associé à un tel mot. En arriver là.

Buchenwald.

Là-bas je n'ai jamais joué des coudes, ne me suis jamais imposé en quoi que ce soit, sauf entre les cuisses des kapos, n'ai jamais fait mon chemin des épaules et de la voix, jamais, au grand jamais. Mortifié, une sorte de profession. Possédé et mortifié. Nu et en haillons. On ne me mit pas en charpie. Je fus d'un seul tenant, toujours, je l'oubliais, mais je ne partais pas en morceaux, jamais. Parfois j'osais me dire que j'étais quelqu'un et que ce quelqu'un était quelqu'un de bien. Voici du savon, m'avait dit un type. Il ordonnait, il m'enleva, il me coucha dans un lit, un lit d'homme, une soue royale, vous ne verrez jamais ce que je veux dire. Vous ne voyez rien. Et cependant ça peut être dit. Et même crié. Je suis vivant et j'ai mon fantôme en guise d'ombre. Oui, j'ai perdu mon ombre. On m'a donné mon fantôme en échange de mon ombre. Il y a du démon quelque part et partout.

Mon âme qui s'envolait. Je ne sais pas trop ce qu'est une âme. On dit que c'est dépassé, que ça n'existe plus, le vocabulaire d'une génération détruite.

Ils m'ont tous eu.

Le kapo pleurait parfois en me baisant, jamais eux, les autres détenus, politiques, de droit commun, juifs. Corps lugubres, plus que celui de mon kapo. Je dois le dire, ça. Ils me haïssaient.

S'exhumer de ces mots, travail colossal.

Il plissa les paupières. Golo pointait sa saloperie de torche électrique sur les murs, sur la tête de son frère, sur son visage. C'était sa façon de donner la becquée à Klaus, de lui souhaiter bonne nuit.

Ça ne va pas, Golo ?

La mère était entrée dans leur chambre. Klaus serra les paupières très fort.

Il dit "maman". Golo dit "maman".

Laisse-nous dormir. On a sommeil. J'ai sommeil. Lui aussi, laisse-le dormir. Il fait semblant, mais il a besoin de dormir.

Il n'échapperait plus à cette lumière. Il n'en viendrait pas à bout.

Sous la couette, chambre froide ou étuve. L'une, et l'autre ensuite.

La lumière dans la mémoire, la lampe torche, un feu électrique qui perçait, tailladait, éviscérait, comme là-bas, comme partout où il y a le désir de faire disparaître quelqu'un, frère ou inconnu. *Et je suis quelqu'un.*

La loupiote du baraquement.

Phare qui sonnait parfois l'hallali.

Brandir le poing. *Pas habitué.*

Lumière enfoncée dans les orbites, explorant le cerveau, toutes nos ténèbres, toutes nos aurores. Ce que l'homme avait créé. Trous oculaires fabriquant de la lucidité et de l'effroi.

Je ne m'en sortirai pas. Ils ne m'auront pas. Je mourrai avant.

Et la lumière d'un jaune pisseux frappant de sa laideur le carrelage blanc des douches.

Buchenwald.

Oui, Buchenwald, parfaitement.

Buchenwald et là-bas, tout à la fois.

On en revient, on n'en revient pas, difficile de se repérer en soi, et déjà pas facile en temps de paix.

La haine comme un feu naturel. Maternelle. Large comme un poitrail de bête faramine. Vous donne un corps et une âme et un cœur. Trinité plausible.

Où en est-on de vivre ? De mourir ?

Rends-moi ce que je suis !

Buchenwald, grelot suspendu au cou du renard du conte. Le tintement mettait en fuite ses proies. Il crevait de faim, et le vent agitait le grelot de malheur.

Grincer des dents. Littérature gothique. Heinz lui lisait des livres. Un dialogue entre des amants.

Mon amour.

C'était l'amour immense et imparfait et donc chatoyant de mille défauts et de tant de beauté, qu'il nourrissait pour Heinz.

Il se redressa dans son lit d'enfant et d'adolescent, la bouche pleine d'un long cri muet, voilà un cauchemar, dans les yeux, dans la tête et la gorge.

Ampoules écrasées sur des yeux. Il y en avait qui entraient aveugles en enfer.

De la fumée, et pas un oiseau dans le ciel. La fumée plus puissante que les oiseaux du ciel. Depuis que l'humanité existait, on n'avait jamais assisté à pareil phénomène.

On pendait des hommes.

On les livrait à des chiens.

Plus de corps, que de la viande.

L'ai-je dit ? Je me répète ? Pourquoi ne pas se répéter ? Qu'est-ce qui me l'interdit ? Qu'est-ce qu'on peut maintenant m'interdire ?

Défenestration de Heinz.

On noyait des gars dans une eau saturée de désinfectant.

On en fusillait, des Russes par centaines. Mare de sang. Pas une image. Il n'y avait plus d'images là-bas. De la réalité. Des murs de réalité. Des soues de réalité.

On émasculait.

Il se dressait dans son lit d'autrefois, aucun d'ici n'écoutait sa peur le garrotter, et ils étaient son père et sa mère et son frère.

Tu te rends compte, Heinz ?

Il retomba contre la couette, le matelas, le sommier, ces épaisseurs qui ne vous faisaient pas forcément toucher terre.

Je suis Klaus Hirschkuh, et toi ?

Heinz, et puis ce fut *Mon amour*.

Il ne dormirait plus. Il tremblait de toutes ses visions.

Le père ne se prononcerait pas sur ce que d'aucuns jugeraient que c'était faire grasse matinée, et que c'était scandaleux. La mère n'aurait pas d'avis. Ou fluctuant. Amour maternel puissant mais affaibli. Fils si nébuleux.

Golo trimait, considérait qu'il trimait dur, et Klaus, lui, revenait de bien longues vacances. Qu'il reparte en voyage! rageait-il. Klaus était parmi eux depuis deux semaines, déjà. On le nourrissait gratis. Il ne déliait pas les cordons d'une invisible bourse. Héberger Klaus se révélait être un luxe. Ses diarrhées imprégnaient l'appartement d'une drôle d'odeur. Golo n'était pas un monstre, mais un frère, qui se voulait un jeune homme symbole de l'avenir de l'Allemagne, sans renier les archaïques méandres de son cerveau. Là-bas, combien avaient baisé Klaus? Et combien son frère touchait-il à chacune de ses passes? Une aube de mai 1941, il avait appris par un pote, secrétaire à la Gestapo, ben oui, et puis, quel mal à cela, pas trop recommandable, mais un copain, un bon copain, pas vraiment nazi, tant de variations chez les nazis, croyez-moi, de zéro à l'infini, tué pendant les bombardements de Leipzig, cette injustice, et des inconnus s'étaient mis à pulluler de partout dans la ville, une aube de mai 1941, donc, on avait embarqué Klaus Hirschkuh, une bourrade dans les côtes de la folle, avant des raffinements plus éloquents, c'était ce qui arrivait à une tante. Golo n'avait jamais adhéré au national-socialisme. Pendant la durée de la guerre, il faisait la fête dans un Leipzig en chaos avec une bande de zigs plutôt louches, aux couilles bien suspendues, adeptes d'orgies sacrément sympathiques et revigorantes, toute femme était son genre, il baisait toutes les filles possibles, tandis que Klaus avait été interné, là-bas, il savait où, il n'avait rien dit à ses parents, là-bas, une fable comme une autre, un cauchemar inventé par les vaincus. Que Klaus fût revenu lui faisait peur. Pourquoi revenait-il toujours ?

Il leur était toujours un étranger, un peu plus qu'avant, lui semblait-il, c'était tout. Ils le mettraient le plus simplement du monde à la porte. Pratique courante dans les familles envers un inverti, et qu'il y ait eu Buchenwald ne changeait pas grand-chose à l'affaire. Si ce fils s'en allait définitivement, il en souffrirait atrocement, évidence que redoutait Herbert Hirschkuh, mais la souffrance comme la joie, par leur excès même, sont amenées à pâlir, disparaître, s'éteindre. Hannah, elle, en serait terrassée. Momentanément, mais peut-être pas. Un évènement, au moins une fois dans une vie, survenait pour que l'on fût projeté dans une imparable réalité : l'être que l'on connaissait le mieux nous était, somme toute, fort mal connu.

Les sarcasmes feutrés de Golo, Klaus les encaissait de moins en moins bien. Il ne ripostait pas, mais ses poings se serraient.

Il n'avait pas un kopeck. Ou un sou. Ou un mark. Russie. France. Allemagne.

Il songeait à cela, pendant qu'il se lavait, et que sa mère était hors de l'appartement, docile au désir de son fils d'être seul, l'eau était revenue à toute heure, tout revenait, lui comme le reste. On assurait qu'Hitler n'était pas mort, alors, Hitler reviendrait bien évidemment. Hannah Hirschkuh se moquait de son fils avec ce qu'elle se persuadait être de la gentillesse, sans arrière-pensée : Quand il serait marié, son épouse le regarderait faire sa toilette tout à loisir. Maman riait, vulgaire, touchante, insupportable.

Jamais!

Ne reste pas là!

Maman, je t'en prie.

Elle entendait ce qu'il disait, elle comprenait à peine ce qu'il disait. Sa voix à elle, faible, enrouée, se frottait à lui, désagréable, de la toile émeri, ou visqueuse, une langue. Elle ne serait pas là, d'accord, elle sonnait la défaite, le retrait des troupes, des arguments, de l'incompréhension. Un fils nu! C'était vrai qu'il n'était plus un enfant. Merci, maman. Il la remerciait.

Il était le fils de cette femme.

Hannah Hirschkuh avait papoté un jour avec le tailleur le plus célèbre de Leipzig. C'était un client d'Herbert. Et Klaus n'avait pas d'emploi. Klaus était adroit à manier ciseaux et aiguilles. Oui, il était de retour. La vie refleurissait. Elle et Herbert enverraient Klaus s'entretenir avec lui.

Klaus et sa chance du feu de Dieu.

Un filet d'eau tintait contre l'émail du lavabo de la salle de bains, ce recoin mal éclairé.

Pourquoi les garçons d'Hannah ne se mariaient-ils pas?

Elle s'enroulait dans son manteau d'hiver, ce vêtement d'homme, comme c'était bizarre et rigolo, la féminisait.

Ce matin, elle n'irait pas se promener. Elle avait promis de ne pas se trouver dans l'appartement, tandis qu'il se décrasserait, mais c'était il y avait longtemps, neuf jours exactement, non, elle n'irait pas se promener. On ne se promenait d'ailleurs plus à Leipzig, en Allemagne. À Paris, on n'avait pas cessé. Enfants gâtés, les Français se plaignaient pour un pet de travers. Et on ne les avait pas vaincus.

Elle le trahissait, elle ne tenait pas ses promesses. Elle l'épiait. Elle l'avait souvent suivi dans la rue avant la guerre. Elle savait pour Heinz. Elle était là, près de lui. Il hurla sur elle, il la vouait à l'enfer, elle s'enfuit. La porte refermée, elle ne comptait plus. Il eut aussitôt envie de se foutre à poil. Et Heinz lui manquait jusqu'à vomir de détresse. Nus, ils s'aimaient. Nus, ils étaient ensemble. Dans leur chambre, nus, et là-bas, on prenait une douche. Pas beaucoup de particuliers possédaient de douche, avant la guerre, mais dans les camps, oui. Il y avait des douches, là où on vous zigouillait. Ce verbe, ça lui faisait du bien de le murmurer. Après une de ces douches, on l'avait convoqué à l'infirmerie, on lui avait injecté quelque chose, on ne lui avait pas coupé les couilles, il avait été malade à crever, des abcès en guirlandes sur les fesses, et les ganglions du cou enflés, *vous crèverez tous*, il ressuscita d'entre ses souffrances, ce qui le terrifiait, c'était que là-bas, à Buchenwald – au matin, il avait oublié qu'il pouvait dire le nom, et puis, c'était revenu soudain, vers dix heures –, on n'enterrait pas vraiment les morts. Maman l'avait laissé seul, affolé et effrayé, il était un fils qui imposait enfin sa loi. Il dansait devant la glace, un fantôme qui dessinait de sa silhouette des mouvements de java, de tango, de valse, en boucle, une ronde de danses, il était magnifiquement seul. *Bouge-toi, tout de même, elle sera là dans une heure!* Bouge-toi, qu'ils gueulaient dans les locaux de la Gestapo, il était collé au sol par ses vomissures, son sang, son foutre – oui, il avait éjaculé, quand on l'avait frappé aux cuisses, et il s'était vidé de sa merde, quand on lui avait planté la règle de fer dans le cul, si loin, cochon de chien, disaient-ils, puis à Buchenwald, ils le touchaient de leurs poings, oui, c'était à Buchenwald, les insultes traversaient les siècles, les camps et les villes, les campagnes et les océans, immortelles, différentes et identiques, le même sens, la même haine, tous ces cadavres rompus à coups de pelle, et toutes ces insultes qui tournoyaient dans le ciel et sur terre, infiniment, enculé de ciel, et terre pourrie, c'était facile de dire cela, ça ne changeait rien, mais ça lui plaisait de le dire. Les civils d'avant la guerre et ceux des trois premières années de la guerre, les nazis, les kapos et les autres déportés, ils l'insultaient souvent, les mecs du baraquement plus que les autres, on passait tant de temps ensemble, ces mecs l'insultaient chaque jour, ça les mettait en forme, on pensait moins à la mort avec un pédé. Il déboutonna sa chemise. La veste, tombée ; la chemise, tombée ; le pantalon, ensuite, ôté, tombé, envolé ; les grosses chaussettes de laine qui ne puaient ni le cochon ni l'homme sale, lancées n'importe où. Devant ce lavabo, il était son propre maître. Il n'en remerciait pas le ciel. Marc ou Hans, vous schlinguez, on les avait obligés à courir nus sur la neige, le violet des veines aux pieds, aux cuisses, sur la queue, emphysème, décapités à la hache, un après-midi d'hiver. Il était compliqué d'enlever son slip. Il cachait quelque chose d'inouï, il protégeait quelque chose de merveilleux. Dans sa valise américaine il en gardait un second. Ou un caleçon. Il n'avait plus tous les mots d'hier en tête. Un écheveau d'absences. Il possédait si peu désormais. N'avoir rien, être seul, si peu posséder, avoir froid. L'eau était rudement froide. Et ce galet verdâtre, c'était un savon. Il frictionna le galet sur le gant de toilette. Une mousse triste, récalcitrante s'y répandit. Le front, la nuque, le front, les oreilles, les joues, le menton. Nuque et menton de Klaus Hirschkuh. Aisselles, bras, tétons, poitrine, doigts, phalanges. Une horde d'éléments de chair et d'os pour former un corps humain. De bête, aussi. *Ne néglige pas les bêtes!* Son corps était immense. Tout corps l'était. Là-bas, à Buchenwald, on se douchait en cinq minutes, pour la semaine. Ce matin, il avait l'éternité à lui, une succession d'éternités, afin de converser tranquillement avec sa chair et sa peau, avec leur mémoire, avec leur présent, avec ce qu'elles attendaient de demain. Tout cela qui était à lui. On ne l'avait pas châtré. Bites et couilles de déportés pour des mâtins, morceaux succulents, régalez-vous, mes beaux.

Se laver, on se lavait, c'était tout. Il se lave, tout va bien. *N'en demande pas plus pour aujourd'hui!*

Quelle drôle d'entreprise d'atteindre le dos, son milieu, ce creux et ces deux vallonnements. Ils le lui léchaient. Je t'aime, c'était Heinz qui parlait, je t'aime, c'était un kapo qui parlait. Personne ne l'avait aimé comme eux. Même pas ses parents. De l'amour. Plein. Des cargaisons. Poésie portuaire. Le plaisir revenait, car c'en était un de se laver. Se recréer avec un infect bout de savon verdâtre, un gant de toilette et de l'eau en filets. Puis, les fesses, la raie du cul, derrière les genoux, les talons. Grumeaux de merde. Ils en arrivaient à bouffer leur merde, ils vomissaient leur merde, ils mouraient de leur merde. Des copains. Des inconnus. Que des déportés. Cuisses. Remonter la main, et le gant, et le savon. Se caresser comme on caresse un autre. Remonter. Le ventre et le sexe. Ce sexe qu'appréciait Heinz Weiner. Cuisses encore. Testicules. Jambes. *Te voilà bien pudique, chéri !* Maigreur des cuisses, des mollets, du torse, des bras. Du sexe, non, sexe inchangé, le sexe ne maigrit jamais, lui. Sous la peau, tout était d'os. Un arsenal d'os. Os contre os. D'une netteté inquiétante. Les os se brisaient là-bas, et on les brisait. *Mon corps.* Compagnonnage qui devenait obsédant. Vitalité. Il était de retour.

Il se lava une deuxième fois. Et si sa mère tournait le loquet ? S'étriller – le geste, le gant de toilette et la mousse, enchanteresse trinité. Radoter de plaisir. Il était maintenant bien propre. Il décapa cette propreté une troisième fois. Tu sens bon, lui dirait sa mère, il n'était plus un enfant. Te respirer toujours, disait Heinz. Il en disait des choses, Heinz.

Se courber en avant, s'arquer, il avait vingt-trois ans.

Que lui et son sexe. Comme là-bas, à Buchenwald, en cachette. Se branler à la hâte, comme chez ses parents. En grognant, et c'était bon, même à Buchenwald, Goethe ne dirait pas le contraire, et que c'était meilleur en gémissant.

Il acheva la troisième toilette. Il effaça les éclaboussures d'eau, de mousse et de foutre. Il s'entoura d'une large serviette éponge le bassin. Il lava son slip. Et se lava les dents avec une brosse à dents.

Quel était le prénom du dépiauté vivant ?

Ils se taisaient tous. Et même les murs de bois, de pierre, l'allée des Aigles, la fumée dans le ciel, les champs au loin, les bois et leurs arbres. Les chiens démembraient.

Il frottait et frottait le slip militaire, américain, qui résisterait à tout, on le lui avait certifié en riant. Il frottait avec une énergie dont il avait perdu l'habitude, vindicative. Un affolement de l'être.

Quatre années de trucs en charpie, pisseux, ourlés de poux. Les caleçons de Buchenwald. Qui se décomposaient sur la peau. Humides tout le temps en hiver. Les démangeaisons en étaient augmentées. Mourir de se gratter jusqu'au sang. Il frottait comme un dingue, se rassérénait à des gestes très simples. Pustules, eczéma, une torture. L'impression d'avoir sa propre crasse à jamais dans les veines. Et il frottait, comme les lavandières.

Qu'est-ce qui appartenait au passé ?

Aimer de nouveau, un rêve indu.

Le raclement des crins sur le coton – une brosse pour le slip – limait ses nerfs. Sans cesse, il découvrait qu'il détenait encore des nerfs et du sang, des pensées et une peau. Il s'échauffait et s'en réchauffait. Ce savon serait lamelle translucide dans moins d'une semaine. Le lui reprocherait-on ? Oui. Il n'en doutait pas. Pourtant il avait droit à l'indulgence. En quatre ans, ils ne lui avaient pas fait un signe. S'il était mort, ce serait plus aisé pour eux, ils le pleureraient. Il avait néanmoins des droits, puisqu'il avait été interné. On l'avait averti : Ne rêvez pas !

Pas un colis en quatre ans. Il ne le pardonnerait pas à ses parents. Salauds d'Hirschkuh. Un chat est un chat, il l'avait appris à Buchenwald, et il l'apprenait à Leipzig. Quatre ans entre deux villes.

On le baisait, il ne se défendait pas. Il avait faim, là-bas, comme dans cet appartement de sa jeunesse.

Un pédé était un pédé.

Et des morts vraiment des morts.

Le slip pendouillait de ses doigts, immaculé, splendide. Il se rhabilla sans traîner. Il avait chaud, et il claquait des dents. *Imbécile!* Lui seul désormais était autorisé à lancer des insultes.

Dans sa chambre, à l'extrémité d'une étagère, il suspendit le slip d'un blanc vertueux. Dans la cuisine il souleva des couvercles. Il serait ravi s'il pouvait se préparer un bol de café. Et pas le jus de chapeau que lui servait quotidiennement sa mère. Mais il s'assit, épuisé, croisa les mains, il avait renoncé au café sans café ni chicorée, il attendait sa mère, peut-être.

Elle enregistra la flaque d'eau (les garçons épongent mal) au bas du lavabo, qui n'était qu'un évier amélioré, serti de petits carreaux roses. D'où venait-il pour se comporter avec autant d'insouciance et de méchanceté ? D'égoïsme ? Il avait été égoïste et insouciant. Il découchait. Le voisinage en faisait des gorges chaudes. Il était source de conflits, de disputes, d'esclandre. La même insouciance qu'en temps de paix, et le même égoïsme. Comment pouvait-il ? De son hallucinante maigreur, elle lui tenait soudain rigueur. Il exagérait. Revenir dans cet état, se faire remarquer à ce point, mon pauvre chéri, ce renégat. On l'avait déporté comme un Juif, et pas mieux qu'un Juif. Pourquoi ne corrigeait-il pas son caractère ? Les Juifs étaient pareils que lui, indociles et arrogants, et malheureux. Il ne participait pas à la vie de famille, on l'ennuyait, mais il n'avait nulle part où aller. Golo répétait que c'était un profiteur. Elle l'aimait et elle le jugeait, et rien ne lui était particulièrement pénible.

Le savon avait fondu comme neige au soleil.

Il ne nia pas l'étrillage accompli en son absence.

Et il avait lavé son linge.

Linge ? Elle n'avait pas relevé. Il avait un maillot de corps américain, il était comme prêt à s'embarquer pour les États-Unis, on l'avait chouchouté chez les Yankees. Il avait le chic de se trouver souvent au bon endroit, afin de rencontrer les bonnes personnes. Du moins, presque toujours. Évidemment, il y avait eu ces quatre années dont on savait des choses.

Le caleçon, ou le slip, séchait dans sa chambre.

On ne suspendait pas un vêtement si intime dans une chambre, on le dérobait au regard, on se comportait en homme sain, elle était une femme, elle avait sa pudeur.

Cette flaque.

Qu'était-elle en train de lui dire ?

Le caleçon, ou le slip, était très bien lavé. On lui en avait enseigné de ces choses là-bas. Golo ne lavait jamais le sien. Il avait une mère pour cela. Il aurait une épouse.

Golo avait tripoté le caleçon de son frère. Excellente qualité, on ne se moquait pas de Klaus, avait-il déclaré. Introuvable à Leipzig.

Klaus arbora un mutisme adouci d'ironie.

Et mieux : écharper.

Haïr librement.

Haïr, et puis tourner la page. Sans culpabilité. Avec orgueil.

La nuit, il rêva d'une brosse de chiendent. Du raide ; à excorier ; aïe ! Du chiendent et ses racines. Une brosse en quoi, une brosse de, une brosse à. Brosse, brosse, brosse – une guêpe, un frelon. Nuées d'insectes.

Et une règle de fer ébréchée. Dentelée. Et sur la langue les mots qu'il fut obligé de crier – Merci, monsieur.

Il allait être pète-sec avec Golo. Il n'était plus son cadet, Klaus, il avait mille ans. Lèvres gercées, moins qu'à son arrivée à Leipzig, chiendent, fusée, il avait ri dans son rêve, il était plein d'eau sur les joues, il avait pleuré de rire, ce rêve l'avait aspiré. Un univers de vitesse, sans voiture, sans accident, sans garage. Le rêve courait comme un dératé. Sans couture, neutre comme l'évidence, sans rideau de scène qui tombe. Rire et frère et torche. Frère qui se torche sans rire. Frère torché.

Chiendent, donc.

L'anse d'un seau gris comme la jugulaire d'un casque.

Ils serraient, serraient.

Ne fais pas ça !

Le sommeil faisait feu de tout bois. Seau, gris, jugulaire. Et chiendent par-dessus le marché. Et des anges en troupe. *Mon ange.* Heinz Weiner. Pas mort.

Mais défenestré. *Mon ange absolu.* Mort sans corps et sans tombe. *Heinz. Ange, absolument.*

Golo s'étirait sous sa couette. Il sentait fort. C'était l'autre qui se lavait, le protégé des dieux. Quand on manquait de tout, on ne se lavait pas. Imperfection mentale du frère.

Se laver, le verbe envahissait.

La mère avait dit avant-hier qu'elle accordait, comment faire autrement, hein, qu'elle accordait deux heures de toilette à son cadet.

Folle mère.

Elle aurait dû se taire, sa chère épouse. Se disait Herbert Hirschkuh. Penser n'était pas dire.

Et la nuit Golo avançait vers le lit de son frère et lui crachotait à la face : Je veux que tu me haïsses. Je veux qu'on s'affronte. Je veux qu'un seul reste ici-bas. Mais Klaus dormait. Et s'il dormait, c'est qu'il finissait par être plus fort que ses cauchemars, du moins pour une nuit. Là-bas, il fermait les yeux, et ne baissait pas la tête.

Avant la guerre, du temps de Heinz, Klaus avait voyagé jusqu'à Berlin, une capitale survolée d'aigles de bronze, ou ailes écartées, comme crucifiés sur fond d'une façade de pierre. Heinz l'avait accompagné. Ils s'étaient aimés à Berlin. Il ne voudrait plus faire l'amour à Berlin, mais jamais plus, peut-être pas. Les voyages forment la jeunesse, disait maman. Il se voyait éternellement jeune. Il n'épouserait pas de femme. Vierge apparemment, pour la galerie, inconcevable, et couchant avec Heinz. Comment coucher avec quelqu'un d'autre que Heinz, et comment aimer quelqu'un d'autre que lui ?

Cette nuit Golo échangea le caleçon de Klaus contre un des siens, une relique de quand il avait cinq ans. Grossière farce, enfance sous les traits d'un caleçon qui ne seyait plus à personne. Golo réchauffa entre ses cuisses le linge de Klaus qui ne voulait pas sécher. Slip ou caleçon américain, de très bonne qualité.

La substitution alimenta le mépris que Klaus portait à Golo. Et la colère montait, s'étageait, touchait un sommet, mais rentrée, et néanmoins brûlante. Le caleçon américain, ce linge, ce luxe, il ne possédait en quelque sorte que cela. Où Golo l'avait-il caché le si doux caleçon ?

Ah ! il ne supporterait pas que le coton dessine la queue et le cul de Golo.

Queue menaçante et négligeable d'un frère.

Il ne réclamerait pas son second caleçon. Réclamer serait accentuer la proximité géographique entre Golo et lui. Il en achèterait un, au marché noir ou dans une boutique avec vue sur rue. Mais il n'avait en poche que de la ferraille. Travailler, et coûte que coûte. À Leipzig ou ailleurs.

Il cessa de maigrir. Il se remplumait, tout reprenait son cours. S'il regagnait en poids, c'était qu'il était mûr pour retravailler. En apparence il recommençait à ressembler à celui qu'il avait été. Le réconfort qu'il en tirait était passager. Mensonge vital. Cependant il ne sortait pas. Il ne se coltinait pas encore la ville et ses ruines, ses affamés, le combat journalier des foules pour ne pas avoir joues creuses et énergie à très bas niveau. Il ne proposa pas à sa mère de s'occuper du ménage et des repas. Là-bas il n'avait appris que la peur. Il se moquait d'eux. Qu'on lui laisse le temps, le temps n'était pas le même pour tous. Il ne leur dirait pas qu'à Buchenwald le temps ne ressemblait à aucun autre. Hannah Hirschkuh s'était énervée, emballée. Il demeurait un roc. Là-bas, s'était-elle dit, Golo serait-il mort ? La furie couvait en lui. Elle en eut brusquement assez de la paresse de son cadet, de ses caprices, de son mutisme. Elle ne lui accorderait dorénavant qu'une heure pour son incompréhensible toilette.

Le lendemain elle n'avait été dehors qu'une demiheure.

Fais comme si je n'étais pas là.

Conseil impossible à suivre.

Fais comme.

Elle se consigna à la chambre conjugale. Il ne l'avait pas invitée à la rejoindre à la cuisine pour écouter la radio. Les haut-parleurs de Buchenwald diffusaient une chanson. La radio la passait. La gorge de Klaus se serrait. Qui le prenait à la gorge ?

Sans sa mère, sans aucun d'eux, il était plus à son aise, plus heureux même.

Un matin ils se rassemblèrent tous à la cuisine pour le petit-déjeuner. Klaus l'avait exigé la veille. Klaus annonça qu'il était prêt à se chercher un boulot.

Elle n'avait pas cédé, elle ne céderait pas sur tout, c'était et serait "soupe" et non "potage". "Potage" était ridicule. Et puis, en temps de jeune paix, "soupe" nourrissait, on en avait plein la bouche, ce qui n'était pas le cas avec "potage". Le sujet était clos. On arrête là, Klaus. Il s'exerça à redire "soupe", devinant que s'il réussissait de nouveau à prononcer ce mot sans dégoût, il remporterait une décisive victoire sur ses peurs et sa mémoire. Dire "soupe" n'augmenta pas l'intimité avec maman. Et "soupe" bientôt ne fut plus suivi de son cortège de diarrhées. Il n'y avait plus de la soupe à tous les repas.

Sans qu'on lui en donne l'ordre, il se tapait la corvée de merde (les toilettes se bouchaient en permanence) un soir sur deux ou trois. Leipzig revivait peu à peu, par saccades, cœur et organes d'une cité en labeur. Il descendait dans la rue à la nuit, à l'instar de Golo. Il ne croisa jamais la concierge.

Le passé radotait. Se souvenir l'épuisait.

Vivre seul serait une solution. Il avait, et c'était déraisonnable mais presque agréable, il avait la certitude que seul, sans interlocuteur, il se dessinerait un horizon régénérateur, donnerait à ses jours une vraisemblance. Après quatre années de promiscuité intolérable, il devait se l'avouer, il serait soulagé de jouir d'une roborative solitude. Et Heinz le rejoindrait certaines nuits.

Il n'était pas une fille, il ne passerait pas le chiffon, ou la serpillière, il ne mitonnerait pas un plat, il ne foutrait fichtrement rien dans cet appartement, il avait eu son lot, en étant la servante et la salope des nazis, des kapos et de toute la famille des pourris, des sadiques et des incultes. Il l'avait gueulé à sa mère, il criait des insanités, il avait dit : Tu n'as jamais léché un carrelage couvert de pisse et de merde ? C'était comme ça qu'on fermait définitivement la porte à sa mère. Le raclement d'un balai lui faisait grincer les dents. C'était horrible. On en mourait.

Il disait non à tout.

Non, c'était non.

Non n'était pas oui.

Et quelque chose était rompu entre lui et eux, était en cendres, ne serait plus jamais des braises.

Qu'il ait un lieu à lui, une mansarde, ou une cave. Non, pas de cave, il n'avait pas quitté Buchenwald pour s'en aller croupir dans une cave. Mourir, s'il le fallait, sous des combles avait plus de relief. L'idée le faisait moins souffrir. Il en souriait même. Il ne tutoierait pas des ténèbres en fixant des murs blanchis de salpêtre. Il aurait une conversation à ce sujet avec son père, qui était un homme bon, qu'il avait sans doute déçu, mais quelle déception était incurable ? Et Franz Kesten, le tailleur, serait peut-être content de le revoir, ah ! ce p'tit Klaus, il l'embaucherait de nouveau, il en ferait son second, parce que Klaus était doué. Il se vit lui dire : Bonjour, monsieur Kesten, vous me reconnaissez ?

C'était tantôt lui, tantôt elle. Une torpeur subite les accablait. Une tiédeur dénaturée les emmaillotait. Souvent cela survenait après un affrontement imprécis et réel entre la mère et le fils, qu'un œil frivole et égoïste aurait enregistré comme déraisonnable ou mieux : infantile. Hannah Hirschkuh entretenait une théâtralité gouvernée cependant par une folle pudeur. Cette femme s'empoisonnait l'esprit d'images grandiloquentes et morbides au sujet de Klaus et de ses quatre années loin d'elle. La couette de son lit lui était linceul, juste ça. Et le plafond, un couvercle grumeleux. Et la chambre, une tombe. Clichés qui étayaient ses après-midi. Lorsque Klaus s'en irait, le décor de son quotidien ne serait plus chape de plomb, le plafond retrouverait son lisse, les sépultures n'appartiendraient qu'à un cimetière. Elle aurait la souffrance ardente, mais tolérable, elle redeviendrait elle-même.

Klaus macérait dans une sourde inquiétude. Elle était moite, grasse, elle le berçait aussi. Il se faisait poreux à l'espoir.

On s'enfermait chacun chez soi.

Elle émergeait des heures de somnolence cotonneuse, hagarde, un fantôme de mère. Lui, il était agressif, et prêt à guerroyer, quand il posait pied à terre. Ou terne, sans ressort.

Les occupants réquisitionnaient. On trouvait moins à se nourrir que pendant la guerre. Le comble. On taxait les Russes de sauvagerie. Golo rapportait des scènes d'une violence insoutenable. Il jugeait, il haïssait.

Que dis-tu ?

Famille de sourds, qui posent des questions pour noyer le poisson ou vous planter un couteau dans le dos. Que dis-tu ? Point d'interrogation érigeant de continuels murs. Petites morts familiales en chapelet de lâchetés ou de vacheries.

Klaus sollicita un entretien en privé avec son père. Golo en avait été furieux, c'était quoi, ces cachotteries, et Hannah Hirschkuh, humiliée puis indulgente – les hommes traitaient entre eux de sujets importants et complexes, elle n'avait pas son mot à dire. Herbert avait accordé la conversation. Un entretien ? Quel mot étrange, corseté, pour un rapprochement entre père et fils.

La tendre impassibilité de Klaus. Herbert avait congédié Hannah et Golo. Vous avez à faire, non ? Il était le père, il était Herbert Hirschkuh.

Ils s'entretinrent assez longtemps.

Les rôles étaient bien partagés, l'un parlait, l'autre écoutait, l'un se tut et l'autre parla.

Oui, il dégoterait par son patron une chambre sous les toits, avec vue sur des ruines. Oui, il saisissait parfaitement cette volonté d'indépendance. Mais la moindre piaule se louait à prix d'or. Denrée plus que rare, mon gars. Il ferait cependant au mieux. La chance parfois souriait aux Hirschkuh. Aucun d'eux n'avait péri sous un bombardement. Et oui, le tailleur Kesten exerçait encore.

Il rapporta à Hannah Hirschkuh l'entretien qu'il avait eu avec son père. Elle pâlit. Du très vieil ivoire, sobre matière, image lisse d'un visage. La migraine enserrait ses tempes de femme curieuse et lasse. Pourquoi ne restait-il pas ? Mais c'était comme ça. Elle rougissait en vaincue prodigieuse. Il s'exilait d'elle, à un mètre, à deux, à trois, ils seraient joue contre joue qu'il serait à mille lieues, en voyage. Elle lui rendrait visite, elle le chérirait, elle pâtisserait. N'avait-il pas une prédilection pour les gâteaux français, mille-feuilles, babas au rhum, religieuses ? Se trompait-elle ? Sa mémoire avait-elle beaucoup pâti de la guerre ? Elle était dotée d'un cœur, s'en rendait-il compte ?

Tu nous abandonnes.

Il l'embrassa, baume conventionnel, on n'avait pas souvent mieux. Et Heinz s'était suicidé.

Heinz s'est tué.

Comment ? Qui est Heinz ?

Rien, rien.

Ne parle pas sur ce ton. Heinz, quoi ? Qui ?

Ces conflits s'aplaniraient, ces révoltes n'auraient plus lieu, les déceptions se désagrégeraient, une fois qu'il serait aux confins de Leipzig, ailleurs, sur son île. Buchenwald n'avait pu éradiquer sa lucidité, sa rage, ces élans si naturels chez lui, innés, et ses fureurs, ses dégoûts. Ah ! sa saine et emphatique lucidité lui disait que tout était foutu, ici, à Leipzig, qu'il n'y était revenu que pour mieux en partir, se rendre compte qu'il lui faudrait reprendre la route, qu'il n'appartenait plus qu'à lui-même, et à sa mémoire, où papa et maman et Golo avaient si peu de place, et c'était comme ça.

Cet après-midi-là, Hannah Hirschkuh ouvrit pour son fils une boîte de Pandore défraîchie. Il eut un vague regard sur des photos en éventail. Ce serait pour plus tard, un autre jour. On caillait dans la chambre. Le froid, une fatalité allemande. Des plumes de geai, il n'en avait cure, de l'ours en peluche, également. Il avait porté cette paire de boutons de manchette, à Berlin, et à Leipzig, à des bals plutôt particuliers, entre garçons, on s'amusait, des gosses qui faisaient l'amour entre eux, tiens, le billet de retour de Berlin, il avait vécu cela, il avait eu quinze ans, il n'était pas né à Buchenwald, il en vacillait, ç'avait été si beau à Berlin, et Heinz dansait si bien, une nuit entière, deux corps de garçons dans une chambre de Berlin, côte à côte, puis enlacés. Klaus, Heinz. Il manquait dans la boîte deux lacets de chaussure à embouts dorés. Heinz les lui avait offerts. Il le couvrait de présents. Petit pharaon. Mon amour. Et je t'aime. Pour toute la vie. Bien sûr. On n'eut pas le temps de douter. L'un était mort, et ça durerait toute la vie.

Oui, des lacets rouges.

Hannah Hirschkuh se tourmentait, son fils paraissait triste. Être impuissante à soulager son gosse, pour une mère, crucifie. Mot fort et parfois faible.

Pourquoi es-tu triste ?

Je ne suis pas triste.

Klaus n'avait plus la voix ordinaire de Klaus Hirschkuh, cette voix cognait, giflait, elle était couperet, sans réplique, d'une espèce différente, et pas animale non plus, trop simpliste, quand de la bête on sait si peu. Elle vous repoussait à vos confins. Voix solitaire, pure.

Il ne l'était pas, triste.

La tristesse, se rendait-elle compte, ne lui convenait pas, trop fade, surtout après ce qu'il avait vécu. Là-bas, on n'était pas triste. On n'avait pas de ces sentiments mous, plaqués or, baveux. De mûre réflexion en mûre réflexion, il se disait qu'il exécrait la tristesse. Et pourquoi serait-il triste, hein ? Qu'on lui foute la paix avec la tristesse.

C'était la voix définitive de son fils, pensait Hannah.

Il n'y avait pas de lacets.

Un lacet rouge pour se pendre.

Ça, il le gardait pour lui. Là-bas, on vous pendait. On se suicidait rarement, par manque de force.

On ne pend personne ici, c'est vrai, dit-il.

Que dis-tu ?

Mais rien.

Klaus.

Je ne dis rien, maman.

Qu'entendait sa mère ?

Heinz Weiner, dit-il.

Comment ? Qui est-ce ?

Tu ne connais pas.

Il eut un sourire qui la paniqua. Qu'on lui rende son fils !

Après deux mois et demi en résidence chez les Hirschkuh, il avait acquis le courage de se regarder, mais pas de se contempler, dans un miroir. Il y avait du Klaus Hirschkuh dans son reflet. Il en subsistait des traces de plus en plus précises. Il pouvait se dire : C'est presque moi. Et bientôt ce serait : C'est moi, Klaus Hirschkuh. En revanche il n'avait pas la force de murmurer : *Mon amour*, sauf en pensée, dans un songe. *Klaus.* Ce prénom qu'adorait Heinz, et le corps qui le portait. La bouche, c'était la sienne, et siens le menton, et les méplats, le nez, les oreilles un tantinet décollées, le front, large, quant aux yeux, eux, ils n'enchâssaient plus le même regard, ou s'y tassaient deux regards, celui d'après là-bas, immense, et celui de jadis, si petit, si bêta, presque plus vide que son frère, le géant.

Aujourd'hui, on était fin décembre.

Ou janvier ?

Merde, il comptait définitivement mal. Mauvais élève.

Il y avait eu Noël. Pauvres agapes. Il y avait participé, frigorifié. Il n'avait pas offert un seul cadeau. Il n'avait en mémoire que ce dont on lui avait fait présent : un mouchoir de batiste bleu ciel (décidément, les Hirschkuh avaient une prédilection pour cette couleur) liséré de rouge, chiffré par maman.

Aujourd'hui il descendait l'escalier en plein jour, avec énergie, avec appréhension, comme lorsqu'il était monté dans le train qui l'avait amené/devait l'amener à Leipzig.

Leipzig paraissait immuable dans ses ruines, avec ses immeubles toujours debout, ses avenues qui n'en étaient plus et ses boulevards qui en étaient toujours, ou l'inverse. Les ruines avaient l'aspect de fourmilières. On grattait le sol, on creusait, on déterrait, on entassait, on enlevait, emportait, on pleurait, des femmes et des enfants et quelques hommes.

Un chat perché sur l'arête d'une façade, unique vestige d'une bâtisse, méditait.

Des chiens, mais moins qu'à son arrivée.

Il était alors malade et l'était moins ce matin. La diarrhée s'était raréfiée. Heinz pronostiquait que Klaus ferait un vieillard gras et qu'il l'aimerait encore.

Se promener, parfaitement.

Le seul dans Leipzig à se le permettre.

Le voici dans une rue. Le froid s'agrippait à vous. Ce ne serait jamais celui de Buchenwald, mais le rappellerait. Hannah avait obligé Klaus à enfiler deux gilets. Pas d'imprudence, fils. *Chère maman.*

Scandaleuse gaieté. La rue, les rues étaient à lui, possesseur de vent. Il marchait d'un bon train. Il se rendrait peut-être chez le tailleur Kesten. S'il en avait envie. Selon son humeur. Les parents de Heinz Weiner habitaient telle rue.

Pans de murs et pans du passé et pans d'aujourd'hui et pans de demain. Toute une ville qui se déclinait infiniment. Il fallait fouiller, enjamber, fouailler ce qui n'avait plus de sens. Leipzig foudroyée, anéantie, mise à terre sur de longs espaces, et à mille pas,

Leipzig droite, rigide, sans lézarde, ne menaçant pas de s'écrouler, victorieuse comme avant.

Il n'y avait que les hommes qui s'agenouillaient, qu'on obligeait à s'agenouiller.

Il se dirigea vers le quartier des Weiner.

Monica Weiner, la mère, affable et duveteuse, chatoyante cependant, élégante dans des vêtements de seconde main.

Felix Weiner, le père, aimable sans obséquiosité, d'une distance heureuse avec les autres, d'une essence supérieure, aurait-on dit, d'une douceur pierreuse, chaudronnier de son état – *Vraiment, tu crois, il exerçait ce métier ? De quoi te souviens-tu ?* – et grand lecteur comme son épouse et son fils unique, qui n'avait pas de sympathie spéciale pour le national-socialisme, mon cher papa, ainsi l'appelait Heinz, l'homme avait tôt eu le flair puis la certitude, le tout couronné par un grand déplaisir muet, que son gosse préférait les garçons aux filles. Il espionnait Heinz, abandonnait son atelier à un de ses employés, sa déception l'obsédait, son entreprise aurait périclité de tant d'absences, si la guerre n'avait pas éclaté.

Il avait su que Heinz avait loué une chambre pour abriter ses amours avec le petit Hirschkuh auquel il montra peu à peu une égale froideur sans panache.

Klaus longea la Parthe, une éternité. Où était, cet immeuble ? Ah ! le voilà. C'était bien lui, le même, l'immeuble de Heinz, troisième étage, à droite, les deux fenêtres, une troisième invisible, car ouvrant sur la cour, *c'est là, oh ! mon Dieu.* Parfois Heinz le guettait de derrière une vitre. Il vous attend, disait Monica Weiner. Heinz apparaissait. Il était toujours au rendez-vous, un garçon et une vision – l'amour, donc.

La gardienne fit barrage. On ne montait pas. Le zèle était autant à l'honneur que pendant la guerre. Il embaumait les gens, les vitrifiait. Les Weiner ? Ils n'étaient plus là. Morts. Tous les deux. Une balle dans la tête, lui, d'abord, ensuite, elle. C'est elle qui avait organisé leur suicide. C'était un suicide. La date était imprécise. Vous êtes de la famille ? Non ? Il les connaissait, Monica et Felix Weiner, et il avait aimé leur fils, Heinz. Qui êtes-vous ? couina-t-elle.
Qui êtes-vous ?
Il prit ses jambes à son cou.

La raison de leur suicide ne serait jamais éclaircie. Il avait tourné le dos à la gardienne, sans souci de la plus élémentaire politesse. Il avait été d'une titubante brutalité. Comment pouvait-on survivre à ce Heinz Weiner, incomparable, sublime et parfois insupportable Heinz, autoritaire et tendre, saturé d'angoisses, ludique, sachant que son corps était fait pour aimer et son cœur pour éprouver l'amour et sa bouche pour le dire, de même que ses yeux. Lui, Klaus Hirschkuh, avait survécu à Heinz Weiner, parce que là-bas, il avait faim et qu'il n'avait songé qu'à survivre à sa faim, il était grouillant de poux et il n'avait songé qu'à échapper un jour à toute cette proliférante vermine, et la faim lui faisait oublier Heinz Weiner, et les poux, et la violence amoureuse de quelques kapos, et le viol collectif infligé par les potes de baraquement, et les journées d'enfer à la carrière.
Ce matin, il avait du temps devant lui.
Ne crie pas ! Pas dans la rue !

Dans cette rue, cette autre, et dans toutes celles de Leipzig, disparue ou toujours alignant ses immeubles, intouchée, il dialoguait avec Heinz Weiner, ou se racontait son amant fabuleux, une chose proche de la joie l'envahissait alors.

Et il sanglotait : *Ne t'en va pas!* La mémoire, chaudron de sorcière et tanière où demeurerait à jamais Heinz Weiner. *Viens avec moi, accompagne-moi, dépêche-toi!*

Il avait perdu Heinz. Réalité absolue. Sans échappatoire. Dans cette ville Klaus Hirschkuh se remplissait à ras bords de sa souffrance, de l'absence et de la voix et du corps de Heinz Weiner, il incorporait sa mort à son existence, c'était irréversible, inadmissible, à se tuer, mais il ne se tuerait pas, c'était trop tôt, ce serait peut-être toujours trop tôt, il vivait désormais avec la mort de Heinz Weiner, il avait aimé un être vivant et il aimait ce mort, et sa fureur et l'absence de Heinz le rendaient de chair et de sang, il était homme, il avait été l'amant de Heinz Weiner, un garçon passa devant lui, il le regarda passer, celui-ci ne comptait pas, mais demain, de quoi serait fait demain?

Quartier de Schönefeld. Excentré. Mais qu'est-ce qui n'était pas relatif en ce monde? Les ruines, il se le répétait, brouillaient les distances. Ici était la réplique de là. Et là on pouvait se dire qu'on était ici. L'incertitude, cependant, à cette seconde, n'assombrissait pas trop son humeur. Il prit le chemin de l'atelier du tailleur Franz Kesten, un homme ni triste ni jovial. Kesten avait formé une élite de la profession au cours de plusieurs décennies. Il avait eu une certaine indulgence pour le petit Klaus Hirschkuh. Le garçon était doué, disons-le. Il lui manquait néanmoins le plus nécessaire pour devenir un tailleur magnifique, un “grand”, il lui manquait la passion, l’engagement.

On y était, dans le quartier de Schönefeld.

Ne recule pas !

Le magasin, sa façade torsadée de pampres de ciment, ses vitrines d’aquarium, sa profondeur de halle, ses méandres sophistiqués, son luxe sévère sont les mêmes, mais embués. Ils offraient une hostile étrangeté, et d’autant plus puissante qu’elle semblait sans écho et sans histoire, qui prenait à la gorge. Beaucoup d’étagères étaient vides. Une jeune femme reçut Klaus. L’ancien bourdonnement dû à une incessante activité ne résonnait plus. Klaus se présenta. Son nom n’évoquait rien, ce qui, à sa grande surprise – n’avait-il pas été habitué pendant quatre ans à n’avoir pas de nom ? –, le troubla, l’offusqua même, le désempara, en conclusion le blessa. Il se redressa avec l’orgueil d’exhiber sa jeunesse. Il se recomposait une allure. Il se réincarnait en Klaus Hirschkuh. Il demanda à voir Franz Kesten. M. Kesten était occupé. Il persista : il avait travaillé chez lui avant la guerre. Un homme s’avança. La fille s’éloigna. Il se présenta : Kurt Berger. Kurt ordonna à la fille – Erika – de leur servir un doigt d’alcool de framboise. On fêterait le retour d’un apprenti prodigue. Qu’on n’embaucherait cependant pas, s’empressa-t-il d’ajouter. La marchandise manquait. Les nazis avaient inquiété notre cher tailleur, ce symbole de la droiture et de la justice, cet homme bien. Kesten avait été jeté en prison où il avait croupi quelques mois qui eurent une conséquence néfaste sur sa santé et son mental. Il revint à son atelier. Mais les clients s'en écartèrent peu à peu. Il avait des accès d'imprévisible colère, d'inquiétude torrentueuse. Mois après mois, on licencia le personnel. Kesten se barricadait dans son appartement, là-haut, au deuxième étage, inerte. Il restait invisible pour tous. Erika était la fille de Kesten, et sa femme à lui, Kurt Berger. On était quasi sur la paille. La famille émigrerait. En France. Ou en Amérique. Le concurrent de Kesten, Robert Müller, serait heureux de récupérer un de ses anciens apprentis. Ça marchait pour lui. Les Américains l'avaient enrichi. Il ne refusait pas sa porte aux Russes. Il avait pignon sur rue, là-bas, au coin de la rue, c'était mieux que de la concurrence, c'était une exécution. Ou une histoire de fatalité.

Robert Müller, l'homme métamorphosant la cheviotte, le tweed et le shantung en œuvre d'art, officiait dans Breite Strasse. Il régnait sur une dizaine de petites mains de talent certain, en éclosion. Des femmes et des hommes bien vertébrés. Müller avait récupéré des stocks de tissus par des manigances, des mondanités et la fréquentation de personnages aux pratiques plus ou moins illicites en des domaines variés. Disait-on. De taille moyenne, il s'était dès son adolescence persuadé qu'il était de la race – le terme était en ce temps-là utilisé sans honte – des inatteignables. Cette assurance teintée d'arrogance l'avait parfois exposé au danger. La jalousie manie l'arme avec sûreté et lâcheté, lorsque la guerre parcourt le monde. Il possédait cependant le flair de deviner quand le vent tournait. Des compagnons trop corrompus étaient renvoyés au néant. Il pénétrait aussitôt un cercle moins vicié. De l'intuition il se faisait autant un don qu'une vertu. C'est ainsi que dès qu'il fut en présence de Klaus Hirschkuh, il sut qu'il pouvait avoir de l'amitié pour lui. La maigreur de ce garçon n'était pas celle d'un habitant de Leipzig. Les joues se remplumaient, mais la peau était très fine et l'os triomphait. Et puis, il y avait ce regard. Il l'engagea sur-le-champ. Le présenta sans attendre à la troupe d'employés. L'un d'eux était français. Voici René Bayonnat. Devant l'ébahissement de Klaus, il sourit : Pourquoi pas, un Français ? Klaus Hirschkuh débuterait demain. À sept heures précises.

Il volait, littéralement. Sa gaieté le rendit suspect auprès d'un officier russe. Qui consulta, éplucha ses papiers. Et ça prit un petit côté d'enfer.

Pendant son entretien avec Robert Müller, il avait neigé. Il neigeait encore. Le Russe le relâcha.

Il volait de nouveau, vraiment.

Chez lui, personne. Il n'avait pas demandé un double des clés à maman ou papa. La joie de hurler la bonne nouvelle – on l'avait embauché – s'exaspéra, puis s'aplatit comme un soufflet. Ils le faisaient exprès, ces foutus Hirschkuh.

Hirschkuh – biche.

Lui, il était biche royale et cerf, les deux, une bête unique, licorne et cervidé. Et il était devant la porte des Hirschkuh qui ne s'ouvrait pas. Il était le fils cadet des Hirschkuh. C'était vraiment dégueulasse qu'on ne lui ouvre pas.

Papa et maman ne seraient pas à la maison avant dix heures du soir. Ils avaient assisté à l'enterrement du cousin Horst Boerner, on avait bu à la santé du mort et des vivants, racontait Golo qui avait eu sa claque du froid et des sanglots.

Les deux frères se retrouvaient pour la première fois seuls, face à face, poitrine contre poitrine, souffle contre souffle, dégoût contre dégoût. Klaus ne confia la nouvelle prodigieuse qu'à près de minuit, avec papa à sa gauche et maman à sa droite, les deux joliment éméchés. Herbert en fut ragaillardi, Hannah étala une euphorie de dame gâteuse. Golo se raidit, estomaqué. Ce sont toujours les mêmes qui obtiennent le meilleur, se dit-il. Herbert déboucha une bouteille de vin blanc. Hannah traça le portrait de Horst Boerner. Il ressemblait à celui de n'importe qui.

Müller avait été sympathique à Klaus. Toute créature humaine n'était pas un leurre. Müller valait son pesant de confiance. Il n'avait pas assiégé le jeune Hirschkuh de questions oiseuses ou inquisitoriales. Müller l'acceptait. Il créait autour de lui une atmosphère de sécurité. De Klaus émanait sans doute quelque chose d'engageant. La forteresse abaissait son pont-levis. Klaus aspirait à remporter des combats. Une victoire n'apportait pas forcément la paix, se le dire, et pouvait être éphémère, se le dire aussi. Il y avait sur terre un Robert Müller. Et il y avait aussi ce Français, René Bay-je-ne-sais-quoi. C'était évident qu'il avait été déporté. Quand il lui avait serré la main, la réaction de Klaus avait été double : prendre dans ses bras cet homme et le fuir. Fuir, malgré Müller, malgré le boulot assuré, malgré la conviction d'aborder un havre.

Contrôle-toi !

René Machin était son semblable. C'était doux d'en avoir un.

Il neigeait sur Leipzig. Aucune rengaine n'avait ce titre.

On avait couché Klaus sur un lit d'hôpital, bâtiment et couche de fortune, un campement avec des infirmières, des médecins, une foule de Bons Samaritains, ils maniaient l'aiguille, le scalpel, le bistouri, on avait sauvé Klaus Hirschkuh, épelez votre nom, on le soignait, "l'aimait" serait exagéré, l'horreur qu'il inspirait, que le camp provoquait, ne laissait plus de place pour l'amour, mais la douceur, oui, elle se pratiquait, Klaus criait qu'il ne voulait pas le bistouri ni l'aiguille, *Nemetouchezpasjeveuxpartir*, les instruments luisaient, on ne le torturerait pas, on n'était pas comme les autres, on ne châtrait pas, vous nous entendez, vous comprenez ce qu'on vous dit, il les suppliait de ne pas le toucher, de l'épargner, de le sauver, résurrection, et mort ce serait pour plus tard, les draps étaient blancs, neigeux, très blancs, sans trace humaine, un chemin de neige pure, frais comme elle, fraîchement tombée, son corps la réchauffait, bizarre, elle fondait, il fallait empêcher qu'elle fonde, mais son corps n'avait plus aucun pouvoir ici-bas, il rêvait de son corps, il touchait un corps qu'il imaginait lui revenir d'à travers le temps, mais il ne le réintégrerait pas, c'était à un autre, ce ventre et ce sexe, et cette bouche, *aidez-moi, je ne mourrai qu'aujourd'hui, demain sera un autre jour, où en suis-je ?* De quoi, parlait-il ? Il neigeait sur Leipzig. À gros flocons rassurants. Maternels.

Goethe avait étudié le droit à Leipzig. Heinz l'affirmait, Heinz ne mentait pas.

Ses chaussures prenaient la neige, le froid, l'humide. Klaus Hirschkuh ne voulait pas céder aux rhumes, aux angines, à la phtisie. On ne mourait que là-bas, il ne voulait pas être le premier à mourir ici. À Buchenwald il avait travaillé à l'atelier de tailleur.

La première journée s'écoula sans anicroche. L'engourdissement, après la traversée de la ville, se dissipa rapidement. Un poêle chauffait bien. Et les journées qui suivirent, il en fut de même. Palper une étoffe d'assez bonne qualité rassérénait. On ne le giflait pas, comme à Buchenwald, parce qu'un fil s'était rompu. Salaire honnête pour l'époque. Klaus versait la moitié du sien à papa. De jour en jour la présence de René Bayonnat s'imposait à lui. On employait le Français à des tâches simples. Son père était retoucheur, mais lui, personne n'était parfait sur cette planète, clerc de notaire. Il travaillait de son mieux. Avait surfilé en Allemagne. S'était débrouillé pour coudre convenablement, afin de ne pas être fichu dos à un poteau et exécuté. Pourquoi ne retournait-il pas en France ?

Et Müller ? Eh bien Müller interprétait plutôt bien le rôle du patron juste, attentif et réservé. Ce qui convenait à ses deux dernières recrues. Un soir, Klaus s'ouvrit à lui. Il en avait plein le dos de dormir chez ses parents, il désirait une chambre à lui, serait-il possible d'en trouver une dans le coin ? Müller verrait. Une semaine plus tard, Müller retint Klaus après le travail. Il ne l'invita pas à entrer dans la cabine vitrée qui lui servait de bureau. Une adresse était inscrite sur un bout de papier qu'il lui tendit. La chambre semblait confortable. Une amie la louait. Loyer modique. Pas d'abus comme partout. On l'avait libérée ce matin. Pas de poux ni de punaises. L'amie s'en était assurée. Allez conclure l'affaire, tout de suite, ne me remerciez pas, mon amie vous attend.

Dans la rue se tenait Bayonnat. Tout va bien ? Le regard de Klaus désarçonna le Français. Dans les yeux de Bayonnat passa un effroi qui bouleversa Klaus. Pourquoi se défier du tailleur ? Il expliqua pourquoi Müller l'avait retenu. Un éloge du tailleur bienfaisant ponctua l'explication. Il proposa à Bayonnat de l'accompagner. Ce fut donc à deux qu'ils se présentèrent au cinquième et dernier étage d'un immeuble bien conservé. L'amie de Müller exposait un âge certain. Elle n'avait pas l'amabilité flaireuse. Le loyer des deux premiers mois était déjà payé par Müller. Elle eut l'ébauche d'un rire à l'ébahissement de Klaus. La pièce était étroite, banale et claire. Les toilettes se trouvaient sur le palier. Comme partout. Pas de poêle. Il aurait froid mais il serait chez lui. Pas d'inventaire à dresser. Tout était visible et sans valeur. Un lit, une chaise, une table, une lampe, un placard. Pas de réchaud non plus. Il lui faudrait manger dehors. On ne cuisinait pas ici. Il remettrait le montant du loyer à Müller. Klaus emménagerait demain. Elle les regarda redescendre l'escalier. Müller lui donnerait la clé à l'atelier. C'était lui qui en avait un double. Les voisins étaient calmes, dit-elle, penchée par-dessus la rampe. Soyez heureux.

Ils fêteraient l'emménagement un soir prochain. Bayonnat partageait un entresol avec un copain. Ils se séparèrent au bas de l'immeuble. On ne traîna pas, on avait froid. René s'éloigna le premier. Personne ne se retournait dans cette ville. La nuit était sombre, Leipzig silencieuse, la neige très blanche. La chance avait épuisé Klaus Hirschkuh. Il claquait des dents. Il se confectionnerait un pardessus mieux doublé que celui qu'il portait.

Herbert et Hannah Hirschkuh reçurent avec froideur l'annonce du très proche départ de leur fils. C'était un gosse cruel.

Les dernières heures que Klaus vécut chez ses parents lui parurent longues.

Il quittait pour la deuxième, peut-être pour la seconde fois, la Lobminger Strasse. Et c'était maintenant qu'il s'en éloignait qu'il en prononçait le nom. Le retour n'avait pas tenu ses promesses. L'éden avait été transitoire et sans épaisseur.

Ce n'était que cela.

Il déclina l'offre de Golo de l'aider à transporter ses possessions.

Contrairement à son habitude Hannah ne leva pas le petit doigt pour boucler la valise et emballer la couette. Elle assista aux préparatifs, morne, ironique, marmoréenne, ridicule. Klaus était inconciliable avec leur mode de vie. Il ne serait donc jamais le fils rêvé. Elle le bénit cependant à l'ultime seconde. Larmes de plomb. Herbert se pencha vers son fils : Va, dit-il. Il ne l'embrassa pas.

Il avait englouti les repas de maman, il avait eu moins froid qu'à Buchenwald, il avait désamorcé l'agressivité de Golo.

La couette qu'il trimballait était plus qu'une couette : un linceul revivifiant.

Loin de sa mère, il murmurait "louche", "soupe", sans trop d'effort.

Même en ruine, Leipzig était immense.

Des passants le dévisageaient, comme lorsqu'il venait de quitter la gare de Leipzig. Comme s'il venait de voler un bœuf.

On torturait, fusillait, pendait pour une patate pourrie dérobée aux cuisines. Dans le jardin d'une des villas occupées par les SS.

Dans la valise, des caleçons chauds, des chemises, un pull. C'était maman qui avait acheté les premiers.

Il monta quatre à quatre les escaliers. Aire d'aiglon en vue.

Il s'installa. En un clin d'œil, il s'accoutuma au lieu. Il dormit mal, ce soir-là, puis bien, la nuit fut longue, puis courte. Au matin, il était en forme. Il fredonna même une rengaine que lui chantait maman, mais ce ne fut pas une raison suffisante pour songer à sa mère. Il fit son lit. Comme maman le lui avait enseigné. Là-bas, pas de couvertures ni de draps, encore moins de couette. Que des hommes quasi nus. Et des poux en emplâtre. Pustule d'un rouge sale. Se laver les mains. Ensuite, le museau, le cou, le zizi.

Ne pas vouloir mourir.

Prendre son temps pour tout.

Ce n'était pas du courage.

Il y avait une glace piquée, noircie. Sa gueule recelait, aurait-on dit, de moins en moins d'os. Il avait grossi. Vieux, il serait un gros bonhomme.

C'est ton regard. Tu ne baisseras pas les yeux. Et ce n'est pas par honte. Tu dois partir, c'est l'heure, Klaus. On ne te dérobera pas ton regard ni ton prénom. Tire la langue à ton reflet.

Il tira la langue. Il avait cinq ans.

Sept minutes de retard. Se couler entre les établis, être une ombre parfaite, on le fixait, ombre soudain très visible, on pendait là-bas pour moins. De l'index Robert Müller désigna sa montre à Klaus.

Générosité n'était pas complaisance ni favoritisme.

René n'était, lui non plus, pas à son poste.

Pardon. Dit du même ton qu'il aurait employé avec ses parents.

René déboula, enfin. Quarante-quatre minutes de retard.

À l'heure du déjeuner – tout près, un endroit qu'on nommerait dans plusieurs décennies traiteur ; le patron : un type de Cologne échoué à Leipzig par quelque hasard qu'il ne confierait pour rien au monde – René et Klaus se nourrirent de pommes de terre bouillies et d'un morceau de bas-porc cuit dans une eau au vague relent de tuyauterie. Le prix en était discutable. Ce que les deux hommes ne firent pas. Plus vraiment des copains, pas encore des amis. Un intermédiaire troublant et heureux.

René économisait. Dans quelques mois, à la jointure du printemps et de l'été, ah ! les saisons de France, il aurait réuni la somme nécessaire pour le cadeau qu'il réservait à sa femme – il en parlerait bientôt à Klaus –, puis monterait dans un train pour

Paris, ce serait la rue du Château, au 5, un immeuble, et dans cet immeuble, un deux-pièces pour ni pauvres ni riches, et dans cet appartement une femme, et cette femme, c'était son épouse, une vraie, avec alliance et contrat de mariage, bonjour Anne.

Il avait été interné plus d'un an au camp de Sachsenhausen, près de Berlin. Le dire ne lui était pas douloureux.

René Bayonnat n'en était plus aux rudiments de la langue allemande. Il y évoluait avec une certaine aisance. Fierté dont il ne se vanterait pas trop auprès de ses compatriotes. À sa belle il murmurerait des mots d'amour – en français.

L'énergie de Bayonnat stimulait Klaus, mieux : l'émouvait.

Dis-moi comment tu fais ?

Pommes de terre, viande de porc. Les phalanges dégoulinaient de graisse. Merveilleux cochon. Pas cochon de chien. On était à Leipzig.

Hé ! Klaus, on est à Leipzig.

Müller avait en quelques minutes put constater l'agilité des doigts de Klaus Hirschkuh, la sûreté avec laquelle il maniait les ciseaux, assemblait les pièces, surfilait, faufilait. Mais il était d'une invincible lenteur. Tout à coup, régulièrement, Klaus Hirschkuh n'était plus à son fil et à son aiguille, il entrait en dérive, il bataillait avec quelque chose d'énorme, il semblait qu'il ne serait plus jamais nulle part. Avec une sécheresse émue, Müller le ramenait au monde. Ne pleure pas, lui souffla-t-il même un soir. Et la réalité se remettait en place, un jeune homme se reconstruisait, un joli corps de garçon appartenait à ce jeune homme. Müller regrettait de n'avoir pas d'enfants. La vie d'un fils comme horizon.

Bayonnat, lui, amusait Müller. Quel type espiègle, enfantin, et soudain saturé d'angoisse, ou débordant d'humour, ou d'une timidité souriante. Au contraire d'Hirschkuh, il ne s'enfonçait pas dans ses brumes intérieures. Il savait se tenir, le Français que sa mémoire ne prenait pas en otage. Oui, il avait croupi à Sachsenhausen. Des potes bien payés lui avaient donné l'information. Pas juif. Juste français.

Récapitulons.

Bayonnat René, camp de Sachsenhausen.

Hirschkuh Klaus, camp de Buchenwald.

Il s'abstiendrait de faire allusion à leur détention. Il respectait leur silence. L'un d'eux, un jour, se laisserait aller, une digue se romprait en lui, la mémoire dégorgerait, il ne dirait pas : "N'allez pas plus loin", il écouterait.

De la marmotte avec un col de zibeline. Un manteau pour Anne Bayonnat. Ça se dégotait. Müller l'assurait. Il avait, semblait-il, ses entrées partout. Voilà ce que rapporterait du pays vaincu Bayonnat à sa femme.

De la marmotte avec un col de zibeline. Oui !

Ils se tenaient dans la chambre de Klaus.

Vingt-neuf ans, signe du Capricorne. L'arbre généalogique des Bayonnat, de si peu de ramure. Ses père et mère avaient rendu l'âme sans avoir atteint les quarante piges. René était un orphelin.

René s'enterra sous la couette. On y était serrés comme des sardines. Il se mit à ronfler. Le bon gros sommeil bruyant de René berçait Klaus. Il dormait, en quelque sorte, dans le sommeil de l'autre. Des inséparables.

René avait transporté ses pénates dans le galetas de Klaus. Sans lui demander son avis. Klaus s'était résigné à cet empiétement sur son morne et étroit royaume. René attirait l'indulgence et la tendresse. Ils étaient frères. Et non seulement par leur expérience de l'enfer, mais par une connivence surgie de la nuit des temps, c'était ce qu'il semblait. De la frondeuse gaieté de René, de ses saillies intempestives, de sa vitalité qui ébouriffait même le silence, Klaus recueillait le bénéfice. Le bonheur ne lui était plus étranger.

Côte à côte, deux hommes et un aveu qui modifia à peine leurs relations, Klaus avoua la raison de sa déportation. Ébahissement de René. Tout se bousculait dans sa tête. Quelques secondes de dédain moralisateur. Merde, alors, il ne s'en doutait pas. Ça ne se voyait pas. C'était pas comme le nez juif. Il reprenait ses esprits, ce qui était sûr, c'est que Klaus avait dû plus déguster que lui. Dans cinquante ans ils seraient toujours amis.

Il ne s'était pas tassé à l'extrémité du lit pour ne pas avoir à frôler Klaus, il avait le même comportement qu'hier avec Klaus, Bonne nuit, et il ronfla comme un ange.

Le dimanche Klaus s'astreignait à rendre visite à ses parents.

Le café qu'on lui servait était du café, et non plus de la lavasse. Le chausson aux pommes qu'Hannah Hirschkuh pâtissait s'effritait sous la fourchette et avait un goût de plâtre. Tiède, il était acceptable. Les époux Hirschkuh avaient un talent inné pour conter la reconstruction d'un immeuble ou une altercation avec un voisin, mais l'écoute polie de Klaus en ternissait les effets. On l'interrogeait sur Robert Müller. Oui, oui, son patron était du genre bon et juste. Il s'habituait très bien à sa chambre. Il s'ennuyait un peu. Plus aucun désespoir ne viendrait d'eux. Le goûter se prolongeait. On le priait de rester dîner. Il acceptait. Les Hirschkuh ignoraient l'existence de Bayonnat. Des engelures rougissaient les doigts de Klaus. Montre. Une collègue lui avait vendu une graisse adoucissante. On digressait sur les hivers anciens, sur les jours qui balayaient les saisons, sur les souvenirs qui s'étiolaient. Autrefois illumine aujourd'hui, soutenait Hannah Hirschkuh. On avalait sans trop se presser la saucisse et les boulettes de pommes de terre. La nuit avançait, on se levait, Klaus ne dormirait plus dans cet appartement.

Ma femme s'appelle Anne, tu t'en souviens ? J'ai un seul amour.

Ils avaient bu comme des trous. René chantonnait une recette française – gibelotte de lapin. Ou psaume : blanquette, bœuf Marengo, cassoulet, fougasse, coq au vin, canard au sang, tripes à la mode de Caen, dinde farcie. En été il serait en France.

La blanquette de veau, faut la citronner légèrement. Je t'apprendrai.

Pendant deux ans, René n'avait pas eu une photo d'Anne sous les yeux. Un salaud au siège de la Gestapo, à Paris, la lui avait déchirée.

Lèvres de Heinz, songeait Klaus.

Une tante n'était jamais assez morte.

Un détenu assura à un soldat américain qu'il n'y avait pas d'invertis à Buchenwald.

Tu penses à quoi ?

Et cet après-midi, Klaus avait porté à sa bouche un tweed. Laine qui rend beau, qui sent bon. Il la humait, il la léchait. Müller l'avait soulevé du sol.

T'es dingue, Klaus Hirschkuh ?

Klaus, voici Clara, Clara, voici Klaus. Un frère. Mon frère.

Golo cueillit Klaus à la sortie de l'atelier. René discutait avec Klaus, gesticulait, très sérieux et très enflammé.

Voici René Bayonnat.

Et si on allait boire un verre ?

Clara était une vraie fiancée, elle en avait les vertus.

Golo avait pisté son frère. Sur un calepin il avait noté les adresses de l'atelier et de la chambre, située dans les nuées d'un immeuble bourgeois.

Les quatre dînaient dans un restaurant pour pauvres. Clara avait parlé tantôt avec Klaus, tantôt avec René. Golo était silencieux, exaspéré et malheureux. Il avait présenté Klaus à Clara, et voilà que Clara et Klaus s'entendaient comme cul et chemise. Monde chamboulé, et lui, là-dedans ? Un véritable chaudron.

Tu viens d'où, René.

Paris. Ou plutôt Sachsenhausen, près de Berlin.

Clara demanda ce que c'était que Sachsenhausen.

Un camp de concentration.

Elle ignorait tant de choses. Des camps. Vraiment de vraiment ?

On ne prit pas rendez-vous. On se reverra, je suppose, sourit Golo.

En avril, les lilas fleurirent parmi les ruines.

On jouit de la fraîcheur nocturne, onctueuse, et de journées très blondes.

Juin, une sécheresse dans l'air.

Moiteur d'un juillet gonflé d'une pluie violette.

Août – Heinz Weiner né en août, signe du Lion, roi des animaux.

Saut dans l'infini.

Ne regarde pas en bas, ne pense pas si souvent à Heinz Weiner.

Où était le ciel de leurs pères ?

Dimanches en famille. Stagnation. Éternité factice et triviale. On les aimait ses parents, on l'avait dit, et les aimer excédait Klaus dorénavant.

Depuis quelques mois les clients revenaient au cabinet comptable où officiait Herbert Hirschkuh. Si ça continuait sur ce rythme, ce serait bientôt plus lucratif qu'avant-guerre.

C'était Klaus qui se levait le premier : Je rentre.

Il ne fuyait personne, il s'en allait, d'une démarche déliée, retenu par rien.

Les dimanches matin Klaus se baladait le long des berges d'un des trois fleuves de Leipzig.

La Pleisse.

L'Elster blanche. Et limoneuse, parfois.

La Parthe.

Golo téléphona la veille chez Müller. Demain dimanche, tu serais libre, à dix heures ?

Une grasse matinée lui aurait pourtant été profitable. Se prélasser au lit avait tout au long de son adolescence était un de ses plaisirs. Bizarrement, il se rendit à l'invitation de son frère.

Les premières balades des frères Hirschkuh se déroulèrent silencieuses. À la quatrième rencontre, la gêne se dissipa. Golo décrivit ce qui s'exposait devant eux – la couleur des eaux, les façades de bâtiments, des usines ravagées par des bombes, un oiseau. Il ne dépassait pas la chose vue. Je suis bien ici, disait-il.

Un matin, il tenta de forcer Klaus à parler des quatre années à Buchenwald.

Il ne s'était rien passé. Absolument rien.

Impoli et fiévreux, Klaus raccrocha lorsque Golo l'appela la semaine suivante. Et le même dimanche, Klaus fit l'impasse sur le goûter et le dîner sous le toit des Hirschkuh. Mais il aimait les bords de la Parthe. Trois semaines plus tard, il y croisa son frère. Golo n'épouserait pas Clara. Il s'était réveillé un matin d'un été automnal, dans un bien-être inouï, il sentait que l'amour qu'il avait pour Clara était un amour lourd à porter, brutal et sans tendresse. Ce matin-là il fut curieux de savoir comment un pédé pouvait avoir connu, lui, un immense amour, apparemment sans nuages. Comment avait-il fait pour réunir l'orgie et l'adoration ? C'était vraiment dégueulasse qu'un pédé puisse réussir ça, et si Dieu le permettait, c'était que Dieu était dégueulasse lui aussi. Il saisit à bras-le-corps Klaus, dans le désir de le pulvériser, mais l'autre se dégagea avec une fureur rare, ce qui amena les sanglots de Golo.

Oui, il avait tout eu, dit Klaus, l'amour de Heinz, mais pas que cet amour, j'ai eu aussi les crocs de chiens fous à mes mollets, des vers dans une soupe pourrie, la haine en nourriture quotidienne, même la tienne, et j'ai dans mes rêves des morts couchés contre moi, et chaque jour de ces quatre années a été pire que celui qui l'avait précédé, et j'ai baisé avec les kapos pour ne pas crever, et j'ai été la pute de service, et toi, va te faire foutre, disparais, j'ai eu ceci et j'ai cela, et c'est assez, on arrête là, et j'ai eu tes coups et tes insultes, ça m'a préparé à Buchenwald, mais c'est assez, te dis-je, j'en ai par-dessus la tête de toi, des Hirschkuh, de Leipzig, je te dis adieu, et je m'en vais.

Une nuit d'apathie sans mélange. Le sommeil apparaissait inaccessible. Il ne luttait pas contre l'insomnie. Il allait partir en France avec René. L'avenir se confondait avec un besoin d'aventure qui se confondait lui-même avec un exil qu'il ne concevait pas douloureux. René serait son mentor. Il lui enseignerait la langue française.

Il ne retourna pas chez les Hirschkuh.

Bonté molle, sans poids, de son père.

Homme incapable de donner un nouveau départ à son fils.

De maman, il n'avait rien à dire.

Un soir, Klaus et René annoncèrent à Müller leur décision – irrévocable – de quitter Leipzig. Le tailleur les mena à son appartement situé au-dessus de l'atelier. Trois pièces, un capharnaüm digne d'un brocanteur. Ici, la chambre – un lit militaire, une armoire, des objets partout, en crue ; la nuit, Robert Müller époussetait, balayait, astiquait, grattait, encaustiquait –, voilà, la salle à manger – des meubles là aussi, en avalanche, un repaire de styles et de siècles, un entassement d'histoires dont on n'avait pas la clé, un nid avec en son centre un secrétaire, des éclats de bronze comme la survivance de feux depuis longtemps éteints, ainsi en était-il des étoiles – et voici un salon en réduction où trônait un sofa mangeant l'espace. La cuisine avait tout d'un goulot où chaque objet aurait intégré un ordre ancestral, stalactites ménagères. Entre deux contorsions pour éviter un abat-jour ou le bec d'un vase, Müller confia que l'amoncellement provenait d'héritages successifs Ce n'était pas s'épancher. Des hommes et des femmes disparus avant la guerre. Il déboucha une bouteille de vin blanc qu'on pouvait déclarer sublime. Klaus n'y trempa que les lèvres. Müller comprenait. Il était des voyages qui modifiaient la résistance des corps. Il les regretterait. Il paraissait enjoué. Avant les adieux, il offrit à Bayonnat un portefeuille d'un cuir rouge ponceau, une gourmette en or pour Hirschkuh.

Je vous écrirai, dit Klaus.

Nous nous écrirons, oui.

Klaus s'attela à la lettre qu'il persistait à vouloir écrire à ses parents. Les phrases se grumelaient dans sa tête, s'écrasaient en pâtés sur le papier. Vingt fois il élabora de pathétiques déclarations filiales sans élasticité ni profondeur. Il se contraignit enfin à être lapidaire : Je t'aime beaucoup, papa, mais je ne peux pas m'encroûter à Leipzig. Embrasse maman pour moi. Merci pour tout. Je ne peux pas jurer que je reviendrai. Je vous embrasse. Klaus.

Il glissa la feuille dans l'enveloppe préparée à cette occasion, lécha la bande enduite d'une colle d'un jaune très pâle, timbra. Puis enfila le manteau de ragondin (à col de zibeline). C'était chaud comme un rêve. On s'y noyait, on s'y enchantait. Il ne parvenait pas à réunir les prénoms : Anne et René.

Son copain à la délicatesse inouïe.

Malgré un camp allemand, près de Berlin.

Klaus Hirschkuh retira le ragondin. La fourrure ne dessinait pas l'animal.

René et les animaux. Qui disait les aimer.

La plupart des voies ferrées allemandes présentaient un aspect désastreux. On partait demain. Klaus serait-il assez robuste pour le bonheur ?

René l'entourait d'attentions. Chérir sa présence n'était pas convoiter son corps. Ils avaient en poche les papiers qui leur permettaient de voyager, avec leurs tampons tels les sceaux de la liberté.

Buchenwald. Sachsenhausen.

René paniquait à ce qu'il aurait à raconter de Sachsenhausen à sa femme.

Anne dans ses bras.

Anne se précisait, lui revenait comme jamais jusqu'alors.

Il malaxait le manteau de ragondin. Elle avait été sa femme et le serait de nouveau.

Il avait empaqueté la fourrure dans une sorte de papier kraft, puis l'avait entourée d'une toile imperméable, car en Allemagne la pluie était vaillante. Il neigeait. On était presque en novembre. Combien de temps mettrait-on pour atteindre la France ? Klaus porterait les vivres. Le portefeuille de cuir ponceau avait une apparence lustrée. Müller leur avait dégoté des chandails superbes. Ils avaient l'aspect de marmottes. On avait chaud rien qu'à les regarder.

Ragondin et col de zibeline.

Ragondin. Zibeline. Klaus répétait en français.

Zibeline et ragondin, presque sans accent.

Photos d'identité prises à Buchenwald, à Saschsenhausen. Leurs papiers, ces trésors. Talismans. Tapée à la machine, l'adresse de Leipzig pour Klaus, de Paris pour René. S'y alignaient les chiffres du numéro de détention. La carte, toujours signée par son porteur. Dessous, l'empreinte digitale, calligraphie hautement charnelle, de minuscules crêtes et vallons. Contresignée par des membres du Comité international du camp. Des papiers qu'ils présentèrent à la gare de Leipzig à des Russes et à quelques Allemands. Un foisonnement de regards. Indifférence, suspicion, kyrielle de réactions, de sentiments peut-être.

En tendant les documents officiels à un soldat, Klaus eut en mémoire un jeune Russe dont il avait creusé le trou où on le balança, presque nu, et c'était sans honte qu'il avait remarqué la beauté de son corps, avoir un désir, et ce désir-là, c'était une manifestation de l'espoir. Il avait aussi appris, là-bas, à hurler seul, en lui, à hurler avec du silence sur les lèvres et jusqu'au fond de la gorge et des tripes. Un des soldats se montra ébahi d'entendre Klaus baragouiner sa langue. Je suis doué, dit Klaus. Et il rit, avec toute la jeunesse que peut contenir un rire. Il était ce matin-là un jeune homme.

Le prix des billets avait triplé.

Je ne m'énerverai pas.

Serait-on obligé de travailler encore un peu chez Müller ? Ce serait comme l'aveu d'un échec, de sa possibilité, alors les forces en réserve en seraient lapidées. Une impression ? Ils n'acceptaient que les certitudes aujourd'hui.

Ils sortirent de la gare. Ils iraient à pied. Au début, tout au moins. C'était très simple, on se dirigeait vers l'ouest, ou vers le sud-ouest, vers là-bas. Dévastation à perte de vue.

Les ruines se ressemblaient, se démultipliaient, les ruines généraient des ruines.

Et Klaus en avait marre des ruines.

Chaque jour, depuis peu, il en avait marre de quelque chose.

Leipzig se repeuplait, exsudant des hommes et des femmes et des enfants.

Il regardait de tous ses yeux, de toute sa vie, ce qu'un paysage, un fragment de paysage, lui offrait : un chat sur une murette, des fourrés, un ciel mouvant, un feuillage. Ils avaient leur beauté propre. Leur monde ne serait jamais le sien, il en serait le spectateur émerveillé. Mais le contempler faisait du bien.

La banlieue s'effilocha. Des prés et des bois la relayaient. La ville n'avait eu qu'un temps.

C'est par là, dit René.

Et maintenant par ici.

Cette route n'avait pas de nom, cette prairie non plus. La Saxe embrassait trop large pour ne pas paraître vague. Ils s'assirent sur une herbe froide que le gel des nuits avait noircie.

C'est par là, le sud.

Ce serait toujours par là, se disait Klaus. Par là.

Il ne fallait pas disperser ses énergies. Empiler de la fatigue sur de la fatigue.

Pourquoi René n'avait-il tout de même pas regagné Paris dès sa sortie du camp ? L'histoire du manteau on n'y croyait qu'à demi.

Tu veux savoir ?

Eh bien. Eh bien, il avait traversé des mois de paralysie, puis d'immobilité, il avait été intransportable, et quand il avait émergé de ce sommeil presque mortel, où était passé René Bayonnat ? Il était affreux. Il ne pouvait se présenter ainsi devant elle. Il aimait une femme habitant à Paris, rue du Château, et il n'aurait pu la serrer dans ses bras, parce qu'elle l'aurait fui, elle n'aurait pu aimer un cauchemar. Tu vois, pas un fantôme, ç'aurait été encore trop beau. J'étais des lambeaux de cire. Et du flou sur des os. Je me haïssais et elle n'aurait pas pu m'aimer comme avant. Alors germa l'idée de lui ramener une fourrure et de renaître dans mon corps et d'être encore une fois René Bayonnat, l'époux d'Anne Bayonnat, afin qu'elle pût accepter d'avoir un enfant de moi.

Il releva la tête comme si la silhouette d'Anne Bayonnat se découpait au bout de la route, puis se mettait à trottiner vers lui.

Oranienburg – Saschenhausen, *Internee number* 9431. Et le tien ?

5395.

René Bayonnat, né le 9.1.1917.

Klaus Hirschkuh, né le 7 août 1922.

Hirschkuh : la biche. Klaus était biche et loup, fauve encore invisible. Lui aussi, à sa manière, il adorait les animaux, ces petits dieux au cœur battant.

Quand j'ai été libéré, j'aurais voulu pleurer, mais n'y arrivais pas. Je racontais aux Américains ce qu'il en avait été de moi et des autres à Saschsenhausen, et ce fut à ce moment que je tombai malade, on me dit que je pleurais dans mon sommeil, mais je ne me suis jamais vu pleurer, j'aurais voulu voir mes larmes, ça m'a été refusé, comme c'est injuste, même dans mon sommeil je crois qu'il n'y avait plus Anne, tu te rends compte, plus Anne. J'ai émergé enfin de toute cette merde. Un pote de chambre à l'hôpital me dit qu'à Leipzig j'aurais du boulot, les manteaux de fourrure y étaient moins chers car moins rares, il connaissait un certain Müller qui m'emploierait, un type bien, pas comme la plupart, rentrer chez moi serait trop risqué dans l'état où j'étais encore. Le ragondin commença à m'obséder, et la loutre, et le renard, toutes les fourrures, presque plus qu'Anne, tu te rends compte, plus qu'elle, et ça me paraissait normal, je suis allé à Leipzig, j'ai rencontré Müller, j'ai logé chez des gens qui ne me blairaient pas, puis chez un gars, dans une cave, puis, tu es tombé du ciel, on va tous les deux en France, Klaus Hirschkuh. Et si on se remettait en marche, mon gars ?

Le crâne enturbanné d'un caleçon long sur lequel a été calé à l'africaine le ballot contenant le ragondin et son col de zibeline et retenu d'une main, René portait de l'autre une valise ancienne à fermoir de cuivre que lui avait fournie Müller et recelant les lettres d'Anne Bayonnat à son mari tant aimé et à qui il avait interdit de le rejoindre, un pull-over et une paire de godillots de rechange. On pataugeait dans un sol détrempé. On haletait. Sur un chemin d'Allemagne on se décourageait, on se disait qu'on n'arriverait jamais en France, qu'on serait avalé par la boue teutonne. Klaus portait la même valise avec laquelle il avait fait son entrée dans Leipzig. Dans un cabas, des victuailles – du pain, de la charcuterie, des pommes, deux bouteilles d'un vin blanc un peu raide et le nécessaire tire-bouchon. Ils avaient disséminé leur maigre fortune dans toutes les poches de leurs pantalons et vestes.

Il neigeait parfois, il pleuvait souvent.

Ils étaient sales. Ils dormirent le premier soir, et le deuxième, dans un bois. Les sons nocturnes résonnaient comme dans les contes, ensorcelants et inquiétants. Le troisième soir ils dormirent dans l'hôtel brinquebalant d'une petite ville. Plus bas, vers l'ouest, ce serait chez l'habitant. On ne revenait pas sur ses pas, on avait juste l'impression de tourner en rond. Ils s'égaraient le plus souvent. Les chaussures s'usaient, semblait-il, à vue d'œil.

Il y eut des gares. Des trains les ramenèrent en arrière. On fut, un matin, pas si loin que ça de Weimar. Qu'avait-on fichu pour remonter en Saxe ? L'attente d'un train se mesurait en heures singulièrement longues. Les provisions s'amenuisaient. Le manque de variation dans les repas assombrissait l'humeur. À l'hôtel ou chez l'habitant, ils exigeaient le broc d'eau chaude et le savon. Ils avaient l'exigence sans réplique. Ils impressionnaient. Klaus parlait en allemand. Il s'appropriait l'autorité naturelle de René. Ils se rasaient consciencieusement aux lueurs de l'aube. Se raser prouvait qu'on n'était plus à Buchenwald ou à Saschenshausen. Les visages de leurs hôtes ne laissaient nulle trace en eux.

Chaque soir, René initiait Klaus au français. La patience n'était pas son fort. L'effort de concentration augmentait la fatigue, mais René tenait bon. René exhortait son ami à ne pas s'exaspérer de n'obtenir que de squelettiques progrès. Où puiser quelque foi en soi, en ses capacités, en ce que valait sa vie ? Klaus crachotait des mots inconnus qui désignaient des objets familiers. Le quotidien s'enchantait ainsi. Construire une seule phrase exigeait vraiment beaucoup d'effort. C'était comme de tomber sans cesse de très haut. René ne cédait pas. Il serait un père à la férule bien trempée. Surtout, il découvrait le plaisir enivrant d'enseigner sa propre langue. Sur une feuille il inscrivait des listes de mots. Ça pullulait. Des insectes moqueurs, hurleurs, ou hautains. Des mots qui rebâtissaient le Paris de René.

Des villages, des villes comme une pelote d'épingles, des villes très étendues, des ruines ici et là, comme de la grenaille sous un ciel renfrogné. Et à droite, un monde de pierres immuables.

Iéna.

Une victoire pour René. Qui en ignorait l'année. L'école, c'était si loin. Temps d'un Empereur inouï. Mais il était où, ce foutu champ de bataille ?

Comment on appelait les invertis de l'armée impériale ? demanda Klaus.

Petit Allemand de mes deux, ta gueule.

Les amis s'étripaient sur une route de campagne. Des oiseaux jacassaient.

Fiottes. Tantouzes.

Herman. Marc. Rudy. Des prénoms dans un calendrier. Un calendrier comme une fosse à ciel ouvert.

Buchenwald, forêt de hêtres.

Klaus continuait à aimer les arbres.

Le portail de Buchenwald et son fronton à l'inscription en fer forgé : À chacun son dû.

Les poux de Buchenwald et de Saschenshausen.

Choux, poux, hiboux, chantonnait René.

Tout allait mieux entre eux. On ne s'attardait pas dans une vaine colère.

Choux, poux, hiboux. Petite danse macabre très musicale.

Hiboux, et après ?

Dans cette gare, sur cet improbable trajet, et à leur droite ce bois pour nymphes, René disait qu'on ne reviendrait pas au point de départ. Il ne le permettrait pas.

Glaires. Purin. Urine.

Buchenwald, Saschenshausen et l'odeur de campagne se mêlaient. Drôle de bouquet.

René ne portait plus le ballot sur sa tête. Il avait le cou en marmelade.

Iéna, et Empereur ou non, victoire ou non, ils s'en étaient éloignés, tirés.

Les voici dans un train, le train roulait. Klaus redoutait la station debout dans un train. René avait pleuré en montant dans le compartiment. René pleurait, donc. C'était obscène, pensaient des voyageurs. Un homme qui pleurait. On les regardait et on les questionnait. René ne répondait pas. Il était un Français qui aurait parlé allemand, un étranger. Il pleurait et avait peur. D'autant plus peur qu'il ne parvenait pas à refouler ses larmes. Les vainqueurs étaient à lapider, auraient songé ces gens. Prendre un train, rentrer chez soi et avoir peur. Cela appartenait-il à une logique ? Un chagrin d'amour énorme, dit Klaus Hirschkuh. Quoi ? Quelqu'un soupira, quelqu'un se prit à rire. Des gens tour à tout debout et assis. Un énième train, et ils seraient debout, un énième, et ils seraient assis. Noria.

Les arrêts se multipliaient, chacun se prolongeait.

Il y avait eu des nuits passées dans des wagons à bestiaux. Veaux, vaches, cochons, couvées, drôle d'humour qu'avait parfois Bayonnat. Ah ! cette odeur de personnes vivantes.

Assis, Klaus dépliait une feuille de papier et marmonnait. Mots comme des plaines, des mots-dragons. Lance-mots. Dont le sens lui échappait. Chaise ou ciel. Champignon. Nuits bruyantes d'essieux qui grinçaient. Comment éviter de rentrer en France par le train ? Des mots qui se refusaient avalaient le temps. Klaus pestait. Souffrait aussi.

La pluie allait en rafales, labourait les paysages.

Une gare mal en point, celle-ci, un terminus temporaire. Ils reprirent la route, le chemin ou le sentier. On zigzaguait. Pauvres hères. Et pauvres hêtres. Les deux amis se souviendraient de l'essentiel : ils étaient ensemble.

Ils dormirent dans une maison abandonnée. Ils eurent faim parmi des meubles remplis de vêtements et de tableaux. Le lendemain ce fut dans un champ qu'ils gîtèrent.

Arbres majestueux, en bouquets ou en solitaire. Arbres célibataires, disait Heinz. René, également. Ils ne se ressemblaient pas.

René et Klaus discouraient sur les arbres. Il y avait moins d'arbres à Saschenshausen qu'à Buchenwald.

Numéro 9431.

Numéro 5395.

Végétaux. En respirer l'odeur. Klaus jouissait de ce vert très large, poitrail de feuilles et de branches, plein de vent, torrentueux. Indifférence de ce vert, de ces arbres et de ce vent, pour Klaus et Buchenwald, et René et Saschenshausen. Une houle d'un vert si tendre, presque si chaud, absorbait Klaus, le roulait dans un abîme où aucun molosse ne l'atteindrait pour le dévorer, où la haine pendrait à une branche morte comme une vieille défroque triste, où aucun kapo ne brandirait son gourdin, où pas un talon ne chercherait à briser sa nuque, ses phalanges, ses orteils, et même son être entier, où tout serait du velours d'un vert de nuit, ce serait une nuit consolante, on la vivrait sans appréhension, comme seuls les enfants y parviennent ou tout homme sauvé des flots. Pas de triangle rose qui se découdrait. Recouds-le! On avait enfoncé dans les gencives de Rudy des aiguilles. Porc-épic mortel. Bouche bavant rose. On lui faisait comprendre qu'il serait toujours plus pédé que prisonnier. Et crève!

Ils étaient dans un train, assis, et brusquement Klaus éleva la voix.

À Buchenwald, la carrière se dressait comme un couperet. Être binoclard était une condamnation à mort, et mort certaine, toutes les promesses là-bas étant tenues, et tout boiteux se muait en cul-de-jatte par un coup de barre de fer sur les genoux, et le voûté ne se redressait jamais, os qui jaillissaient, comme les cris, et le dernier souffle, même sérénade, la roche calcaire qui s'effritait si bien, basculait en éboulis, tous les triangles réunis pour une danse macabre, le noir triangle des asociaux, le rouge des politiques, le vert des criminels de droit commun, le marron des Tziganes, le violet des Témoins de

Jéhovah, ces derniers de la racaille, comme le rose des garçons en fleurs, en rangs, en file, bousculés, vert d'un triangle et vert de la chiasse, pas d'étoiles jaunes, ou pas beaucoup, les trains pour Auschwitz circulaient très bien, des tables de la Loi en cendres, et les cendres faisaient un bon humus, excellente récolte pour l'année prochaine.

Tais-toi, le suppliait René, des yeux, puis de la voix, désespéré. Que des Allemands dans ce train. Pas un Américain. Ce qu'il disait était fou. Et d'une telle vérité ! On allait les lyncher. On ne voudrait pas écouter ce qu'il éructait. Tais-toi. Pour l'amitié.

Ah ! gare de Cassel. Via Cologne.

Je me fous de Cassel et de Cologne. Je ne descendrai pas avant d'avoir déversé mon sac. Toutes ces petites gares comme des sépulcres, et moi, devant ces gares et devant vous, ça bout en moi, de la haine, ne condamnez pas ma haine, née à Leipzig, pas de petite haine, maigreur d'homme et grosse haine, la fanfare entamait un air de marche, pam pa da poum poum poum, les gourdins de la place d'armes et à la carrière, coups qui pleuvent, les entendez-vous, moi oui, il y avait le silence, les dernières secondes d'une agonie, des milliers d'hommes, en avant, chiens de cochons, on nous traitait de tous les noms, on perdait tous les mots appris dans l'enfance, les mots qu'on nous serinait.

Tais-toi.

Quoi ? Pardon ? Demander pardon ? Un ciel imperturbable et bleu, et la fumée comme un océan, on marchait sur un chemin qui montait, vous le voyez, il montait tellement en douceur, trompeur, assassin, on mourait même là, j'avais le cul en feu, vous ne saurez pas pourquoi.

Tais-toi, Klaus. Tu ne peux pas.

Français ? interrogea un voyageur.

Fous-moi la paix, René, et toi, là.

Il est français.

Écoutez-moi.

Où en étais-je ? Un chemin de terre, voilà, j'en étais là, je ne veux pas y rester, si vous m'interrompez, vous m'y obligerez, salauds, les hêtres de Buchenwald, vous connaissez Buchenwald, et les hêtres, et moi, cul chéri de ces messieurs, du sang, menstruations de folle.

Tais-toi !

Non.

Si verts étaient les hêtres de Buchenwald, la boue et l'été, l'hiver et la neige, ce vert, ah ! ce vert, des gars comme moi, on montait un chemin, et la carrière, comme couverte de cendres, cinq cents mètres de mort à la verticale, à vous tomber sur la trogne, et là-haut, sur la crête, les officiers et soldats, les nazis, vous connaissez, avec leurs chiens.

Tais-toi, Klaus. Le prochain arrêt sera le bon.

Plus d'arrêt.

Arrête !

Et en bas, les kapos et leurs cris, on tiendrait combien de temps ?

Je vais te casser la gueule, Klaus. Écoute-moi. Pourquoi ne veux-tu pas m'écouter ?

Klaus ne se tairait pas aujourd'hui, plus jamais. Un bourdonnement hostile remplissait le compartiment. Quelque chose retenait René de lancer son poing dans la face de Klaus. Ils n'étaient plus en sécurité. On murmurait. Qu'était ce gars qui racontait des horreurs ? C'était où, Buchenwald ? René n'avait pas cogné quelqu'un depuis avant la guerre. Mais ne pouvait pas se décider à frapper son ami. Il ne pouvait que l'entourer de ses bras et l'injurier, parce qu'il le méritait. Lui dire “petit connard”, et le soustraire à ces passagers effrayés et en colère. Ces gens comprenaient à peine ce que Klaus éructait, mais c'était à eux adressé, et violemment, et avec haine, il l'avait dit, toute sa haine concentrée en cet instant, dans un train allemand, ils en comprenaient assez pour souhaiter sa disparition, haine contre haine, peut-être, il se déchargeait de son effroi, Klaus, et le leur fourrait en plein cœur, il leur communiquait de la peur, ça les poissait, ils étaient noircis de peur, souillés de peur, ils n'en pouvaient plus de ce garçon qui rageait et les invectivait, quelle lame de fond ininterrompue. On se tassait à l'entrée du compartiment, on s'attroupait, des rires gloussés, stridents, une cohorte de rires qui dérapaient vers l'imprécation, ce qu'il vociférait maintenant déboulait de Klaus, le débordait, des braises en geyser.

Savaient-ils, hein, ce qu'était une carrière ? Une carrière allemande, la carrière de Buchenwald, là-bas, près de Weimar, Goethe, le chêne et tout le cirque, on remplissait des wagonnets, on les tractait jusqu'à une rampe, des roches voltigeaient, arrachées à la paroi par des explosifs, et là-haut, les ordures vous mettaient en joue, eux, les déportés, Klaus et les autres, n'étaient plus que des hommes broyés, miettes d'hommes, broyés par un wagonnet, par l'explosif, ça souffrait, impossible de séparer son corps de cette souffrance, de celle des autres, on n'était pas encore dans l'indifférence par épuisement, pour avoir trop vu de choses, Jehan le kapo, un cinglé, riait comme un fou, tout travail mérite des coups et la mort, être haché menu, belle mort, n'en parlons plus, des hommes foudroyés, devenant nourriture pour chiens délicats, cruels et délicats, et beaucoup de ce sang qui éclabousse et tache, on était dégoûtants de sang, moi, le premier, Klaus, il s'appelait, il s'appelle Klaus Hirschkuh, jolie biche, il peut montrer les crocs, une biche qui dévore.

Ne continue pas.

Et pour le retour, ils étaient obligés de chanter, le comble, chante, et on chantait pour ne pas être exécutés, c'était comme ça, sans tambour ni trompette, les gars rentraient au camp, les SS, les kapos criaient les matricules, demain serait aujourd'hui, Klaus Hirschkuh a échappé à la mort, mais pas Michael, ni Herman, ni Rudy, ni Marc, ni Hans, ni Horst, et ni Emil, Gerard, et Otto, ni Daniel, ni Frank, Klaus Hirschkuh, lui, un ressuscité d'entre les vivants, ça se passait ainsi, ni Ernst, ni Lothar, et ni André.

Un homme le gifla. Ça suffisait. Quand on est allemand on ne raconte pas ces choses. La gifle comme un bâillon. Comme à Buchenwald. C'était une gifle qui le giflerait pendant mille ans.

On descend, dit René.

L'homme qui avait giflé Klaus les toisait.

Peu descendirent avec eux. On les évitait. Français pestiférés, Allemands dégénérés.

Gare insignifiante et dénaturée par la boue, pourtant tolérable. La neige luisait sur les arbres, sur les prés, les toits, les jardins, les oiseaux sur les branches.

Le buffet était ouvert. Ils s'attablèrent. Ils burent une eau chaude citronnée. Quand René la paya, la serveuse les inspecta d'un regard sous vide. Klaus exposait le sien où se lisaient de l'effroi et la jouissance que procure un triomphe.

À Bonn, on ira chacun de son côté, déclara René.

Il n'y eut plus que de l'effroi.

J'ai dit pourquoi j'étais là-bas ?

Klaus buvait l'insipide breuvage.

Une heure à se balancer tous les deux dans l'abîme, on en était là. Et soudain : Klaus, pardonne-moi.

René ne pourrait jamais l'abandonner. Klaus lui présenta un visage presque lumineux, adolescent, qui émerveillait dans cette salle de gare minable.

Un seul chemin pour nous deux, dit René. Un, pas deux. T'as entendu ? Ça va comme ça ? Tu me pardonnes ?

Ils se reposèrent sur un banc, sur un quai, puisqu'il n'y avait pas une chambre dans le village pour des voyageurs. La tête de René contre les genoux de Klaus, et une des mains de Klaus sur la poitrine de René. Pas de désir, vraiment, mais un merveilleux bien-être, sans ambiguïté.

Plus de dix jours d'une sorte de vagabondage. L'impatience les paralysait. Ils seraient saufs, quand ils seraient hors d'un pays vaincu.

On ne mourra pas en Allemagne, disait souvent René.

Ce train tanguait, hoquetait, grinçait de ses essieux dans les faibles lumières d'une nuit citadine. Il fit une longue pause, il repartit. Klaus ne pourrait pas revenir dans une ville allemande. Sentir battre son cœur le rassurait, le calmait, l'endormait.

C'était l'aube. D'un bois surgit un chevreuil. La bête frémissait tout en se statufiant. Elle les jaugeait, s'effrayait de ces têtes d'hommes et de femmes derrière les vitres crasseuses d'un train fantôme. Klaus rêvait d'avoir contre sa joue un pelage.

Un chevreuil.

Le Rhin roulait sous leurs yeux. Un fleuve, soudain. L'eau reflétait le ciel et les berges, puissante, égale. Le génie militaire américain y avait installé des pontons flottants. On traversa le fleuve en barque. Sur la terre ferme, Klaus eut la démarche d'un jeune homme. Des mots d'allemand se bousculaient à son esprit. Il ne pouvait formuler son bonheur que dans sa propre langue. Le français demeurait un continent opaque, pas sombre, mais tel un grand brouillard, et "louche" ou "soupe" n'avaient aucune utilité en français à cet instant. Il connaissait "arbre", "nuages", "faim", il les offrit à René dans la langue de René. Qui ne releva pas la prononciation chevrotante de son ami.

Le ragondin à col de zibeline pesait lourd. Les reins en étaient douloureux. Le ballot atterri sur le sol on l'utilisa comme un siège. On se requinquait à sentir ce mou luxueux sous les fesses.

Voici Thionville. Oui, on avait encore dévié. Ce ne serait pas plus mal d'y séjourner quelques jours. Son centre de rapatriement ne s'engorgeait sans doute pas comme ceux d'une plus vaste ville, Paris ou Lille, de déportés et de réfugiés. René s'occupa des démarches administratives. Un examen médical, ils n'y couperaient pas. Maladies infectieuses et parasitaires leur avaient été épargnées. Les Américains les avaient débarrassés des poux et de la gale. Ils étaient aujourd'hui sains et pourvus d'un bel avenir. La carte de rapatrié de Klaus était estampillée "Étranger". C'était mieux que rien. Après Buchenwald être un étranger, c'était être quelque chose et quelqu'un. Sinon que serait-il ? Grâce à la faconde de René, les fonctionnaires n'avaient pas cherché la petite bête et avaient délivré sans sourciller cette carte à Klaus Hirschkuh – nom imprononçable. Allemand et étranger, d'un coup, et ensemble. Avoir été à Buchenwald, néanmoins un sauf-conduit. Comment alors le suspecter d'espionnage ou de sabotage ? Un employé affirmait qu'il n'y avait pas d'Allemands dans les camps de concentration.

Ils étaient en règle.

Ils séjournèrent donc quelques jours à Thionville. Une chambre fleurant le propre les accueillit dans une pension de famille. Le temps de se familiariser avec des draps et des couvertures et l'aube pointa. Les jambes s'y empêtraient, celles de Klaus tout au moins. René, tous ces plis et ces replis compliquaient la nuit. La pension baignait dans une tiédeur assoupissante. C'était presque la sérénité. Dans le salon s'alignaient dans des jardinières des géraniums. Odette Crestor ne les exposerait à l'extérieur qu'au printemps. Les nuits appartenaient encore à l'hiver. Elle avait pris en affection ces deux hommes.

René avoua un matin à Klaus qu'il redoutait les retrouvailles avec Anne, maintenant qu'il était si près du but, il l'avait laissée si longtemps sans nouvelles, il lui avait raconté tant de bobards pour qu'elle ne rejoigne pas un spectre, un hagard, un si triste.

Je suis là, dit Klaus.

René aurait Anne et d'elle un enfant, tandis que Klaus n'était plus l'amant de personne. Mais il n'exigeait rien de son existence à venir, du moins sur ce terrain-là. Depuis son retour, Klaus avait bâti un mur entre lui et les autres garçons. Il se donnait l'illusion qu'il n'aurait plus jamais de désir pour un autre que Heinz.

Ils n'étaient pas syphilitiques. Le résultat des examens le prouvait.

Le tréponème pâle brouillait tout entendement chez un kapo, un triangle vert. Sa tête se déformait en tête de chien, il aboyait parfois, et un jour ce fut au menton d'un nazi, la riposte avait été immédiate, on le déshabilla, et on le jeta dans la soue aux cochons, il ne jappa plus sous la dent des porcs appâtés, il eut de nouveau voix humaine, quelques minutes, avant la dévoration finale.

S'il n'avait pas couché avec des kapos, Klaus n'aurait pas tenu quatre années à Buchenwald. René acceptait-il cela ? La majorité des détenus l'abominait, parce que pédé, le détestait et le méprisait plus encore même que les nazis, parce qu'il s'arrangeait pour ne pas crever, pour bouffer à peu près bien, avoir une belle gueule et coucher avec des garçons, et voilà qu'on échappait à la mort. On apprenait que la tante de Bâle ou de Paris ou de Prague, cette traînée avec une queue entre les jambes, eh bien les médecins nazis la lui avaient coupée, sans anesthésie, et qu'est-ce que ça couine un pédé qu'on châtre.

Oui, les tantes s'en sortaient mieux que les gens normaux, pensaient les détenus.

Ça, ça devait être dit.

Ne le dis pas.

N'en reparlons pas, Klaus, je t'en supplie, ne recommence pas, on est en France, mon vieux.

Encore un train, le dernier.

Campagne rabotée par les frimas, sol gorgé d'eau, vent à décorner des bœufs. On en imaginait des choses de derrière la vitre d'un train. Le paysage décevait Klaus. La déception exténuait. René baguenaudait dans les couloirs du train, son ragondin à col de zibeline sous le bras, toujours soigneusement empaqueté.

On abordait les banlieues, les faubourgs de Paris. La tension que manifestait René virait lentement à l'aigre. Il s'adressait à Klaus en français, haussait les épaules, puisque l'autre ne saisissait rien, il lui reprochait presque de ne pas être de son pays, de lui gâcher en quelque sorte l'arrivée au port. S'il s'obligeait à quelques mots en allemand, les passagers relevaient la tête, quelle outrecuidance d'être allemand aujourd'hui.

Gare de l'Est, s'écria-t-il.

Le quai se graverait pour toujours en Klaus.

Gare de l'Est, gare de Weimar.

De Weimar un camion l'avait transporté à Buchenwald. Ensuite le camp avait été doté de rails et d'un quai.

Félix, l'instituteur. Corps mort d'un homme intelligent.

Klaus trottinait derrière René. Heinz n'était pas ici, il ne s'incorporait pas au décor, Heinz était un garçon qui dansait nu dans une chambre.

Fourrure de ragondin et col de zibeline.

Du ragondin ! De la zibeline ! Ra-gon-din, zi-beline, des mots si ronds et si tendres, si rares, les prononcer le mêlait, pensait-il, à cette foule, à la France, à Paris, à demain. À Leipzig les gens s'éparpillaient dans les ruines. Papa. Maman. Golo. Robert Müller. *Où es-tu ?* René reprenait possession de son univers. Il était le guide et l'ami. Dépêchons-nous ! Allons à la station de taxis. Taxis ruineux. T'occupe, mon petit Klaus, t'occupe, c'est moi qui paie, le métro, crapahuter dans les rues, ce sera pour plus tard. Pas mauvais de se sentir des privilégiés.

Rue de l'Ouest !

René étendit son bras sur le dos de la banquette arrière. Il s'épanouissait, il laissait entrevoir l'homme qu'il avait été, celui qu'il serait de nouveau, il s'étalait, une main sur la nuque de Klaus, l'incluant de cette manière dans son ravissement d'être à Paris, en route vers l'épouse. Il retrouvait Paris. Sa rive droite, tout d'abord. C'est beau, non ? Klaus acquiesçait. Pourquoi ne pas s'extasier, après tout ? On était sain et sauf, la guerre était derrière soi. On était sur le boulevard de Sébastopol. Oui, le même Sébastopol de Crimée, mais ici, on était à Paris. Regarde ! Klaus regardait un boulevard tout long, tout large, tout gris, ni morne ni gai, juste bruyant, et menant où ? Pour René, ce gris était divin, c'était un gris parisien. Revenir lui paralysait le cœur, le foudroyait. Anne l'attendait. De Thionville il lui avait envoyé un télégramme. Il irait rue du Château en taxi. Il était sain et sauf. Il l'aimait, tellement. Il avait dicté cette déclaration à l'employé des postes. Signé : René. Le chauffeur les prenait pour des provinciaux. Seul René parlait. Ses yeux pétillaient, sa poitrine se gonflait, ses joues s'embrasaient. Demain, enfin, un jour pas trop éloigné, on irait, Anne, lui et Klaus, on irait sur les Champs-Élysées, on aurait l'Arc de Triomphe dans les mirettes, on aurait toute cette splendeur à soi, des allées sous des arbres, et des jets d'eau, et la foule, et les magasins illuminés, un Noël permanent, tu verras, tout vaut le coup à Paris. René en pleurerait. Il pleurait d'ailleurs. Je suis là, se disait Klaus, et les larmes montaient en lui, et ne jaillissaient pas, les larmes habitaient son corps, mais ses yeux ne se mouillaient pas. C'en était douloureux.

DEUXIÈME PARTIE

Plutôt jolie et petite bonne femme. C'était ainsi que Klaus Hirschkuh jugeait l'épouse de René.

Il n'était pas le bienvenu.

Sympathique par intermittence, un peu sotte, la politesse compassée. Anne Bayonnat n'appréciait pas trop les populations traversant les frontières françaises.

Non, il n'était pas le bienvenu.

Et puis. Et puis cet homme tout en angles et le visage bleui par une barbe de plusieurs jours, une chevelure brune, il était allemand, et des mèches bouclaient sur son front, à ses tempes, dans son cou. Plus beau que René. Gênant pour la femme. Un déséquilibre assuré dans la sphère familiale.

Entre deux grands baisers appuyés, René évoquait quelques horreurs vécues chez les Teutons. Elle disait : C'est assez, mon chéri. Klaus Hirschkuh se taisait. Un démon passait. On vivait soudain sur une planète de spectres.

Le premier soir du retour des deux hommes, on dîna frugalement. Ils bâillaient tous, René désirait sa femme.

Qui prépara le lit de Klaus. L'hiver parisien se confondait avec un printemps précoce. Des hivers allemands, Anne Bayonnat se fichait comme de l'an 40.

Comme à Leipzig, à sa réintégration dans le giron familial, Klaus ne se déshabilla pas. Il tendait l'oreille. Il entendit un homme et une femme s'aimer. Sa place n'était pas dans cet appartement. Ici, il se sentait moins l'ami de René qu'à Leipzig. Que leur relation se recroqueville, il n'y survivrait pas. Théâtraliser le galvanisait. À Buchenwald il ne se prenait pas au sérieux. Il fourra ses mains entre ses cuisses. Comme un très vieil adolescent. Ce va-et-vient n'avait rien de pathétique, il apaisait.

Au petit-déjeuner, il annonça que la nuit prochaine il dormirait à l'hôtel. René se fâcha. Anne haussa les épaules. Elle trempait une tartine sans beurre mais avec confiture dans un bol de chicorée, vêtue de son manteau de ragondin à col de zibeline. On ne remarquait que la zibeline. Elle n'aurait plus jamais froid, elle resplendissait.

L'hôtel serait sans doute plus confortable qu'un canapé qui datait de Mathusalem.

Les dîners, ils les prendraient ensemble.

Trois nuits à l'hôtel, à quelques encablures de la rue du Château.

La quatrième, René l'enleva à son hôtel.

Au dernier étage de l'immeuble des Bayonnat, entre deux chambres de bonnes, existait un vaste débarras de neuf mètres carrés. Une tanière, pensa Klaus, pis que le galetas de Leipzig. Et pas de lucarne, mais un carreau qui n'ouvrait pas, un truc absurde, par lequel coulait une vague lumière. C'était mieux que rien, dit René, en attendant. Pas de loyer à payer. Chez un brocanteur du coin René avait acheté pour trois fois rien un matelas. L'eau était sur le palier. Il avait confectionné avec des planches récupérées sur un terrain vague des étagères. Se tassaient une penderie plus qu'étroite, une table et une chaise. Il avait fait ce qu'il avait pu.

Décidément, Klaus était voué au plus rudimentaire. Mais il ne tolérait plus ce froid, plus ces matelas défoncés, plus cette crasse sur une vitre. Ce matelas ne constituait pas un vrai lit. Tout en creux et bosses. Des taches partout de liquides renversés, répandus – tisane, café, vin, foutre. Un vieux matelas sans surprise.

Ce carreau qui n'ouvrait pas le narguait.

René venait saluer Klaus le matin. Il apparaissait bien peigné, bien lustré, chemise repassée et pli parfait du pantalon, chaussures cirées. Son ancien patron l'avait remplacé. Mais la guerre n'avait pas altéré sa générosité. Il avait recommandé René à un de ses collègues.

Dans le cagibi, le temps passait ou ne passait pas. Comment s'écoulait le temps à Buchenwald, étale et bâillonnant, et comment s'écoulerait-il dorénavant, le temps de Buchenwald désormais sécrété par sa mémoire ? Klaus se retournait sur sa paillasse, avec l'œil de verre, aveugle, au-dessus de lui, où étaient le ciel, et les étoiles, et les dieux, il se débattait avec hier et tous les instants de sa vie, et se calmait lorsqu'il avait conscience qu'il était à Paris, il apprendrait le français, il s'intégrerait à ce monde qui n'était pas le sien, mercredi ou jeudi, *dis-toi que tous les jours dans cette ville sont bénis.* Il s'imposerait deux repas par jour, rythme sage des petits-bourgeois replets, de Leipzig ou de Paris. Faire saliver le verbe “manger”, qu'il soit plus puissant que le souvenir des charniers de Buchenwald.

Anne préparait souvent un gâteau de foies de volaille. Il se présentait à la table des Bayonnat, somnolent, comme à Leipzig chez ses parents auxquels il pensait peu, mais qui rôdaient quelque part en lui, impalpables.

Il avait sans cesse faim. Même quand il était sevré, que sa panse bedonnait, même quand il avait un renvoi, qu'un goût de bile lui plâtrait le gosier, il avait faim dans un coin de sa tête, et dans sa mémoire il avait faim, ça criait famine de partout en lui, comment se rassasier ? Il n'en finissait pas de mourir de faim. Il semblait que ce n'était pas le cas pour René. Ne parlons plus de ces choses. René lui avait la veille fermé le clapet. Faim constamment, seul ou en compagnie. Insatisfaction cannibale. La faim le bouffait, horripilante, cruelle, vulgaire. Là-bas il aurait tué pour bouffer. Et là-bas il avait presque tué. Prends et il avait pris. Les renvois, les rots, les pets, la bile d'un bébé jamais repu.

Il mangeait une fois par jour chez les Bayonnat. Il s'imposait à leur table. Il se sentait tout grand et digne et on lui devait ce pain et ce morceau de viande coriace.

Là-bas il était avant tout un affamé. Une tante affamée. Un vieillard de vingt-trois ans que certaines nuits on baisait. Il était si frêle. En mangeant il était affamé. Il mangeait pendant que l'autre le pénétrait. Tout son corps et toute son âme avaient faim. Dans ses yeux, sous ses paumes, là où battait le cœur, au ventre, entre les cuisses.

Qu'ils étaient gourmands, Heinz et lui. Heinz raffolait de la soupe de pommes de terre avec des morceaux de saucisse, il savourait les palets au chocolat et à la pâte d'amandes, un biscuit à émouvoir le palais le plus endurci, ça vous créait des rêves, Heinz s'absorbait dans la dégustation des alouettes de Leipzig, pas de vrais oiseaux, de la pâte brisée, sarcophage pour là aussi une pâte d'amandes à frémir, onctueuse, à s'en pourlécher pendant mille ans, gourmandise apaisée, puis jeux de garçons sur un grand lit.

Des palets et des alouettes.

Il les cuisinerait un jour. Pour l'absent et pour lui-même. Pour les morts et lui.

Administrativement il était allemand, exposa René. Klaus aurait à entreprendre des démarches qui lui permettraient de conserver sa nationalité. Sinon il serait apatride. Klaus décida qu'il serait pour l'instant, ça, apatride.

Il aspirait à une renaissance encore floue, secrète, inintelligible. Se décalquer peu à peu d'un passé que rien n'anéantirait. Avoir une certaine vie, être sûr que c'est une vie qu'il vivrait, la goûter, de tous ses pores, de toute son intelligence, d'une sensibilité qui n'avait pas été enterrée, dépiautée. Là-bas, le jour le plus radieux s'engluait de ténèbres. Demain, il serait en résurrection permanente.

Mais Heinz s'appropriait ses rêves, le long d'une insomnie. Chaque jour et chaque nuit Heinz mourait près de Klaus, et des centaines de morts s'amoncelaient en lui, effroi impérissable, il n'avait pas souvent l'énergie pour les bouter hors de lui.

En étant apatride, peut-être qu'il oublierait qu'il avait été allemand, et que Buchenwald s'éloignerait de lui. Ça valait tout au moins le coup d'essayer.

Anne Bayonnat avait inscrit Klaus à un cours du soir, de français. Elle s'était érigée en chaperon. L'avait présenté au professeur. Voici M. Germain Guérin, fluet, nonchalant, aimable avec parcimonie. Anne s'était montrée diserte. Elle prit à part l'homme. Klaus l'entendit prononcer le nom de Buchenwald. L'aparté clos, elle s'était dirigée vers lui, satisfaite d'elle-même, affectueuse, une jolie pigeonne. Il grimaça une grande colère inutile.

Les cours avaient lieu dans une salle de classe d'école primaire, une fois la marmaille renvoyée dans ses foyers.

Bureaux et bancs de bois.

Une dizaine d'hommes suivait les cours. Il n'y avait pas une femme. C'était des gens de tous les âges. Certains baragouinaient déjà le français. Des Espagnols, un Hollandais, un Grec et un Tchèque. Klaus s'était muni d'un cahier et d'un crayon à papier, d'un taille-crayon, d'une gomme, tous cadeaux des Bayonnat. Il remportait parfois sur cette langue française de minuscules et roboratives victoires. Elle cédait devant lui. Le Hollandais et le Tchèque s'étaient enhardis à vouloir se lier avec lui. Il les avait découragés par une grondeuse froideur. Il était l'ours mal léché du cours. Il se disait que nouer une relation avec ces gens le distrairait.

Il était l'élève accompli. En apparence, imperturbable. Et maussade. Mais son regard s'abreuvait des courbes et des barres d'un mot.

Répétez : Je suis un menuisier.

Répétez : La Seine est un grand fleuve.

Répétez : Comment allez-vous ?

Répétez : Pourquoi augmentez-vous le loyer ?

Répétez : Évitez le marché noir.

Répétez : Ces ciseaux sont trop lourds.

Répétez : Les deux font la paire.

De temps en temps il butait sur la moindre syllabe. Il en était ridicule. Une langue vous rendait idiot. Une langue infinie, et vous, une succession de petites parcelles d'intelligence dérisoire. Il y avait des phrases prédatrices. Et d'autres qui bavaient, dégoûtantes. Cette langue s'arrangeait cependant pour paraître vivante. Elle l'était.

Reprenez-vous, Hirschkuh ! imposait Guérin. Ça veut dire quoi déjà "reprenez-vous" ? Guérin expliquait, cinglant. Et le fleuve réintégrait ses berges. Il ne serait plus un cours d'eau. Une foison de minuscules miracles. Du bonheur, en somme. Un monde qu'on enseignait à Klaus et qui ruisselait. Derrière le moindre mot, le monde tout entier, et ses constellations, une culture, une palpitation charnelle, la profusion, et Klaus éprouvait l'émerveillement et l'inquiétude de l'enfant qu'il avait été autrefois. Le vocabulaire s'étoffait et avait la prodigalité d'une pluie d'or.

Je ne partirai plus de Paris.

Ils étaient à une table ronde dans un café. Guérin avait invité Klaus, afin de poursuivre le cours. On se retrouverait chaque soir ici.

Durant ces séances Klaus progressait à brasses régulières.

Il ne retournerait pas en Allemagne.

Guérin n'exprimait pas la moindre curiosité pour le passé de Klaus Hirschkuh.

Mais qui était Klaus Hirschkuh pour Guérin ?

Sous une carapace de rigide mélancolie sommeillait une vigueur endormie et qui ressusciterait s'il guidait bien ce garçon.

Chez les Bayonnat, Klaus ne s'adressait plus à Anne qu'en français. Elle le comprenait avec de plus en plus de facilité. La fierté qu'il en éprouvait le transfigurait ni plus ni moins. Elle le rajeunissait. L'adolescent réapparaissait.

Il serait temps qu'il se mette en chasse d'un travail, suggéra Bayonnat entre une poire et un fromage. Qu'il vole de ses propres ailes. Oui, Klaus connaissait l'expression. Il promit. Dans moins d'un mois il aurait un boulot.

René travaillait, Anne travaillait, tout le monde travaillait.

Klaus Hirschkuh se baladait dans Paris. Parcs et jardins l'inquiétaient. Il redoutait qu'à l'extrémité de l'un d'eux ne se dressent les murs de Buchenwald, que Buchenwald ne voyage.

Il se prit à établir la liste de l'ensemble des objets que contenait son cagibi. Se relire était une règle. Et un plaisir.

Lit. Couverture. Draps. Chaussures (cadeau de René). Pyjama. Haut et bas. Un seul. Cordon de coton qui ceinturait la taille (voici une phrase très française). Lattes. Planches. Bois délavé. Échardes. Eau de Javel. Cafard. Araignée. Mur. Plafond. Les deux tapissés d'un papier peint. Des myosotis sur fond de crème fouettée. Crème qui aurait tourné. Crème pisseuse. Pissée. Chiasse de crème. Pas de crème à Buchenwald, mais de la chiasse, oui. Porte. Moulures. Chambranle. Ampoule. Interrupteur (il ne marchait pas trop souvent). Bougie. Bougeoir. Mèche. Suif. Joli mot. M. et Mme Suif. S'inventer des histoires idiotes et rafraîchissantes. Passer le temps. Avec de petits néants. Une belle phrase, celle-ci. Cire. La crasse embaume le propre. Vissé. Ampoule à baïonnette. Étagères. Penderie. Cintres. Veste. Chemise. Deux. Gilet. Un. Maillot de corps. Trois. Caleçon. Quatre. Deux paires de chaussettes. Lacet. Semelle. Cuir. Noir. Marron. Table. Quarante centimètres sur trente. Le plateau. Chaise. Petite.

Bancale. Des barreaux. Pas de prison. Paillée. Dossier. Colonne vertébrale. Siège. Pain. Saucisson. Couteau. Fourchette. Cruche. Faïence. Bleu et blanc. Eau dans la cruche. Gant de toilette. Serviette (de toilette). Nettoyer. Sale. Poussière. Balai. Pelle. Fer. Crins. Obscurité. Lumière. Ces deux-là inlassables, revenant toujours. Livre. Dictionnaire. Cartonné. Couverture. Un enfant lit. Un vieillard se penche au-dessus de son épaule. Un vieillard veille. Page. Colonne. Ligne. Expression. Lettre. Alphabétique.

Je m'appelle Klaus Hirschkuh.

Dans les marges des pages, il traçait des résilles, des fuseaux, des flèches. Les faisceaux des projecteurs balayaient les nuits de Buchenwald. Il n'y avait pas vraiment de nuit à Buchenwald. Et on dormait dans la peur du jour qui allait se lever. Ça vous tuait les nerfs et le cœur. Et puis, de cœur, on en avait de moins en moins, sans s'en apercevoir.

Hirschkuh. En français, Klaus Biche.

Bicher, quoi ?

Cette page blanche est rebelle, n'est pas allemande. Un flot. Du français.

Je suis allemand. J'ai été allemand. Redevient-on ce qu'on a été ?

L'amour.

Pour la première fois, en français.

L'amour. Et pas de défenestration. Pas de chiens. Il y avait des mots qui sautaient à la gorge de Klaus Hirschkuh.

Amitié.

René. Robert Müller. Peut-être Germain Guérin.

La liste de nouveau, infinie, glorieuse, chantante.

Légumes. Fleurs. Fruits. Dehors. Dedans. Des débris de tout ce qui existe ici-bas.

Ici-bas.

Maintenant. Jamais. Maintenant et à jamais.

Langue. France. Et langue simplement. Corps. Bouche. Celle des autres. Bouche. Lèvres. Dents. Gencives. Caries. Salive. Verbe. Avaler. Et puis, Oublier.

Peur.

Des choses, des gens.

Des choses notables, des gens approximatifs. Des choses qui seront un jour des ombres ou ne le seront jamais. Des choses qui font des empires et des choses qui les détruisent. Tant de gens et tant de pendus et tant de dévorés et tant de brûlés dans des fours. C'était impensable, jadis.

Laissez-nous en paix.

Défenestré. Heinz Weiner. Ensuite, Buchenwald.

Une constante dans la tête. La vie. Une vie.

Je suis Klaus Hirschkuh.

Bon, mauvais. *Écris ces adjectifs. Bon, et ensuite mauvais. Adjectifs en verre pilé.*

Cruel, oui, atroce, oui, tueur, oui, fantôme, oui. Les Américains entrèrent dans le camp et abattirent des gars planqués. Les kapos. Des ordures en pagaille.

Économise-toi ! Tes forces, ton souffle. Il y avait encore beaucoup de lui en ce monde.

Avant que je meure.

Quels objets devrais-je ajouter à la litanie ?

Il n'y a pas de soupe ici, ce soir, écris-le.

Soupe en français n'est pas soupe en allemand.

Soupe et louche.

En allemand, puis en français, *essaie. Paillasse. Poux. Typhus. Des morts. On ne peut pas dormir. Ça meurt même la nuit.*

Légumes dans eau croupie. Vers de terre bouillis. Lavasse plus dégueulasse qu'une bonne grosse pisse de cochon.

Infantilité prohibée.

Heinz, mon ange.

Soupe n'est pas toujours infecte.

Soupe d'Anne. Un fumet à damner tous les saints d'Allemagne et de France.

Pas soupe, maman, suppliait-il, pas soupe, juste potage, est-ce si difficile ?

Ce n'est pas du potage, Klaus.

Les sous qui tintaient dans ses poches, il n'en avait plus beaucoup. René lui avait prêté quelques pièces hier. Prends et ne réplique pas.

Ce bon René, mon cher René.

Une saison, et puis deux. Le froid se réinstalla. Jugulaires de froid. On l'avait assez gavé de froid. En novembre prochain, il aurait un poêle, il se débrouillerait, il en aurait un. Et il aurait deux pièces en enfilade comme chez les Bayonnat. Il serait l'égal de tous, d'un Français et de tous les autres. Bizarre comme il se considérait si peu en exil.

Heinz le taquinait : Tu ronfles, bébé.

Bébé et mon amour. Bébé plus émouvant et plus durable parfois que mon amour.

Se toucher ne l'assouvissait pas. Se masturber le déprimait.

Lors d'une de leurs séances de travail au café, Guérin déclara que Klaus avait assez de bagage pour chasser le boulot idéal. Consulte un annuaire téléphonique à la poste. Note les adresses et les numéros de téléphone de tous les tailleurs du coin. Klaus Hirschkuh hochait la tête. Il ferait ce que Guérin lui conseillait.

Il consulta un annuaire. Il nota des adresses.

Il souriait, parce qu'un chat miaulait sur une murette du quartier.

Jardin fantaisie derrière. Des plantes grasses. Et un chien.

Tous les chiens ne dépeçaient pas. Les chiens de Buchenwald avaient été canardés à Buchenwald.

Il n'y avait pas de chats à Buchenwald.

Il s'égarait dans son quartier. Une impasse n'était pas le cul du monde.

Il vadrouillait, timide, prudent, animal et humain, dans ce 14e arrondissement de Paris.

Verte saison au ciel d'ardoise favoriserait peut-être son embauche.

Il se présenta chez trois tailleurs. Ils l'examinèrent avec une hâtive attention. Ils n'étaient plus très jeunes. La guerre avait fragilisé des hommes robustes. Klaus Hirschkuh perdait contenance. Le bégaiement de Buchenwald reprenait. Il entrelaçait français et allemand. L'allemand submergeait le français au bout de deux minutes. Il n'avait plus qu'une langue et il était en exil. L'un des trois tailleurs le ficha à la porte de son atelier. Klaus Hirschkuh n'avait pas protesté. Le deuxième lui montra la porte d'un bras tendu. Affreuse et sordide théâtralité. Il n'était pas préparé à cela. Il n'avait qu'à la boucler. Le troisième le traita de Boche. Qu'il appartienne à une nation vaincue était encore de trop. Ça ne passait pas. Le culot des Boches. De Boche, parfaitement. L'insulte fit mal à Klaus, il serait allemand jusqu'à sa mort. Il y avait cependant boue et boue. "Sale Boche" comme on éructe "sale pédé". Et "crève". Il comprit brusquement ce que signifiait "sale Juif".

À Guérin, il décrivit ses déboires. Et déclara son porte-monnaie vide. Le professeur parla. Il était un vieux loup solitaire. Il n'avait pas un ami. Il ne requérait les services que d'un tailleur sur la place de Paris dont l'atelier donnait sur la rue des Thermopyles. Un court sur pattes qui tirait le diable par la queue, parce que le client s'était fait subitement rare dès le jour où il avait pris la défense de sa fille, une garce qui courait l'uniforme, qui aimait la bringue et avait le don des langues. Que Klaus se recommande de lui, le professeur Guérin, à ce tailleur en chute libre. L'homme s'appelait Anselme Heurtebanne. La voix de Guérin était maintenant chaude, enrouée, triste.

Klaus écrivit à Robert Müller. Il apprenait le français que lui enseignait un type sympathique et dont la bonté lui était nécessaire, Paris l'émerveillait, c'était une grande ville, il était un jeune Allemand à Paris qui refaisait, comme on dit, sa vie.

Mon cher Müller.

Chien fou, dit Anne. Ne vous emballez pas.

Il décrocherait ce boulot, chez cet Anselme Heurtebanne, et elle, elle aurait un jour un enfant. Le parrain en serait Édouard, son frère.

La rue des Thermopyles était sombre, décatie, on y reniflait à chaque pas une odeur de salpêtre. Ç'aurait pué le rat pour Hannah Hirschkuh. Quelques façades de guingois, des murs pelés, un jardin de poupée avec un lilas prolifique et dégingandé, des rosiers en guirlandes versant par-dessus un mur ou sur votre tête des roses pompons – une féérie ombreuse. Pavés humides sur lesquels glissait la semelle usée, sur lesquelles on cahotait. Klaus marchait donc avec précaution, en petit vieux intrigué par le lieu. Paris était aussi cette rue-là. Cette porte étroite ouvrait sur l'atelier d'Anselme Heurtebanne.

Bonjour, monsieur.

Pas un sourire ne se dessina sur les lèvres d'Anselme Heurtebanne, et pourtant on avait l'impression qu'un sourire était bien là. Le tailleur promenait une bonhomie puérile dans son atelier éclairé seulement par une lampe à suspension. On distinguait cependant, tout au fond, la table de coupe, des patrons suspendus à des crochets, des ciseaux de tailles diverses, une soucoupe où s'entassaient des craies comme chez d'autres des mégots, et pas une lampe pigeon. Des ombres dotaient l'endroit d'une profondeur qu'il n'avait pas. Une porte vitrée luisait dans un lointain très relatif, marquant une frontière avec un au-delà strictement privé. Dans l'atelier se condensait une atmosphère contradictoire d'endormissement et de labeur. Ce monde était déconcertant et chaste. Les traits d'Anselme Heurtebanne traduisaient une bienveillante insouciance, la sérénité d'après une lourde épreuve. Klaus ne louvoya pas, alla droit au but. Vous êtes allemand ? s'enquit l'artisan. On n'en voit plus beaucoup par ici depuis la Libération. Et il proposa à un Klaus Hirschkuh démonté et irrité, presque accablé, un siège. Klaus accepta, puis fit tomber des mots froids. Il avait été interné, déporté, haï, massacré, et il était là, ignorant s'il pardonnerait à Anselme Heurtebanne de l'avoir entraîné à ça, son manque de tact, sa suspicion. Par quel pouvoir restait-il sur cette chaise ? Vous êtes chez vous ici, dit Anselme Heurtebanne.

Buvez d'un coup, comme moi, coude en l'air et col renversé, c'est un verre de la divine verveine du

Velay, la jaune, la plus forte, c'est de la source vive qu'on avale, mon cher.

Cul sec, et Klaus s'était pris à tousser dans un feu d'artifice de postillons. Après la quinte, il eut un gloussement. Heurtebanne se mit au diapason de ce rire d'homme jeune.

Ils étaient franc-gais. Pompettes. Un mot qui était à lui tout seul un rire. *Je ris.* Faculté retrouvée.

Heurtebanne n'avait rien à proposer comme boulot à Hirschkuh. Ce qui ne signifiait pas, attention, qu'il ne serait pour Klaus d'aucune aide. Reviens, mon petit Klaus, reviens me voir, chaque jour même, si ça te fait plaisir, je serai là.

Sur un mur, à droite de la table de coupe, des photos épinglées de traviole sur un panneau de liège, se balançant d'un gros clou, intriguèrent Klaus. Ces photos représentaient toutes la même fille à des âges différents. La plus récente était le splendide cliché d'une femme dans la trentaine, une brune au front haut, vêtue d'un manteau au large col de fourrure, plus classe que celui qu'avait offert en tremblant d'amour René à sa femme. Du renard argenté.

C'est ma fille, dit Anselme.

Le lendemain et le surlendemain, et pendant des jours, cinq semaines jusqu'à présent, trente-cinq jours, si l'on comptait bien, et Klaus comptait bien, Klaus se rendit rue des Thermopyles – un sacrifice de trois cents Spartiates, des amants, des pédés qui avaient des couilles, on aura tout vu, avait expliqué Heurtebanne, des mœurs qu'on ne lit que dans les livres à coup sûr, les pédés, on n'en rencontre jamais, tu ne me contrediras pas, toi, l'apatride ? Klaus ne se dressait pas de toute une grande colère échauffée devant Anselme, et il s'en voulait, et c'était ainsi, et ce ne devait pas être ainsi. Le tailleur accueillait à bras ouverts et le cœur joyeux celui qu'il considérait désormais comme son protégé.

Il était fatigué, Heurtebanne, plus de soixante années de travail, il demandait à Klaus de prendre sa place, l'ourlet et la doublure seraient pour Klaus. Faufile, la craie est là. Il aimait l'observer tandis qu'il cousait. Il aimerait tellement le faire travailler, mais n'avait pas les moyens de le payer.

Un matin, il lui annonça qu'un certain Krékor Baramian aurait un pantalon à couper, il était d'accord de prendre Klaus à l'essai.

On fit l'essai, qui fut concluant.

Krékor Baramian avait payé rubis sur l'ongle, ne volant pas une heure à Klaus, honnête et bourru, il ne pourrait lui fournir du boulot que très sporadiquement, un cousin l'épaulait, mais le drôle était un pêche-lune, il bousillait un tissu, il coûtait cher, la famille parfois était une malédiction. Sporadiquement, oui, et sa parole n'était jamais en l'air.

Et Baramian finit par embaucher Klaus Hirschkuh.

Parce que le cousin s'était noyé dans la Seine. Faut être bête, non ? À ce point de bêtise, comment espérer être un bon tailleur ?

Et Guérin ne donnait plus signe de vie. Qui avait aimé Lucie Heurtebanne, *la fille du tailleur*, comme on la surnommait. Des hommes l'aimaient, elle aimait peu, le temps s'accélérait, une grande peur soudain la saisissait. Heurtebanne détestait et vénérait son enfant tout à la fois.

Six mois, deux saisons, chacune plutôt belle, chacune émouvante comme toute saison, pluvieuse avec un ciel de suie ou labourée de lumière, à l'est un arc-en-ciel, un double arc-en-ciel, un éblouissement, comme Klaus s'émerveillait facilement, encore, toujours, il s'extasiait, et c'était vivre assurément.

Mais où était Guérin ?

De plus en plus souvent, Heinz Weiner s'évanouissait dans les limbes.

Où était Guérin, *et toi, amour, où es-tu ?, reviens-moi.*

Mars. Fraîcheur, froid. Des nuées roses, mordorées, cristallines, en harde, muettes, de grands pétales froissés. Souplesse d'une houle. Voûte céleste. Nacre. Coquillage. Comparaison obligatoire. Si juste. Pourquoi s'en priver ? Voûte qui se creusait sous un vent sans hargne, des oiseaux s'y incrustaient, pigeons, corbeaux. Entre les pavés des rues de l'herbe poussait, brins et épis, printemps radieux, et il y aurait la coulée de l'été, il y aurait la Toussaint, ça existait en Allemagne, la Toussaint, les Allemands avaient eux aussi des morts, les parents meurent, et des amis, et des inconnus.

Lucie Heurtebanne avait été abattue dans les ultimes jours de la guerre. Souvent, très souvent, Klaus passait à l'atelier d'Anselme, en visite, une petite heure.

Une année avait muté en une autre. À la naissance de celle-ci, il n'eut pas la sensation de vieillir de mille ans, comme à Buchenwald. De plus en plus souvent un flot de jeunesse le submergeait. Rien de rance et de putride. Poulain qu'on n'avait pas châtré. Il réveillonnerait chez les Bayonnat. Anne était enceinte, son ventre s'arrondissait. L'enfant manifestait sa présence par des coups de quenottes et de talons. Tous les enfants veulent voir la lumière, lui appartiennent.

Le 1er janvier, Klaus investirait un deux-pièces, rue des Thermopyles, que lui louerait Heurtebanne.

Vous êtes un ami, disaït Anne. Croyance éphémère. Au milieu du réveillon, il avait été à un doigt de lui révéler pourquoi il avait été jeté dans l'enfer de Buchenwald, et pendant quatre ans. Elle s'apitoierait sans doute, choquée et remplie de compassion, la maternité mène facilement aux larmes, porte à l'empathie pour l'humanité tout entière.

Paris lui apparaissait tel un globe d'or. Demain n'était pas un leurre. Klaus Hirschkuh avait le droit d'espérer. Cependant il était des soirs où tout en lui résistait à l'espoir. Il dormait par saccades. Mais l'aube, la plupart du temps, rebaptisait les choses. Le monde n'était pas en pourrissement. Buchenwald n'occupait pas tout l'espace.

Respire, mon gars !

Où était Guérin ?

Il n'enseignait plus nulle part, Klaus s'était renseigné. S'était retiré de la scène. Personne n'avait une adresse pour le joindre.

René décevait ou bouleversait, tantôt ceci et tantôt cela. Un homme. Un ami.

René qui ne contrariait jamais son épouse.

René que l'amour rapetissait.

René qui se drapait de convenu.

René qui serait père.

René que sa future paternité éloignait de Klaus. Elle semblait affadir l'amitié.

Ne compare rien à rien !

Klaus en était blessé, meurtri même, mais la blessure ne fut pas si grave que cela. Une grosse entaille. Pas plus.

Klaus songeait parfois à Édouard Mestres, le frère d'Anne, qui avait quelque chose de Golo, une violence souterraine. L'aimantaient sa politesse d'acier, son ironie, ses indifférences.

Anselme louait l'étroit deux-pièces sur cour à une certaine Edmonde Chamarande, jadis ouvrière de filature, d'un âge canonique. Une chute dans la rue, une hanche brisée, un hématome au cerveau, et la matrone s'en alla agoniser à l'hôpital. Pendant deux jours, Heurtebanne fit un ménage qui s'apparenta à un sabbat de sorcière, car il déplaçait des meubles, aérait la literie, cirait, lavait le sol. Retapisser, non, ce n'était pas pressé. La Chamarande avait été proprette. Il fleurit la chambre d'un bouquet d'anémones, d'un autre la cuisine/salle à manger. Ce serait ce soir même le nouveau domaine de Klaus Hirschkuh. Le garçon serait plus qu'un locataire, mais moins qu'un fils. Le loyer était bas. Hirschkuh apporterait au tailleur une présence essentielle, purificatrice, lumineuse. Lumineux, l'assura Heurtebanne, il l'était, merci beaucoup. Klaus rougit du compliment. Heinz l'en parait aussi. Ça possédait une apparence de vérité.

Les Bayonnat s'étaient réjouis de son déménagement. Anselme leur avait été présenté, d'abord René, puis Anne, enfin Édouard. Heurtebanne, ours soudain mal léché, avait boudé le café qu'on lui offrait, à l'arôme aussi voluptueux que celui d'avant-guerre.

Le voici complètement parisien, notre Klaus Hirschkuh, riait Bayonnat.

Sur le rebord des deux fenêtres des plantes seraient du plus bel effet, suggéra Anne.

Klaus Hirschkuh repeignit les murs de son antre d'un blanc par trop anémique, jaune paille dans la cuisine et la salle à manger, bleu polaire dans la chambre. Des jardinières fleurirent donc les rebords de ses fenêtres. Anne était parfois de bon conseil. Des primevères et des jonquilles. Il aurait un rosier, très rouge, grenat, ponceau, bordeaux, et très parfumé, un rosier qui serait un rosier, on était dans les dernières décennies où toutes les roses embaumaient et s'armaient d'épines. L'appartement rutilait. Klaus, avec autant d'énergie qu'Anselme, *je suis chez moi*, frottait au chiffon, astiquait, effaçait des vitres la trace des pluies et des chiures d'oiseaux. Il avait huilé les gonds et les crémones des fenêtres. Ce qui grinçait l'exaspérait. Beaucoup de choses lui tapaient sur les nerfs depuis Buchenwald. Si les gens le laissaient souvent de glace, les objets, non, presque jamais, ni les bêtes. Les volets fermaient bien. Le carrelage au bas de l'évier, il l'avait verni, sa couleur brique en avait été avivée. Ce qui manquait, c'était une salle de bains.

Deux soirs sur trois il rejoignait Heinz Weiner dans son pigeonnier. On faisait l'amour.

Souvenirs. De l'or. De la poussière. Des jours tout au fond des nuits.

Il espaça ses visites aux Bayonnat. On se plaignit de ne plus le voir assez. Ils étaient sincères.

Anne accoucha un matin. Baramian avait fulminé quand Klaus avait sollicité auprès de lui une journée de libre. Turcs et Frisés étaient comme cul et chemise, gronda-il. Tailleur à Paris, était-ce une gloire ? L'Arménien s'emportait avec autant d'aisance et de plaisir que Weiner, hystérie masculine, la plus spectaculaire, non ?

Elle avait donné naissance à l'hôpital Saint-Joseph.

Tous ces saints dont regorgeait Paris, se dit Klaus.

Chambre minuscule mais individuelle, un luxe.

C'était un garçon. Léo. Pour Léopold. Trois lettres superbes. Un lion en herbe. Édouard Mestres était passé chez Baramian pour annoncer la nouvelle à Klaus. Édouard, un homme alerte, grand, qui forcirait à plus de quarante ans, un de ces maigres gras ; des yeux et une bouche, comme tout le monde, mais ces yeux, mais cette bouche, mon Dieu, qu'ils vous mettaient en transe ! Et son allure ! Il versait dans l'élégance négligée, presque le dandysme.

Une famille. René, abasourdi et ravi ; Anne ne regardant que son fils ; Édouard qui couvait sa sœur d'une intense tendresse, car elle lui était plus chère que tout, il le proclamait, plus que les femmes avec lesquelles il couchait ; et Klaus, n'oublions pas Klaus Hirschkuh, l'unique ami, gauche, bouleversé et qui déjà s'ennuyait.

Comme la majorité des gens, Klaus n'avait aucune mémoire de ses premières heures sur la planète, quand on n'était que chair et peau et sens. Il avait été sans doute nu et bercé. Y avait-il solitude pour un nouveau-né ?

En définitive, il ne prit pas sa journée. Il se présenta en début d'après-midi à l'atelier Baramian. Le tailleur le taquina : Il adorait donc tant sa cage et son patron ? Et redevint grave : Quel était le prénom du bébé ? Léo ? Brusquement, il sortit d'un tiroir une photo – une famille rassemblée, unie, toutes les générations représentées et toutes d'une solennité de personnes conséquentes. Ce sont les Baramian, en Turquie, jadis, ceci dit avec une hauteur chevrotée, nous sommes tous sur la photo, c'est moi dans le berceau, et ma mère est peut-être cette femme qui pose une main dessus, tous ont été massacrés, excepté moi, un Turc m'a épargné, caprice de Turc, sauvé, emporté, enlevé, c'était avant le tournant du siècle, avant la fin de la Belle Époque française, au temps du Sultan rouge, on massacrait déjà l'Arménien, une curée revigorante, on se préparait à la grande boucherie de 1915, saison de la chasse en toutes saisons là-bas, et Klaus répéta *là-bas*, pas de vacances pour les tueries, comme pour les Juifs, la suite, tu veux savoir la suite, eh bien ce sera pour demain, je ne peux pas en dire plus aujourd'hui, je m'arrête, les hommes sur cette photo ne pleuraient jamais, je ne pleure pas, je ne pleure plus, moi, Krékor Baramian, c'est un beau nom, n'est-ce pas, que Baramian, lui, on n'a pas pu me le voler, on dit que j'ai eu de la chance.

Édouard.

Édouard Mestres, frère d'Anne Bayonnat.

Désirer un autre que soi. Soudain, ce miracle. Un évènement. Renaissance. Il désirait quelqu'un. Il en sangloterait. Il se pourrait que des garçons se métamorphosent en amants, bientôt, très bientôt, *Ne m'en veux pas, Heinz.* Ce serait ainsi, pour reprendre l'expression favorite d'Anne. C'est ainsi, roucoulait-elle.

Et on fut en 1949. Klaus Hirschkuh eut vingt-six ans.

Léo n'était plus vraiment un bébé. L'enfance était en route. Un caractère se dessinait. Ses parents logeaient maintenant dans un trois-pièces rue des Plantes, toujours dans le 14e arrondissement de Paris.

Avec les commerçants les relations de Klaus étaient d'une amabilité sans façon. Le jeune homme arborait une crinière brune. Il n'était pas un vrai Boche. Sa politesse inspirait confiance, aplanissait les méprises, refoulait tout instinct d'agressivité. On trouvait même son accent plutôt mignon. Pas guttural du tout, du tout, mais pas du tout. Et puis, le gars n'était pas laid. Paraît-il qu'il en avait bavé dans son pays. La fleuriste fut la première à converser librement avec lui. On n'abordait pas de sujets transcendants, on en aurait été incapables, ni politiques, prohibés, plus d'affaire Dreyfus, heureusement il y avait le ciel et ses caprices, un chat à adopter, et il y avait les fleurs, Klaus aurait un rosier carmin, des anémones, des œillets, des jonquilles. La plupart des soirs il faisait halte chez Élisabeth Granger, cette fleuriste. Camaraderie pudique. Parfois elle épinglait au revers de son veston un œillet, une pervenche. Un joli garçon avec une fleur, plus qu'un client et moins qu'un ami. Ils devenaient de jour en jour un peu plus nécessaires l'un à l'autre.

Certaines nuits, Klaus marchait à l'aveuglette dans la ville. Des garçons peuplaient la capitale.

En rentrant du travail il avait été agressé, c'était hier, en mars 1949. Un poing s'était abattu sur lui. Une voix jappa qu'ici on ne voulait pas de lui. Cinq secondes d'une brutalité d'autrefois – et de toujours. Mais là-bas on ne l'insultait pas de cette manière, c'était avec une bien autre virulence, une haine décuplée, quelque chose de plus froid ou de plus brûlant. Là-bas, il n'était jamais un sale Boche, mais une sale tantouze qui devait crever, et rapidement. Il s'était affaissé, au ralenti, un passant l'avait secouru, aidé à se relever. Il est fou, avait-il dit, ce mec est fou. Klaus n'avait pas interrogé son Bon Samaritain sur l'identité et la gueule de son agresseur. L'homme s'était volatilisé. Ne me raccompagnez pas, je me sens mieux. Et c'était vrai. Klaus Hirschkuh mentait si peu. Il ne conta la mésaventure à personne.

Il se souvint de blessures qu'il avait eues là-bas, au front, dès le premier soir. Du sang qui coulait. Il avait du sang dans les veines. Il était un être humain. Il avait mal. Les êtres humains ont parfois mal. Souffrance, dit-on, pour abréger. Description vague et parfaite. Sur sa veste qui s'apparentait à celle d'un pyjama on avait inscrit : Paragraphe 175. Dans le Code allemand, l'homosexualité était un crime, les nazis en avaient durci les termes et la condamnation. On avait cousu sur son dos, sur sa poitrine, sur le haut du pyjama, des lettres – des lettres-crocs et des lettres-vomissures –, un triangle rose, et ce numéro de feu noir, un brasier de ténèbres, numéro bestial, qui le vouait à l'équarrisseur, 5395. Il avait dix-neuf ans à son arrivée dans la boue et la poussière et les morts de Buchenwald. Sa jeunesse pantelante. Et sa jeunesse qui depuis son arrivée à Paris jouait au phénix. Mais que serait demain ? On venait de l'agresser, de le frapper, de le haïr. Son numéro qui zigzaguait dans tout son corps, incandescent, mille-pattes, scorpions, 5395, son matricule, un kapo le lui rotait chaque matin à la face, ça te portera chance, putain de tante, paragraphe 175 et numéro 5395, et aujourd'hui sale Allemand dans Paris, et là-bas sale tante, une seule violence, mais la sexuelle plus folle encore, racisme sexuel, le mieux partagé au monde, femmes et pédés dans le même sac.

Compresses d'eau froide sur le crâne et la nuque.

Avoir son petit appartement sous les yeux – le plafond, une lézarde, une tache d'humidité, l'inévitable délabrement des vieux logis – réconfortait.

Des murs soutenaient son cœur, étais providentiels. Il avait des mains pour s'y appuyer. Il ne rampait pas. Il n'aurait pas faim ce soir. Il avait été frappé par un inconnu que des gens connaissaient, et c'était fini.

Torche-toi, tu t'es chié dessus, ici comme là-bas, c'est pareil. Torche-toi avec ton numéro, 5395, ne t'y engloutis pas dans ce numéro, ce n'est pas un puits, ne meurs pas dans ces quatre chiffres, dans ces quatre années, dans ce paragraphe 175, parmi ces milliers de morts, demain, ça ira mieux, tu iras te balader dans Paris, la nuit, tu seras en chasse, la ville est peuplée de garçons.

Demain, il arroserait son rosier rouge. Carmin. Ou ponceau. Ou bordeaux. Il ignorait le mot juste.

On l'avait frappé ce soir, et ce soir il se lava avec des gestes lents, prudents, il était tout nu, le gant de toilette le nettoyait d'une crasse invisible, comme à Leipzig, chez papa et maman, mais le paysage avait changé, le gant de toilette lui ôtait une ancienne peur revenue. Il s'essuya avec une égale lenteur. Il se faisait du bien. Il était bon avec lui-même. La nudité de Klaus retrouva alors la paix. Et une solitude loin des injures et des coups. Lit immense sur lequel il roula, où avait dormi pendant des années une vieille femme, lit qu'il réchauffait de sa chair, de ses angoisses, de ses rassurements, de sa fatigue, de toute sa vie. Il possédait un lit. Il avait posé au bas de la table de chevet le vase d'où s'éployaient d'éblouissantes pivoines, de ce rose de jour cendré. Il s'installa en chien de fusil, petit garçon et bel homme, *mais pourquoi Robert Müller ne répondait-il pas à ses lettres ? Et où était Germain Guérin ?* Trop de morts dans sa courte existence, il ne pouvait pas accepter de ne penser qu'à des hommes morts. Il étendit un bras vers les fleurs, cette fraîcheur miraculeuse qu'elles dispensaient, à étancher la pire des soifs. Ça lui tirait dans la nuque, méchamment, il ne dormirait pas ce soir, et il se disait que son agresseur pouvait ressurgir, il laissa alors une lampe allumée, *n'oublie pas que tu as été un enfant*, l'enfance n'aime pas les ténèbres, *tu l'as déjà dit*, il recouvrit l'abat-jour d'un large mouchoir, ambiance tamisée, comme au New York, à Leipzig, après l'avènement d'Hitler, et avant la guerre, dans cet entre-deux d'espoir et de terreur, un garçon l'invitait à danser, ils dansaient, longtemps, puis s'éclipsaient, se réfugiaient dans une cour, une chambre d'hôtel, sur la berge d'un des trois fleuves de la ville, et faisaient l'amour.

L'homme ne ressurgit pas.

Ses sens s'aiguisaient, la ville se déployait, son sexe exigeait, il eut vingt-sept ans, il y avait des nuits où toutes les rues présentaient l'hostilité enivrante d'une impasse – il multipliait ses virées nocturnes, la peur faisant de chacune un combat avec lui-même, *non, je n'ai pas peur* ou *je n'ai pas assez peur pour me terrer chez moi*. Mais lorsque cette peur s'intensifiait pour un oui pour un non, il n'était plus Klaus Hirschkuh, il était le numéro 5395 et en grand danger, poursuivi, épié, haï, 5395 en attente d'une étreinte, 5395 est un prédateur au pays des prédateurs, 5395 est libre et en exil, 5395 parmi des ombres, 5395 est un homme qui ne songe plus à ses amis quand il poursuit un gibier, 5395 rentre le plus souvent penaud à l'aube.

En août, on fêtait l'anniversaire d'Anne Bayonnat. On fêtait tous les anniversaires chez les Bayonnat, celui de René et celui de Léo. C'était à la fois 5395 et Klaus Hirschkuh qui dînait chez ses amis. Édouard Mestres était de toutes les fêtes. Léo, lui, gémissait, ses dents poussaient, les gencives en feu, pauvre bébé. Contempler Léo, l'adorer, le torcher, le nourrir, le couvrir de louanges, le tancer, l'amuser, se fatiguer à le distraire absorbait la plus grande part du temps des Bayonnat. Les Bayonnat, René et Anne, faisaient l'amour par amour et dans le désir d'enfanter une seconde angélique créature.

Dans la vitrine d'une papeterie une règle de fer rutilait. Klaus en eut le cœur retourné. Fracasser la vitrine, s'emparer de l'objet, le jeter dans une bouche d'égout, mais non, il était trop paralysé pour cela, il n'avait le courage que de s'enfuir, et il se prit à courir. On lui en avait enfoncé dans le cul, *ne l'oublie pas, jamais*, toute pareille à celle-ci, on l'enculait avec, sans ménagement, tandis qu'un tortionnaire fouillait d'un compas l'anus d'un des types arrêtés avec lui, pour le même motif que lui, le même matin que lui, tante et dégénéré, et l'autre se vidait de son sang, et celui qui fourrait la règle dans le cul de Klaus suspendit son mouvement, il écoutait, fasciné, ce bruit du sang transpercé par les cris de quelqu'un qui meurt, que c'était bon quand ça durait, il n'y avait que pendant une guerre qu'on pouvait faire durer aussi longtemps une agonie.

Il courut chez les Bayonnat, chez René, Anne lui mit Léo dans les bras, il berça l'enfant, *ça va mieux, oui, ça va mieux*. Que s'est-il passé, Klaus ? Mais rien, vraiment rien.

Rien.

C'était l'hiver. En 1950 ? Dans l'hiver 1950, donc, Klaus croisa un homme non loin du square de Notre-Dame – le camouflage hivernal ne rebutait pas l'homme, il devinait une nudité acceptable, il la désirait telle, il avait besoin de baiser un corps. L'œil saisit ce qu'il entrevoyait d'un visage – sa fraîcheur, son attrait, voire sa grâce. En un éclair, le jugement fut définitif et actif. Le désir réclamait son dû. Klaus dépassa le promeneur, marqua un arrêt, ce dont l'homme eut aussitôt conscience, l'homme ralentit, se retourna, un pacte était conclu. Lui et Klaus revinrent sur leurs pas, sans se presser. L'homme scrutait plus ce qui les entourait que sa proie, une chance par ce froid de loup. Personne à une lieue à la ronde. Alors, l'inconnu dénoua l'écharpe de Klaus, déboutonna le haut de son pardessus, une main palpa, elle caresserait plus tard, l'autre main traçait son chemin parmi les étoffes, plus bas, c'était probant, et les mains se retirèrent avec regret. Le dévêtir et se dévêtir. L'homme habitait à un jet de pierre d'ici, rue Saint-Louis-en-l'Île. Oui ? Non ? Le désir ne se satisfaisait pas d'une hésitation prolongée. Klaus accepta. L'inconnu avait un prénom : Roland. Klaus vacilla entre la ferveur et une passivité hostile. L'échec allait être quasi total. Il se débattit lorsque Roland entreprit de le posséder, de plus en plus brutal, n'appréciant pas les grêles sanglots imbéciles de chochotte de ce jeune amant qui ne savait pas ce qui lui plaisait, qui paniquait, et furieux, vaincu par le refus en quelque sorte de Klaus, il renonça. Klaus se détendit brusquement. Nudité contre nudité, pourquoi espérer plus ? L'autre exige plus, toujours. Le bien-être ne survenait pas. Quelqu'un rasait les murs de la chambre, passe-muraille et pourtant incarné, témoin qui condamnait la scène se déroulant sous ses yeux, quelqu'un qui s'était échappé de Klaus, qui le dominait, un fantôme violemment réel, l'aimé, le défenestré, Heinz Weiner. Il n'y avait pas que Heinz à le regarder, ils étaient deux, il y avait Heinz et il y avait Horst, cette ordure qui l'avait aimé, un kapo. D'où coulaient des larmes de gosse après l'avoir baisé. Tu es gentil, mon petit Klaus.

Pars, et tout de suite, ordonna Roland.

De plus en plus souvent, il songeait plus à Horst qu'à Heinz. Car c'était aux étreintes de Horst qu'il aspirait.

Robert Müller ne répondait à aucune de ses lettres. Les courriers qu'envoyait Klaus ne lui revenaient toujours pas, alors, quoi ? Que penser des autres et de soi et du monde ? On en était donc où avec le monde d'aujourd'hui ?

Il eut une deuxième expérience avec un garçon, ça se passa cette fois-ci dans une chambre d'hôtel, ce qui ne changea rien. Des ébats sans conséquence, presque neutres. C'était si peu. Le troisième amant fut charmant, tendre, un étudiant, puis il y eut un ouvrier, et s'ajouta un oisif, une sorte de rentier, aberration d'après-guerre, il y eut n'importe qui, et de rencontre en rencontre, ça se déroulait de mieux en mieux. On s'accomplissait, on se détachait un tantinet de Horst, et vaguement de Heinz.

Vivre n'était pas mal du tout. Tournaient les chevaux de bois. Klaus chantonnait tout en cousant. Baramian râlait. Klaus ne se tairait donc jamais ?

Les dimanches, il hissait sur ses épaules Léo, gosse nerveux, qui s'empâtait. Ou le faisait sauter sur ses genoux, à dada sur mon bidet, quand il court il fait des pets, que c'était débile, pas de la grande littérature, et pas de l'opéra, les voici, les Bayonnat, Édouard Mestres et Klaus au canal de Briare, le long de l'eau huilée du reflet de feuillages et de nuages, le soleil l'illuminait, ce serait ensuite la lune et les constellations, une eau soudain d'argent, onctueuse dans l'obscurité, certains auraient envie de se noyer, et n'en parleraient pas, comme René, malgré l'amour qu'il avait pour sa femme et pour son fils, mon petit chou de Léo, héritier réussi, et Édouard était sur le point d'acquérir une voiture, une Citroën, une Traction.

Années heureuses, dirait-on.

Pourtant Anselme souffrait d'une sciatique. Il marchait comme un marabout portant mille ans dans ses os, et le cœur de pierre de sa fille tapait contre le sien, Klaus, mon petit.

Horst, ce matin plus présent qu'hier. Horst et Heinz, et tellement souvent Horst. Qui fut pendu. *Tu vois ça de là ?* Horst qui pleurait parce qu'il avait un amant, et qu'on était à Buchenwald, et que c'était un évènement inouï, il pissait de peur, il redoutait comme les tantes les saintes latrines où on noyait le débile, le dégénéré, Horst, dont Klaus ne sut jamais le nom.

À qui parler de Horst ?

Ce serait tellement plus aisé de parler de Heinz. Amour net.

Je suis Claude Fuente et je suis espagnol.

Fuente avait la fesse lourde, mais la démarche sans logique, pas lente du tout, vif-argent.

Fuente vous renversait parmi les draps pour un voyage dont on ne tenait pas à revenir. Repousser les couvertures, goûter une obscurité sylvestre dans une chambre parisienne, parce que les murs peints en vert et des brûle-parfums dispensaient une odeur d'écorce, ne pas éteindre tout de suite la lumière, après-midi d'un dimanche ensoleillé, pour une première fois, mais rideaux tirés, bonbonnière et champ d'action, maintenant éteins la lumière, n'être plus que corps et obscurité, faire l'amour, n'allume pas, oui, l'obscurité pour demander un autre rendez-vous, quand, demain, quand tu voudras, je suis bien, continue, encore, plus près, ne nous quittons pas, pourquoi demain, reste, intervertir les rôles, ou les inverser, ne pas s'en aller, avoir des pas de loup et être loup pour aller préparer un café, regarde-moi, lumière allumée, voilée, dorée, et ce vert drapant le monde autour d'eux, forêt vierge, densité du plaisir, semence répandue et qu'on répandra encore, puissance du plaisir, bâtisseuse, ruche, ne pas se dire qu'on n'est pas heureux, deux prodiges se réalisèrent, déconcertants, à en rougir jusqu'au tréfonds de l'âme, deux fantômes en déroute, Heinz et Horst, si loin tout à coup de Klaus, très pâles, de plus en plus pâles, moins que fantômes, et plus de mots pour les décrire ni affronter cet état de chose, l'inéluctable, pas un détachement, mais un affaiblissement de la mémoire, deux souvenirs, et plus de vrais fantômes, deux immenses souvenirs, et le plus beau des deux étant bien entendu celui de Heinz Weiner, Horst s'effondrant dans ses larmes, et Heinz disparaissant dans le vide, le plaisir que Klaus connaissait avec Fuente absorbait Heinz, et broyait Horst, corps inépuisables, à ce qui semblait, aime-moi, quêtait Claude Fuente, mère française et père espagnol, généalogie, avant de s'imbriquer l'un en l'autre, toi et moi, Klaus et Claude, toute cette histoire, c'est croyable, je t'aime, Claude qui aime, vraiment, et ne redoute pas de le dire, et c'est si agréable de le dire, je suis heureux, c'est si différent pour Klaus qui a l'impression qu'il se fragmenterait s'il disait je t'aime, dire je suis heureux, oui c'est envisageable, prononçable, aucun problème, mais ne pas dire mon amour, amour, ne pas dire je t'aime, ah ! ça, ne pas pouvoir le dire, jamais peut-être, malédiction, comment le dire, comment en former les mots, il ne l'avait murmuré qu'à Heinz, et Claude ne sera jamais Heinz, ni même peut-être Horst, et néanmoins c'est comme de l'amour ce qu'il ressent pour Claude Fuente, les parents de Claude sont en voyage, pour longtemps, laissant leur fils libre de faire ce qu'il lui plaît, ils ont une confiance absolue en leur enfant, ils seront de retour dans deux mois, des affaires à régler en Angleterre, un exil parmi des exils successifs, une fatalité dont on a pris son parti, c'est comme déménager, une habitude, ils s'installeront définitivement en France, ils le souhaitent, quand ils reviendront on avisera, dit Claude, je leur avouerai tout, toi et ce que je suis, s'ils me chassent, on bivouaquera quelque part, Claude Fuente a des tas de copains, je t'aime, on s'arrangera, je t'aime, c'est plus important que tout, ça donne un cœur, et c'est pas tous les jours qu'on en a eu un avec ses parents, m'aimes-tu, mais Klaus ne répond pas, l'aveu ne sort pas, un mois passe, et d'autres mois, pas loin d'une année, puis deux ans, et on s'avança vers trois, mais un matin Klaus dit je m'en vais, je ne t'aime pas assez pour continuer, je ne suis pas un héros, trop honnête pour cela, je t'adore dit Claude, et voilà qu'il chiale, mais ne pleurera jamais comme Horst, et ne sera jamais aussi désespéré que Heinz, je t'aime beaucoup, ajoute Klaus, mais ce n'est pas assez, Klaus s'en va, se rendant compte sur le chemin de la rue des Thermopyles qu'il n'a jamais confié Buchenwald à Claude Fuente.

Trois années d'un étrange amour. Trois fois trois cent soixante-cinq jours, et les années 1950 pouponnaient, malgré la guerre froide – était-ce une guerre, celle-ci, réellement ? –, des années de vaches grasses, elles sentaient le lard et la laine et le vison, elles avaient l'avenir devant elles, et nulle obligation d'être communiste pour croire en des lendemains qui chanteraient et danseraient, et seraient une nouvelle aurore.

Léo s'étoffait, il avait ses colères, ses exigences, c'était un petit garçon sans surprise et de son temps, gâté, exigeant, et désenchanté. Le samedi, les Bayonnat père, mère et fils, en compagnie de Klaus, comparaient les prix entre les primeurs, les bouchers, les fromagers, on faisait les courses en famille. Édouard se joignait parfois à eux. Il était de ces natures qui s'emmerdent avec une déconcertante facilité. Il s'était marié, il était père ; une épouse pimpante et cependant terne, des jumelles, il les adorait, les élever l'angoissait, il était homme et confiait la tâche à madame, il les adorait et les voyait peu, ça se figeait en démission. Le langage châtié, c'était d'un temps qui ne le concernait plus, un mode d'échange inutile. Il se hissait dans la société. On le rétribuait comme gérant dans un garage Citroën. Il avait le bagout ébouriffé mais convaincant. Son épouse et lui n'étaient même pas infidèles l'un à l'autre, pauvreté de leurs relations, insignifiance, désolation. Au lit, ce n'était pas mal, c'était même agréable, et on en redemandait. Mais c'était étrange, après les ébats conjugaux prolongés, Michelle Mestres n'avait qu'une envie : se tirer, faire ses valises, emmener ses filles loin d'ici, construire autre chose, se donner autrement, avec quelqu'un d'autre. Le plaisir qu'elle avait avec Édouard exaltait et appauvrissait. Hier, elle lui avait laissé entendre que le divorce, elle y était résolue. Entendait-il bien ce qu'elle lui disait ?

Krékor Baramian avait maudit un fils qui ne serait pas tailleur. Hagop Baramian préférait exercer la médecine. L'homme salivait sans cesse des malédictions, des racontars, des vacheries. L'atelier de l'Arménien n'était plus une sinécure.

D'Italie, une lettre fut postée, de Bologne, une carte, et signée Nina Stretta. Une quinzaine de lignes ténues, donnant une sensation d'irrespirable moiteur, toutes avaient trait à Robert Müller. La carte représentait la basilique San Stefano. On avait entouré la légende d'un cercle à l'encre rouge. En marge il était précisé qu'elle avait été choisie par Robert. Calligraphie nerveuse mais lisible, à l'encre d'un bleu presque noir. Il était écrit que Nina Stretta avait été la compagne de Robert Müller, qu'ils s'étaient rencontrés à Leipzig, qu'ils avaient vécu ensemble à Bologne, que Robert avait très souvent évoqué Klaus, que Robert tenait à ce qu'elle, Nina Stretta, envoie cette carte à Klaus après sa mort, qui était survenue le 9 mars 1956 (cancer des poumons). En post-scriptum il était dit que lorsque Klaus Hirschkuh recevrait ce courrier, Nina Stretta, elle non plus, ne serait plus sur cette terre, elle lui souhaitait une longue vie, elle aurait été heureuse de le rencontrer, il avait toujours été trop tard pour cela, elle ne pouvait donner plus d'explications, qu'il lui pardonne, oui, il avait été beaucoup aimé par Robert Müller. Le silence de Müller avait été, et continuait à être, si impénétrable et douloureux pour Klaus Hirschkuh. Il avait eu pour Robert un attachement complexe, noueux, tortueux, et néanmoins d'une luminosité à jamais établie, glorieuse. Klaus rapporta à René la disparition de Müller. Celui-ci en parut affligé, mais se montrait aussi intrigué par cette Nina Stretta. Une jolie femme ?

Baramian avait le gras qui débordait. Il s'en matelassait. Une baleine humaine. Grandiose et pathétique. Un suicide animal. À l'égard de sa moitié, il exerçait une méchanceté tonitruante. Il la vouait à l'enfer des épouses indociles. La veille, il avait raté la coupe d'un costume. C'est la fin, pleurnichait-il. Son corps et la mort proche obstruaient ses pensées. Son cerveau en était pesant. On lui augmentait son loyer. Il n'irait pas jusqu'à la ruine. L'année prochaine, il abandonnerait le navire au port. Plus d'atelier. Plus de Baramian, le tailleur. Il céderait pour presque rien ses rames de tissu, ses outils, tout son univers à Anselme Heurtebanne, ce pauvre idiot qui n'avait pas été capable de renier sa fille. Klaus serait l'employé d'Anselme. Les affaires, et c'en était stupéfiant, avaient repris chez Heurtebanne. La roue tournait. Et le vent tournait. Hirschkuh devait succéder à quelqu'un, être quelqu'un dans ce quartier. Qu'il se débrouille, le gars, pour obtenir un diplôme l'autorisant à se mettre à son compte.

On repeindra les murs de l'atelier, se frottait les mains Heurtebanne. On restaurera le parquet. On modernisera les éclairages, très important l'éclairage de nos jours, tout doit se voir, on sera dans un siècle tout neuf, la guerre sera très loin.

En quelle année Klaus avait-il poussé pour la première fois la porte de son atelier ? En 1946 ? En 1947 ? Des années-lumière, un bail. Klaus, disait-il, Klaus. Klaus qui n'était pas son fils. Et Klaus qui le fit soudain se redresser. À Buchenwald, disait Klaus Hirschkuh. À Buchenwald, comment reconnaître une ombre d'une ombre ? Gustav, le gars qui chiait sans cesse, comme tout le monde, mais lui, c'était un peu plus que tout le monde. Un maigre qui avait été gros, qui se leva un matin, tomba du haut de sa maigreur, de ses ulcères, de sa crasse, de son au-delà de la peur et de l'épuisement, presque charogne à une aurore, et qui mourut, sans un bruit, quel silence, oui, quel silence, Klaus y demeurait encore dans ce silence, celui de l'autre qui mourait, puis était mort, demeurer dans le silence d'autrui, quel enfermement, comment lutter contre, comment en repousser les portes ? Il y eut Emil, le couvreur, peu amène, un épouvanté, un triangle rose (Anselme ignorait ce que c'était que ça, un triangle rose, il eut un rire, du rose à Buchenwald, tu me racontes des histoires, Klaus lui expliqua, Anselme ne glosa plus, il dit juste qu'il ne pouvait pas y avoir de tantes à Buchenwald, c'était inconcevable, et pourquoi y en aurait-il eu ?). Emil omit d'ôter son calot un matin devant un officier qui aussitôt le réduisit en bouillie avec une tringle en fer, il lui fourrait de la boue dans la bouche, et l'autre refusait de mourir, est-ce qu'ils refusaient, eux tous, comme Emil, de mourir ? Difficile de répondre. Et Arthur, le Français qui avait enseigné le français dans une célèbre université de Paris, dont la voix s'étranglait après dix mots prononcés, dont les phrases se muaient en parcours du combattant, et qui creva, la glotte, le palais, l'œsophage, la bouche, tout en pourriture. Et ce cher Lothar, à l'atelier de couture, qu'un officier traîna dans la cour et abattit à coups de matraque jusqu'à lui fracasser chaque membre, il les comptait, jouissance, tonicité mentale, rigueur martiale, parce qu'il avait raté un gilet, ce coco pas clair, avec des antécédents juifs, à ce qu'on disait. Et Horst, dont Klaus ne raconta pas l'insatiable sexualité, ni qu'il le baisait, ni qu'il était baisé par lui, et que c'était pourquoi Klaus mangeait presque à sa faim certains jours, se faire baiser pour ne pas mourir. Mais Horst mort, oui, pendu, ça c'était plus facile de le dire.

Pourquoi ces noms et ces prénoms et tous ces hommes avaient-ils ressuscité, ce soir ? Après s'être pourléché les babines d'un pot-au-feu de génie avec l'ami Heurtebanne ?

Avoir été torturé, incarcéré, interné pour des raisons politiques ou pour des trafics illicites n'avait rien de honteux. Mais c'était honte que d'avoir été triangle rose. On niait votre existence. Comment un pédé pouvait-il exister ? Est-ce que ça doit exister ? Il était sous-homme comme le Juif, et des Juifs le traitaient de tante, et criaient : Ne me touche pas ! Oui, c'était ainsi. L'humanité et de siècle en siècle.

Vivre un nouvel amour, Klaus Hirschkuh y songeait, avec ardeur, dans un désarroi sans paroi, ce serait si bien, est-ce qu'un nouvel amour le délivrerait de là-bas et de la mort de Heinz, qu'est-ce qui était possible en ce monde ?

Nous n'aurons plus jamais réponse à rien, alors le chaos pour toujours ?

Demain, il protégerait d'une gaze – présent d'Élisabeth – le rosier blanc à l'indicible rose. Devinait-elle, Élisabeth la sensible, qui il était, qui il avait aimé ?

La louche dans la cuisine d'Anselme brillait de son plus bel éclat. Sceptre en forme de louche. Ou l'inverse. Par quoi commencer ? Ce n'était plus la louche de Buchenwald. Allons dormir, avait dit Heurtebanne.

Klaus Hirschkuh avait trente-quatre ans.

Klaus exposa à Élisabeth son projet de jardin en pots. Il lui peignit son rêve. Elle réfléchit. Elle proposa enfin la tulipe et la jonquille, des classiques, et pourquoi pas un lilas, violet, le blanc fait très vite sale. Il ne l'avait pas une fois invitée chez lui, se rendait-il compte, ce serait l'occasion. Elle lui offrit une carte postale qui révélait le langage des fleurs. Ils se verraient samedi.

Anémone ? Ne m'abandonnez pas.

Arum ? Écoutez mon âme.

Capucine ? Je vous jure un amour fou.

Iris ? Vous enchantez mes jours.

Jonquille ? Je vous désire.

Lilas ? Mon âme s'éveille pour vous.

Tulipe ? Je vous promets un amour sincère.

Œillet ? Je suis votre esclave.

Primevère ? Aimons-nous l'espace d'un printemps.

Dans l'atelier, on décapait, on rafraîchissait, on badigeonnait, on ponçait, on reclouait, on échangeait des lampes ancestrales contre un éclairage indubitablement moderne. L'espace serait en harmonie avec la jeunesse de Klaus Hirschkuh. Des ouvriers allaient et venaient. Klaus détournait d'eux ses regards. S'il s'entretenait avec eux, c'était sans les fixer longtemps. On ne l'appréciait pas beaucoup. Il était conciliant mais fuyant.

Baramian vendit son atelier.

L'hiver était déjà loin, le printemps fleurissait.

Profusion de jonquilles et de tulipes. Le lilas violet tout en thyrses.

Baramian n'était donc plus tailleur. Il s'était retiré dans une obésité mutique.

Les soirées chez les Bayonnat s'espaçaient. Léo grandissait. Que pouvait-il, d'ailleurs, faire d'autre ?

Heurtebanne lâchait du lest, on aurait dit parfois un ancêtre sur sa chaise, il se pouvait qu'Anselme adoptât Klaus, Klaus était quelqu'un qu'on adoptait, il serait son héritier, il blablatait là-dessus, il se retirait de plus en plus souvent dans sa chambre, des voyages incessants entre chaise et lit et lit et cuisine, sa chambre était interdite à tous, mais hier il avait heurté quelque chose d'invisible, il courait après son ombre ou quoi, et il avait chuté sur le sol, comme un sac qui déverse son contenu, et conséquence il avait le bassin fêlé, une rotule endommagée, c'est ainsi, disait Anne Bayonnat, il vieillissait. Klaus ne l'avait découvert qu'en fin d'après-midi.

Klaus, enfin.

On avait opéré Anselme, la rotule fonctionnait de nouveau, une immobilité complète avait été prescrite, le tailleur ronflait sur des périodes de longue torpeur. Quelle terreur, lorsque Klaus le dévêtait – montrer son sexe à un autre homme, et rougir, et se dire qu'il n'est pas si long que cela, être idiot, redevenir inquiet d'une virilité aujourd'hui en berne –, Klaus, efficace, un peu rude, changeait son pyjama, le lavait, nécessité qu'il accomplissait avec indifférence, il l'étrillait, comme il s'étrillait les premières semaines de son retour à Leipzig (bassine de zinc, savon moussant, et pas de Buchenwald et plus d'après-guerre, de Marseille, ville ensoleillée, gant de toilette crème à fleurettes rouges). À chaque déshabillage, Anselme s'affolait, non, non, il était propre, non, non, Klaus ne cédait pas. Il torchait le cul d'Heurtebanne. Vieille carne, je suis, et bébé monstrueux. Le gant magique ne le ménageait pas, le zizi reluirait comme un sou neuf. On le récurait.

Une manière de jardin s'étalait sous les fenêtres de Klaus. Un soir sur deux Élisabeth rendait visite à Klaus. Mon cher Hirschkuh. Elle estimait son mari, mais le mariage l'engourdissait. C'était son métier qui la vivifiait. On buvait un martini ou une Suze. Elle disait : Toi, l'ami, je t'aime bien. Une petite heure de papotage inoffensif. Les boutons de roses se multipliaient. Il avait la main verte. Blancheur soyeuse et embaumante. Miracle qu'est toute fleur. L'arbrisseau irradiait. Paradis de passage. Klaus soignait ses plantes avec dévotion. Pourquoi n'était-il pas jardinier ? Il n'y avait tout simplement pas songé. Demain soir elle resterait un peu plus longtemps que d'ordinaire. On était bien avec lui, avec Klaus, et c'était tout.

Il draguait de plus en plus souvent dans Paris. Courts éblouissements, corps en émoi, deux corps en émoi, ensemble, pourquoi pas.

Tout se rappeler, tout jeter et tout qui revient en boomerang.

Mais que ce garçon était tendre, et sa langue, ses hanches, sa poitrine ; cet autre tout en appétit, et mettant en appétit, d'une exigence directe, d'une insignifiance aussi, mais n'apportant pas de tristesse. Une ombre de chair, ombre vorace, ombre oubliable, ombre enveloppante, chair, adorable chair, *donne-moi tout, prends tout.* Être privé de voix, ne plus supplier. Comme avec Horst. Ce n'était pas ainsi avec Heinz. Il quittait le taillis, le square, il partait, il n'irait pas là-bas, en pensée, en mémoire, *là-bas* n'était pas toujours une destination.

Voici l'aurore et voici l'aube. Jour superbe.

Klaus sauta au bas de son lit. Il ne roulait plus au bas d'aucun châlit. Un café chaud, des tartines, du beurre, de la confiture de fraises. Klaus Hirschkuh avait un compte en banque maintenant, il ferait installer une baignoire dans la cuisine, l'eau y serait pure, et son corps d'homme y serait au chaud.

Édouard Mestres avait divorcé, il se remarierait bientôt, il y avait toujours une femme à épouser. Il conduisait Klaus Hirschkuh aux *murs à pêches*, à Montreuil, il y allait souvent, Klaus s'y plairait, comme lui, ils étaient plus proches qu'on ne le pensait.

Édouard s'était garé rue de Rosny. Du plat de la main il défroissa son pantalon. Il portait sa veste jetée négligemment sur une épaule. Il avait le débraillé triomphant.

C'est par là, dit Édouard.

Il n'était pas une brute comme sa réputation l'avait établi si injustement. Il avait une sensibilité bien à lui. Il possédait quelque chose de précieux. Ce monde, qui s'étalait sous leurs yeux, ce monde était en voie de disparition, les friches gagnaient cet éden que les habitations grignotaient. Là, il n'avait plus d'âge, il était Robinson en balade. Il conduisit Klaus aux parcelles ceintes des fameux murs. Il fut imbattable sur l'histoire de cette terre, de ce plateau agricole, de ces vergers où l'on cultiva justement la pêche, puis la pomme et la poire, où ici et là résistait encore le pêcher, et des murs se succédaient toujours, orientés nord-sud, afin d'être exposés au soleil à toute heure du jour, regarde, là, des parcelles intactes, larges et intactes, pour lesquelles des hommes sont aux petits soins comme au siècle de Louis XV, ce type y travaille souvent, saluons-le, il nous répond, il est poli, j'aime la politesse, oui, oui, absolument, cet homme taloche les murs de plâtre pour qu'il y ait rétention de chaleur, ce qui diminue le risque de gelée. Il en oubliait la présence de Klaus. Il récitait sa leçon. Il n'y avait pas que des arbres fruitiers, les lilas proliféraient, et le delphinium et la pivoine bientôt occuperaient la vue. On voyageait. Ils s'étendirent sur une herbe qui embaumait l'herbe, haute, d'un vert exubérant. Y être enterré conviendrait à Édouard, sans stèle, sans croix, sans rien. Juste reposer, ici, sous terre.

Ne tardons pas trop.

Ce fut un après-midi merveilleux, dit Klaus.

Reviens, seul, tu n'as plus besoin de moi pour ça.

Il y retournerait. Dimanche prochain, et tous les dimanches, enfin, souvent. Des delphiniums l'avaient particulièrement enthousiasmé. Ce bleu plus bleu qu'un ciel bleu. Chanson, dirait-on. Delphiniums ou pieds-d'alouette. Petite extase que provoque un mot. Son vocabulaire ne cesserait jamais de s'étoffer. Et voilà qu'il eut de nouveau à l'esprit, pour la deuxième fois dans la journée, ses parents. Quelle réaction auraient-ils devant sa réussite ? Mais ne gâchons pas un soir de printemps tardif par l'entrée de fantômes. Non, ne le gâchons pas.

Une semaine s'écoula. Un client commanda trois costumes. Un d'été, et sans gilet. Le gilet n'avait plus les faveurs. Il accablait d'années. L'homme s'en libérait comme jadis sa compagne du corset. Le client n'avait pas tiqué sur le prix. Le nom d'Hirschkuh circulait. Et il était si charmant. De ces louanges, de cette reconnaissance, Klaus Hirschkuh ne tirait aucune vanité. Celle-ci irritait si rapidement la sensibilité. Elle atrophiait. Figeait. Klaus avait besoin de mouvement.

On musarde, avait dit Édouard, on ne fait que musarder à Montreuil.

Les parcelles se succédaient. Klaus musardait donc. Il revenait à Montreuil pour la cinquième fois. Des murs s'éboulaient. Une ruine semblait en appeler une autre. Klaus poussait un portillon, s'invitait dans un décor que ces murs quadrillaient. De folles herbes que labourait un vent soufflant sans cesse ici. Ça n'avait rien d'une malédiction. Des hommes jardinaient. Les framboisiers seraient bientôt alourdis de fruits. La plupart des horticulteurs se montraient inamicaux avec l'étranger, voire hostiles envers cet oisif, ce curieux qui les observait. On n'était pas dans un zoo. Klaus s'excusait. Il leur jurait qu'il n'était pas un entrepreneur, qu'il n'était pas un édile déguisé en flâneur. Klaus se rapprocha d'un de ces types – Georges Clarin. Un après-midi Clarin déboucha une bouteille de cidre de ses pommes. Les pêchers c'était avant sa naissance. Ils devisèrent. On s'assit sur une murette. Clarin avait femme et six filles, quatre étaient mariées, il n'était pas coureur, il avait la fidélité chevillée au corps, et pourtant il n'avait pas la passion de sa femme, sa moitié travaillait dans une filature, lui, il était chaudronnier. Pas de fleurs chez lui. Les iris, les pivoines et les delphiniums, on laissait ça au garçon qui possédait la parcelle de l'autre côté du chemin, plus bas, un certain Julien Duresnard. Les chats hantaient son îlot. Il cultivait encore des pêches. De son état, il était menuisier. Il ne prenait guère soin de lui, lui reprochait l'épouse de Clarin. On l'aimait cependant bien. Il prêtait ses bras aux vieux. Et tes parents, Klaus, ils sont où ? Morts, dit Klaus. Clarin n'insista pas. Le jour baissait. Il y avait une trotte entre Montreuil et la rue des Thermopyles. On avait bu tout le cidre. Si t'as envie de pisser, va dans le coin de la parcelle.

Hannah et Herbert Hirschkuh, ses parents. Klaus eut tout à coup besoin de s'assurer s'ils étaient morts ou vivants. S'ils étaient vivants, il leur serait peut-être agréable de découvrir que leur cadet s'était construit une vie. Ils n'avaient pas soixante-dix ans. Mais que savait-il vraiment de leur âge ? De leur goût à vivre ou de mourir ? Il pensait à cette heure à eux et s'éprouvait de nouveau allemand, car l'être, c'était avoir un père et une mère, c'était les haïr ou les aimer, c'était avoir pitié d'eux. Il se rendrait donc à Leipzig. Il leur écrirait dès ce soir.

Il s'absenterait une semaine, pas plus. Mon Dieu, mais pourquoi retourner où on ne peut plus vivre ? questionnait Heurtebanne. Klaus ne renonça pas. Montreuil avait ranimé la vision du jardin d'un ancêtre. Le bleu des delphiniums y prédominait. Le printemps y était si bleu et en été parents et enfants se gavaient de framboises. Univers de gosse tantôt bleu, tantôt rouge. Et un aïeul, âgé, robuste, invisiblement condamné. Ce serait des vacances, ces vacances qu'il ne s'était pas encore payées en France, pas une seule fois depuis son arrivée, il avait simplement bossé comme bossaient beaucoup de gens autour de lui. Klaus réquisitionna Baramian pour être momentanément le tailleur de la rue des

Thermopyles. Baramian, à son habitude, fulmina, puis se réjouit. Avec Anselme, on jouerait aux cartes. Tout était réglé.

TROISIÈME PARTIE

Le voyage ne fut pas en zigzag, comme celui de jadis. Une ligne presque droite, de nuit, de jour, avec des arrêts, des changements, d'une banalité qui n'ennuie pas. Reparler allemand cependant déstabilisa Klaus Hirschkuh. Pour s'enquérir d'un horaire exact, si tel changement était bien assuré, il élevait la voix, comme s'il évoluait parmi les sourds, il jappait en chien enroué, une créature. La langue allemande, c'était Heinz Weiner, Buchenwald, c'était être un fils aujourd'hui et un orphelin demain, et c'était Robert Müller, et même René Bayonnat qui l'avait rudement bien pratiquée. Pourquoi y retourner ? lui avait demandé René à la gare. Qu'est-ce qui s'est passé ? Il avait tenu à l'accompagner. Tu nous reviendras ? L'émotion de René s'était traduite par des larmes invisibles et palpables. Anne avait fourré dans la valise de leur ami des beignets aux pommes, des bugnes lyonnaises, afin qu'il se régalât loin d'eux.

Leipzig se rebâtissait, se redressait, ressuscitait ; une ville moderne, autre, sans décombres. Des chapelets d'hôtels avaient ouvert. Klaus Hirschkuh en avait choisi un à cinq cents mètres de l'immeuble de ses parents. La chambre présentait une propreté évangélique. Elle ne quitterait plus sa mémoire – une zone de confort au cœur de Leipzig, et sans histoire, un asile sans charme, tout petit. On remarquait à peine Klaus dans les rues. Il n'exposait plus une maigreur qui interrogeait, rebutait, effrayait ; outrancière et condamnable.

Klaus Hirschkuh avait près de quarante ans. Un bel homme dans sa ville natale.

Le premier soir il dîna dans un restaurant chic, d'un jarret de porc et de chou à l'aigre-doux, le tout arrosé d'un vin blanc sec. Il avait, comme René sur le quai, des larmes dans la gorge et la tête. Ses yeux les refusaient.

Allemagne, Allemagne.

Où des parents l'avaient nourri comme s'il avait été un prince.

Où des bourreaux l'avaient affamé.

Il ne se hasarda pas à se promener dans Leipzig. Il y aurait pourtant rencontré des garçons. Où n'en rencontrait-on pas ? Mais c'était dans un square parisien qu'il aurait préféré baguenauder. Il dormit d'une traite. Le matin, il s'habilla avec soin, nerveux. Ce costume était son œuvre.

L'immeuble avait été ravalé. Cage d'escalier repeinte, rampe soigneusement cirée. Il se voûtait en revenant de là-bas, il se tenait droit en montant les marches, aujourd'hui. Il était maintenant un homme présentable. La sonnette marchait. Bruit bête qui fendait tout le cœur. Ils avaient répondu à sa missive : Tu es vivant, Klaus, viens, ne tarde pas trop. Un orage d'émotions. Herbert Hirschkuh ouvrit. Cette porte produisit en Klaus quelque chose de presque insupportable. Voilà son père, vieilli, et ne nous en étonnons pas. Papa, dit Klaus. Ils s'embrassèrent dans une ferveur désespérée. La réponse à son courrier avait été rédigée par papa, Klaus s'en rendait compte seulement à cet instant. La mère était dans la chambre, sur son lit. Hannah Hirschkuh appelait. Elle n'était plus la même, avertit Herbert. Il disait une vérité qui le ravageait. Je t'aime, murmura Klaus à son père. C'est à un amant qu'il aurait voulu susurrer cet aveu. Alors, pourquoi revenir maintenant ?

Hannah Hirschkuh reposait donc sur son lit. Elle tendit les bras, mon chéri, elle ne lui pardonnait pas son départ, son absence. Elle s'étira, s'extirpa de ses coussins et couette. Papa et maman le touchaient sans cesse. Ils admirèrent le costume. Leur fils leur apprit Paris, et la vie à Paris, Anselme et Baramian, Guérin et les Bayonnat : une foule magnifique ; et Élisabeth, et ne négligeons pas Claude Fuente, intronisé par allusions subtiles. Les Hirschkuh n'étaient pas dupes.

Il déjeuna avec eux. Ce furent eux qui abordèrent le cas de Golo, puisque cas il y avait. Un poignard qu'il leur avait fiché dans le cœur. Il vivait loin, pas à Leipzig, on lui en dirait plus quand on aurait retrouvé ses marques tous les trois ensemble, quand on se sentirait de nouveau en famille. Le père cuisinait, la mère se halait de meuble en meuble, fourbue. Ah ! oui, Golo, l'aîné décevant, ce salaud – Herbert n'aurait jamais employé ce terme jadis. Il avait déclenché un incendie dans l'atelier de Robert Müller, ce type bizarre, auquel les Hirschkuh reprochaient avec une hargne revigorante d'avoir détourné Klaus d'eux. Qu'on ne les contredise pas ! Que savent de la vérité, les enfants ? Taisez-vous ! les interrompit Klaus. Qu'il se taise lui-même, qu'il leur laisse les coudées franches, qu'il soit un fils qui écoute. Un incendie, puis la prison, cinq ans de taule pour Golo Hirschkuh ! Il vivait désormais à Brême. Marié. Père de trois filles. Il exerçait le métier de ferrailleur. Ni Hannah ni Herbert ne l'avaient revu depuis un bail. Mais lui, il donnait souvent de ses nouvelles. Il demeurait en lui quelque chose d'un fils.

Des fils aimés, dit Hannah, des fils indignes. Mais, les Hirschkuh, eux, le père et la mère, se suffisaient à eux-mêmes.

Ils avaient été soulagés qu'il eût loué une chambre d'hôtel. La présence d'un tiers dans leur univers leur aurait par trop pesé. Leur fils les remplissait d'une fierté trouble, voilà un bon point qu'on lui accordait – il avait des sous, il se débrouillait, mais il avait le cœur sec.

Il les baisa au front, dans la hâte, avec ironie, il les surplombait, les dominait. Des naufragés. Gorgés de ressentiment. Ils étaient contents qu'il fût à Leipzig, mais pourquoi était-il là, avec eux, à les écouter, pour quoi était-il là, pour qui ? Ils gâtaient Klaus, et Klaus était pingre, il ne leur avait apporté aucun cadeau, un pas méchant cependant, il portait si bien son costume, il s'en était sorti sans eux, mais pourquoi l'exil, de plus la France, il en avait connu de ces choses, leur fils, et on n'avait plus rien à se dire, raconter sa vie n'avait qu'un temps, que la vie devenait courte dans une conversation, avoir une complicité avec les autres, ses géniteurs, avoir des terrains d'entente, des points de vue à opposer avec intelligence, c'était tourner en rond, cela équivalait à entretenir une réfrigérante immobilité. En compagnie de son fils Hannah n'eut bientôt plus de plaisir à se plaindre de ses maux.

Klaus leur avait souhaité le meilleur tout à l'heure. Il reprendrait son train pour la France demain, à l'aube.

Avoir revu papa et maman n'avait été ni bon ni mauvais. Bouleversant qu'en surface, là où l'on croit souffrir, quand il n'y a qu'illusion. Les souvenirs se tissent souvent d'insignifiances, non ? Des paysages se déversaient contre la vitre. La broche d'une voyageuse scintillait. Ce garçon enchifrené pourrait être beau, tentant tout au moins. Klaus Hirschkuh désirait toujours. Que c'était stimulant, rassurant, source de joie que de désirer ! Le bonheur avait par instants un éclat inouï. Ce n'était donc pas pour rien qu'il n'avait pas laissé sa peau à Buchenwald.

Un train, un deuxième. Sa valise était légère, il volait, il était en France, et il n'avait plus à parler en allemand, à demander son chemin en allemand, ni l'heure qu'il était. Il réclamerait à Anne qu'elle lui pâtissât ces bugnes succulentes qu'il avait dévorées à l'aller et qui lui avaient tant manqué au retour. Ce qui l'avait surtout tourmenté durant son séjour, c'était l'incendie de l'atelier de Müller et ce qu'il en avait été de l'homme après ce désastre. Pourquoi Golo avait-il fait ça ? Pourquoi une telle injustice ?

Pourquoi encore des incendies en temps de paix ? Pourquoi la survivance de la haine ? Pourquoi la haine ? Obsédaient Klaus des flammes, des murs qui s'effondrent, le désespoir marquant le beau visage de Müller, ce visage qui inspirait la sérénité.

Je suis content de toi, disait Müller.

Golo. Ce pauvre Golo. Ce pauvre type. Infantile Golo. Salaud de Golo. Dérisoire personnage.

La gare de l'Est lui sembla plus vaste qu'une semaine auparavant.

Mouvement de houle de la capitale. Forêt urbaine. Montreuil à une poignée de battements d'ailes. Des pigeons. Des corbeaux. Profusion de détails. Respiration d'une ville. Paris le régénérait. Des silhouettes s'effaçaient – Golo, papa, maman. Il n'était plus nécessaire de détester l'un, de couvrir de reproches les deux autres. Il ne redoutait plus rien d'eux.

Heurtebanne et Baramian s'étaient mués en une paire de copains. Ils se taquinaient. Ils se grondaient. Les deux hommes attendrirent Klaus.

Depuis son retour de Leipzig Klaus se comportait sans prudence avec les garçons. Insomniaque, Heurtebanne surveillait certaines nuits de la fenêtre de la cour.

Qu'étaient ces deux ombres ? Elles l'inquiétaient. Elles se frottaient l'une à l'autre. Deux hommes. Il appuya sur l'interrupteur près de l'étagère où s'alignaient des bocaux. Klaus se retourna. La tête d'Anselme s'encadra dans la fenêtre. Deux hommes pétrifiés dans une cour d'immeuble parisien. Puis il y eut discussion entre eux. Le plus jeune prit ses jambes à son cou. Klaus fixa Anselme, écarta les bras : C'est comme ça. Puis rentra chez lui.

Ce n'était pas possible, se désolait Heurtebanne. Non, ce n'était pas possible. Et pourtant le dégoût ne prenait pas vraiment en lui. Il avait eu un mouvement de recul, d'incompréhension, et puis l'évidence de ce qu'était Klaus s'était imposée sans que la tendresse qu'il avait pour cet homme disparaisse. Le lendemain matin, il sortit deux tasses et deux cuillères, prépara le café, plaça le sucrier près de la boîte à biscuits, sans oublier le pot de lait froid. C'était le petit-déjeuner que préférait Klaus. Près de Klaus il se sentait en sécurité. Et la solitude n'était pas qu'une illusion. Désolé, il ne restait que trois biscuits. C'est que les après-midi, il avait la gourmandise impérative. J'en rachèterai, dit Klaus.

On ne parla jamais de la nuit précédente.

Georges Clarin l'engueula gentiment. On l'espérait depuis une semaine.

Klaus prétexta des anniversaires, des visites, de courts voyages.

Le cidre pétillait. Les fruits se coloraient. Un mur avait été consolidé.

Un jour de septembre Clarin emmena Klaus jusqu'à la parcelle de Julien quelque chose. L'endroit était impeccablement ratissé, émondé, il était luxuriant et sans dissonance. Le portillon avait été badigeonné de bleu, celui des delphiniums. Menuisier de profession, crut se rappeler Klaus. C'était le royaume de Julien Duresnard. Des chats galopèrent, escaladèrent un mur, disparurent. Leur débandade avait laissé le lieu comme nu, évidé. Son propriétaire s'en détachait et concentrait l'attention. À son cou il avait noué un foulard de soie du même bleu que le portillon. De santé fragile, avait dit Clarin de l'homme. Julien Duresnard chaussa des lunettes. Les chats réapparaîtraient, assura Duresnard. Quand Clarin et vous serez partis. En quelques phrases la voix s'enrouait. Klaus et Duresnard se serrèrent la main. La main de Duresnard se retira, et celle de Klaus eut le bref réflexe de la retenir. Main large, osseuse, tiède, calleuse.

Julien Duresnard n'avait pas l'air d'humeur à bavarder.

Duresnard s'était dirigé vers ses pêchers. Klaus n'avait jamais été moins étranger à lui-même qu'en cet instant. Clarin lui était importun. Viens plus près, invita Julien. Klaus, c'est ça ? Il le tutoyait. Là, une cétoine dorée, à droite, penche-toi, l'insecte, penche-toi, je te dis. Et il obligea Klaus à se pencher, sa main sur l'épaule de Klaus. Il la retira, son poids, sa douceur, le besoin qu'on avait d'elle demeurèrent.

Cétoine dorée ou hanneton des roses.

Clarin déclara qu'il était, pour lui, l'heure de rentrer.

Klaus ne repartirait pas avec lui. Mais pourquoi ? Ah ! Julien tenait à lui montrer toutes ses merveilles ?

On est seuls, jubila Julien. Sa main était retournée sur l'épaule de Klaus, puis à sa nuque. Tout est bien, dit-il. Il sourit. Les merveilles, après tout, seraient pour un autre jour, la rose safranée et les lavandes, les poiriers et le potager en mouchoir de poche, les groseilliers et la mare en œil glauque. Il habitait dans le 11e arrondissement, rue de Nice, il appréciait les longues soirées.

Un fleuve coulait et emportait. Par définition l'éblouissement était indescriptible. Le passé n'avait plus de voix. On marchait, on parlait peu, on était corps, l'autre et soi, et les mots, le bruit des pas, les passants constituaient un décor, pas plus, comme les rues, les maisons, les voitures. On s'ajustait à l'instant. Dans le métro on était assis, debout, assis. Le voyage paraissait long. Pourtant l'exil n'avait plus de sens. La foule s'étalait entre eux, quelques centimètres infinis, mais ne séparait pas. On quitta la station Charonne, le trottoir filait, provoquait un léger étourdissement, côte à côte on s'étayait, à droite, rue de Nice, on l'emprunterait pour l'éternité, on voulait y croire, un immeuble, une porte cochère, un escalier. Klaus ne s'inquiétait pas de savoir où il était. Rue de Nice – oasis, île, voluptueuse dérive d'un continent. Une seconde porte s'ouvrit, se referma. On était chez l'autre et chez soi à la fois. Miracle advenu. Quatre mains s'éparpillaient sur deux corps. Deux souffles, deux bouches, deux visages si proches que les amants n'en pouvaient cueillir le regard, ensemble on accédait à un présent parfait, on s'en repaissait, un évènement survenait, on ne le définissait pas, félicité et fièvre, on était au-delà de l'espoir, dans la certitude, et dans l'observance d'un rite qui grandit ses officiants, la main de chacun sur la nuque de l'autre, cet autre qu'on ne confondrait avec personne de vivant, cheveux de Julien plus flous, plus soyeux que ceux de Klaus, on s'éprouvait en un vide somptueux, gravité, légèreté, des mots, de la pacotille, un roulis qui recentrait sans cesse la ferveur, un arrêt dans la possession, parce que se regarder s'imposait, une absorption, des mains et des mains, des lèvres ici, là, ici, là, sur toute la peau, corps immenses, toison rousse, d'un châtain roux plutôt, en corolle autour des tétons, Julien, Julien, chuchoter son prénom augmentait le ravissement, et la fièvre, et l'emmêlement, on ne s'abandonnerait jamais, des cris envolés, aspirer, aucune trêve, orage bénéfique, tempête heureuse, s'accroupir, suavité, fermer les yeux, des ténèbres paradisiaques, croire enfin à ça, se relever, s'être défait de tous ses vêtements, deux nudités, des garçons qui se contemplaient, deux corps qui exigeaient plus, et accordaient autant, et plus, être deux, magnifiquement deux, des caresses, cette épaule, cette hanche, ces cuisses, ce sexe, glisser l'un sur l'autre, et l'autre soudain prodigue en ferveur, prendre, s'embrasser, accélérer le rythme, ralentir, un apprentissage, hier ce n'était pas ainsi, se plaire à combler, et ce cri de Julien, et ce silence de Klaus, chair à chair, les voici à un commencement, une aube, des bras pour mieux encercler, il ne s'en irait pas, cette confiance et cet élargissement de chaque seconde, l'un arrimé à l'autre par une tendresse qui ne serait pas éphémère, ils s'étaient rencontrés, ce repos maintenant, et cette douceur immense, ils n'en finiraient pas de se rencontrer, Julien embrassa les paupières de Klaus, ramena le drap sur eux, il ne faisait pas froid, mais c'était mieux.

Julien avait soif.

Et toi ?

Un café bien tassé, dit-il.

La nuit venait. Descendait. Était la nuit. Julien avait allumé la lampe de chevet en bois sombre. Là-bas une ampoule bleue grésillait. Écraser des poux.

Vision qui s'embrumait. S'éteignait. Sombrait. Tombant dans une nuit qu'on aurait pensée morte. Ce lit n'était pas celui de Klaus, pas le sien, il serait le leur, *ma vie là-bas n'était pas toute ma vie*. Un couloir, la cuisine où Julien se déclarait maître dans l'art de préparer le café. Voix qui clamait et voix qui murmurait. Klaus avait roulé hors du lit. Vêtements en désordre jusque dans le couloir. Petit Poucet fou d'amour. Sur un mur, un tableau du dimanche. De molles tiges de tulipes roses en col de cygne, et des feuilles couleur d'anis. Un cadeau de ma mère, le renseigna Julien. Une mère dactylo, un père imprimeur et qui ne lisait pas. Julien lisait, son unique source d'orgueil, une joie toujours retrouvée, renaissante, tu te rends compte, il lisait Dumas, Erckmann-Chatrian, Sand ; il lisait et relisait, il se désolait à l'idée qu'il ne saurait jamais par cœur un roman. Klaus enfila son slip, la chemise de Julien. Les couloirs l'effrayaient, même celui-ci, et pourtant il n'était pas carrelé, comme ceux de là-bas, marcher et puis mourir, ce qui s'y passait. Les chiottes étaient sur la droite, indiqua Julien. Des étagères sur la gauche, on chiait et on lisait des titres ou des pages – *Les Trois Mousquetaires, L'Ami Fritz, Mauprat*, pas de *s* à George (George Sand, ça ne te dit rien ?). Klaus tira la chasse d'eau, en détesta le fracas, il exigeait à cet instant un grand silence sans pli et sans creux. Dans la cuisine, Julien était nu et l'enlaça. Une fenêtre, dans la cuisine, donnait sur la cour. La prudence n'était pas une vertu dont usait souvent Julien. Heinz ne se serait pas exposé ainsi. *Mon amour. De qui parles-tu ?* Ils burent leur bol de café en quatrième vitesse. Délicieux et négligeable. Il y avait leur lit si proche.

Ils dînèrent d'un poulet froid, d'une salade verte à la vinaigrette, d'un fromage qui coulait et se logeait entre les dents, de pommes cueillies sur la parcelle de Julien. On en fut repus. Julien pinça entre deux doigts la taille de Klaus. La graisse menaçait. Il offrit sa chemise à Klaus, puisqu'il était si mignon dedans. Même taille et presque le même âge. Posséder Klaus sans cesse. Et brusquement l'attirer contre soi et le supplier : Prends-moi. Les lèvres parcouraient la rondeur des épaules. Tantôt Julien et tantôt Klaus. La peau, cette peau, la leur. Cuisine aussi bien fournie en ustensiles que celle d'Anselme. Formica. Blancheur. Oui, il y avait Anselme, et René, et il y avait eu Robert. Les morts surgissaient, puis repartaient. Dans un vase flamboyaient des dahlias. Klaus énuméra le lilas, les géraniums, le rosier devant sa porte, son petit jardin de prince. Tu les verras. L'invitation était faite. Il décrivit sa niche de célibataire et n'avait qu'une envie : vivre ici. Il confia sa chaleureuse relation avec Élisabeth.

Appartement de Julien, appartement de rêve, pensait Klaus. Un guéridon, des lampes, un lampadaire, une table, un papier mural couleur de soufre avec des lunules rouges. Sur le divan, comme on se sentait bien. Klaus s'y allongea, la tête calée contre la cuisse de Julien. Le désir ne cessait pas, on se vivait à la campagne, dans un pré, ou sur une plage. Le voyage à Leipzig, papa et maman, et Golo, il raconterait tout plus tard, mais il le raconterait, puisqu'il est à même de dire je t'aime, et mon amour. Ils organiseraient des périples. Ils iraient dans le Midi de la France, en Bretagne, à Saint-Jean-de-Luz, ou dans le Berry, et pourquoi pas en Espagne ou en Italie, on se pourvoirait en cartes routières, guides, toutes les routes seraient à eux. Julien raconta qu'il avait croisé plusieurs fois Klaus à Montreuil, Klaus qu'il avait épié pendant qu'il se baladait de parcelle en parcelle, tandis qu'il sirotait du cidre avec Clarin. J'ai faim, dit Klaus.

Le métro ? Les passagers ? On ne comparait pas Klaus Hirschkuh à ce flot sans consistance, à cette réalité sans réalité. Ce soir il serait de retour rue de Nice.

Rue Raymond-Losserand. Rue des Thermopyles.

Sur sa peau, dans ses yeux et ses pensées, une hanche d'homme, un regard d'homme, un grain de beauté à la pliure du bras gauche, l'ongle rongé de l'index, une mèche rebelle, des cils très longs, un cou large, une nuque et la gorge d'où s'échappaient des sons de plaisir, un sexe palpé, assouvi, observé, une toison un peu rêche, un gars en statue de dieu égyptien, un animal et un dieu ayant traversé des millénaires, on avait petit-déjeuné, dans la salle à manger, un châle ancien converti en nappe, grenat, franges d'un vert d'amande, et des objets, partout, un monde.

Il ne présenta pas Julien à Anselme.

Ç'aurait été trop de regards en biais, trop d'incompréhension ou de curiosité.

Klaus avait l'impression que Julien et lui n'étaient pas à leur place entre ses murs. Klaus jugea tout à coup défavorablement son antre. Tellement obscure. On allumait en plein jour. Et humide. Imprégnée d'une odeur de cave. Ce qui ne le gênait pas avant d'avoir rencontré Julien. Même seul il s'y trouvait maintenant à l'étroit.

Anselme proposa à Klaus de lui vendre son atelier et les pièces attenantes, cuisine et chambre aussi vénérables que lui, avec l'assurance qu'il continuerait, lui, Heurtebanne, à les occuper, et ce jusqu'à sa mort. S'expatrier dans le logis de Klaus, il ne s'y résoudrait pas. Il aurait l'impression de régresser, de retourner au temps où il végétait dans très peu de mètres carrés, où il n'avait ni épouse ni fille. Et surtout, et il ne l'avouerait pas à Klaus, il se refusait à coucher entre des murs et sur une couche qui avaient reçu tant de corps d'hommes. Klaus avait topé. D'accord. Être propriétaire lui convenait. Ça lui donnait une stature. Julien serait fier de lui. Il n'était plus jeune, il jugeait fous ces garçons et ces filles à peine sortis de l'adolescence et qui stigmatisaient le fait de posséder. Il s'asseyait dessus, ces nouvelles idées. Klaus et Anselme signeraient dans moins d'un mois. Le prix était bas, mais pas au point d'être absurde.

Accéder à la propriété, aimer pour ne pas se souvenir, croire à l'impossible.

Aime-moi fort.

Petit camp de Buchenwald.

Typhus.

Nuage de puanteur.

Des morts, des inconnus, des morts inoubliables. Une hydre de morts.

Rose du triangle rose.

Roses et pivoines. D'une telle beauté que la mémoire n'avait pas toujours la puissance de les pétrifier.

Roses célestes, pivoines célestes.

Certains soirs, Julien venait le chercher à l'atelier. Le baiser était bref. Un client retardataire pouvait se pointer. Anselme, lui, se confinait dans sa cuisine ou sous ses draps. De plus en plus souvent, Klaus ne préparait pour son ami que des pâtes avec du fromage râpé et une lamelle de lard. Anselme protestait par un silence chevroté. Une grande angoisse le saisissait. Cent petits néants faisaient de lui un ancêtre sans vigueur, morne et grelottant, une épave. De l'autre côté de la porte, dans l'atelier, à quoi s'occupaient-ils, Klaus et l'autre ? L'autre comme un géant. Un éden propret, un territoire interdit.

Julien se tenait coi sur un haut tabouret qu'on n'utilisait pas, engrangeait des noms de tissus et d'outils. Il s'appropriait l'univers de Klaus. Dans la cour, il inspectait les plantes en pots. Le rosier avait été mal traité contre les pucerons. Le lilas recevait, en revanche, son admiration. Julien dormait mal rue des Thermopyles. Les draps étaient usés. Le radiateur marchait couci-couça. Si on le baissait, le froid suintait sur eux. Et il détestait avoir les pieds gelés après l'amour. Si on le remontait, il se répandait dans la chambre une moiteur cafardeuse. Le sommier datait de l'Antiquité. Il se sentait ici en transit. Klaus irait vivre rue de Nice.

Quand Klaus annonça à Anselme qu'il habiterait dorénavant rue de Nice, Anselme acquiesça. Une fatigue s'abattit sur lui. Mourir de fatigue, pourquoi pas ? Il maudissait et savourait. Elle le remplissait. Avec elle la solitude était moins épineuse, moins violente. La fatigue matelassait sa carcasse. On vendrait le deux-pièces. Même à distance, Klaus avait du bon, c'était un fils, fiable, de plus en plus distrait à l'égard de son bienfaiteur, mais fiable, et bon. Il était là le jour, il s'en allait la nuit, mécréant et orgueilleux de l'être. Heurtebanne invoquait un dieu, n'importe lequel, Zeus, Baal, ou celui des îles de Pâques, pour qu'il lui accorde de plier bagage lorsque le ciel serait clair, à l'heure de la sieste, avec Klaus Hirschkuh à deux pas, et que ce soit Klaus qui lui fermât les yeux.

En cadeau d'anniversaire, Klaus reçut une couverture vert amande en laine des Pyrénées. Il avait la frilosité exigeante. Le corps le plus aimé ne réchauffait pas toujours.

Des rituels s'orchestraient. Ce n'était pas encore des habitudes.

À Noël, Klaus eu sous l'arbre une robe de chambre en mohair. Dessous, sa nudité serait tiède.

Une lampe en albâtre pour Julien. Elle se mua en phare au cœur de la nuit.

Il était trop tôt pour rencontrer ses parents, assurait Julien.

Qui n'ignoraient pas les mœurs de leur fils.

Triste, voici ce qu'ils pensaient de l'existence de leur enfant. Ne s'en élevait aucune image. Rien de troublant. De physique. Un gosse abstrait. Il leur serait insupportable de se confronter avec l'amant de Julien. Leur progéniture aurait brusquement un corps. Un fils possédé serait un fils déchu. Un père pourrait se muer en un personnage d'une extrême violence. Julien en avait l'intuition. Il s'en ouvrit à Klaus. De ses propres père et mère, Klaus était peu prolixe en évocations. Par quoi, commencer ? Julien voulait savoir. Tout. C'était quoi être un fils qui se prénommait Klaus, et des parents qui se nommaient Hirschkuh ? Klaus s'entourait d'ombre. Il n'en était que plus délicieux. Ses secrets formaient plaies, il les camouflait.

Une voisine croisa un matin Julien Desrenard. Pédéraste ! couina-t-elle. Jusqu'alors, Julien n'avait été insulté que par des hommes. Les femmes, elles, se contentaient d'insinuer.

Il confia l'humiliation à Klaus.

Je sais, je sais, dit Klaus.

Il était sans doute temps que Julien apprenne Heinz, Buchenwald, la torture, les chiens, la règle dans le cul, le sang, l'empilement des morts, la promiscuité, la terreur qu'on puisse être si près de son semblable, les viols par les kapos et les autres détenus, la découverte qu'on était avec les Juifs et les Tziganes au plus bas de l'échelle humaine. Un pédé qui mourait, ça n'avait rien de scandaleux ni de tragique, on s'en foutait, un de moins, une ordure de moins, de l'air. Dans sa vie, cependant, tout n'avait pas été ténèbres. Il avait eu Heinz, longé les rives d'un fleuve, connu la neige, le grand soleil, l'herbe sur laquelle se prélasser, vivre et le bonheur à la clé, et l'herbe brûlée. Pas que des ténèbres, non, c'était vrai, mais elles avaient existé – l'obscurcissement du ciel, les interdictions, les menaces, la haine qui rend supérieur à l'autre, des hommes qui avaient fracassé la porte du pigeonnier de Klaus Hirschkuh et de Heinz Weiner, dernier étage face, Heinz nu dans l'encadrement de la fenêtre et tous les astres en miettes, Klaus qu'on emmenait, foudroyé, prier pour que l'enfer eût une fin, quatre ans dans une nuit féroce comme une bête, le passé qui pourrissait pendu à un croc de la mémoire, quatre années d'un temps irréel, tangibles, de la pierre, et cette faim, et ce froid, *serre-moi contre toi, prends-moi, ne me laisse pas, tu es là, j'existe, serre-moi, oui, contre toi, Julien, plus près.*

Et lui, Julien, ignorait cet enfer. À Paris, l'abîme avait comme paysages la Gestapo, le marché noir, la famine, un peu, et le froid, beaucoup, de loup, mais avec un toit et sans chiens aux reins ni bottes écrasant votre visage, en somme on était en sécurité si on ne résistait pas, si on était neutre, les parfaits fils d'une patrie fictive et emmaillotée de chaînes, Julien avait été de cette molle et misérable engeance. Il avait souffert d'une très acceptable souffrance, sans péril. Dieu était de son côté, veillait sur lui. Quoique pédé il croyait qu'uniquement des prisonniers politiques et des Juifs étaient parqués dans des camps, avaient été exterminés. Autour de lui, personne n'avait été embarqué pour ses mœurs. Drôle de chance qu'ils avaient eue, ses amants et lui. Et voilà que l'homme qu'il aimait, qui était allongé près de lui, qu'il possédait et qui le possédait, avait vécu "ça". Et des centaines d'autres. Klaus avait précisé que de tous les détenus et internés, les pédés seuls n'avaient pas reçu d'indemnités. En disant cela Klaus avait enregistré que son histoire était niée, qu'elle l'était toujours pour eux tous, les garçons affolés par les garçons.

Julien n'eut pas les mots pour consoler et pour acquérir encore plus de présence auprès de son amant.

Ne nous quittons pas.

Il ne fit pas l'amour à Klaus, il l'enlaça et l'enserra.

Tu ne repartiras plus.

L'atmosphère sur la parcelle de Montreuil s'altérait. Quelque chose de perfide et de nocturne s'était emparé du lieu. Les horticulteurs eurent soudain l'amabilité réticente envers Julien et son compagnon, car c'était son compagnon, n'est-ce pas ? Clarin ne leur proposa plus le cidre frais et moussant, les beignets aux pommes ou à l'abricot, la conversation qui méandre, il ne leur tapait plus dans le dos, il ne les invitait plus à se régaler chez lui d'une omelette et d'une salade de fruits au marasquin, entouré de sa femme et de ses mômes. Il n'était pas bouché à l'émeri, les écailles lui étaient tombées, ces deux hommes étaient des inqualifiables. En allant emprunter une bêche à Julien, il les avait surpris dans une attitude compromettante. Ils s'embrassaient. Des hommes.

Des mots orduriers parfois les accueillaient. Jusqu'au jour où ils eurent sous les yeux arbres arrachés et fleurs piétinées, et quatre chats cloués à des cageots, éventrés, plâtrés d'une marmelade d'excréments humains.

Julien s'était accroupi.

Non !

Peu après, Klaus et lui quittaient la parcelle avec une mine d'indifférence reconquise et après avoir enterré les quatre chats.

On n'engagea pas de poursuites. Klaus avait bataillé dur pour que Julien ne réclamât pas réparation.

Ils ne partiraient pas en guerre. Je suis tellement fatigué, dit Klaus. Et il ajouta : Je t'aime et j'ai envie de mourir. Tirons un trait sur Montreuil. Julien hocha la tête.

Mon amant, disait Julien.

"Amant" était un mot qui n'appartenait pas au vocabulaire de ses géniteurs.

Que leur fils éprouvât un sentiment d'amour pour un homme était inconcevable, le travestissait en créature obscène, et c'était leur fils.

Ils n'iraient pas rue de Nice tant que.

Ils rêvaient de la fin de cet amour.

Un Boche, de plus.

Ils déjeunaient. Des asperges, ce dont raffolait Julien, leur héritier. Julien se dressa, au revoir, ce froid dans la voix, un adieu. Il aurait pour eux dorénavant une haine stable.

Dansons, proposa-t-il à Klaus, dès qu'il poussa la porte de leur appartement.

À la menuiserie Julien Duresnard entretenait sa réputation d'excellent ouvrier, on avait toujours été satisfait de son travail, sinon de son abattage, un consciencieux énergique. Il maintenait une discrétion absolue sur sa vie privée, il n'y était pas une tante, mais un garçon à la musculature rassurante, des poils sur le torse, il riait des blagues épicées de ses potes, il s'était inventé un veuvage, une épouse stérile, des amours malheureuses, on respectait sa malchance.

Mais depuis la crucifixion des chats de Montreuil, Julien avait peur. Peur qui se développait, colonisait.

Julien ne finira pas comme Heinz, se disait Klaus.

Il était un enfer qui ne se réinstallerait plus sur terre.

En plein jour, et souvent la nuit, Klaus était pris de la phobie des fenêtres. Les fenêtres soupiraient. Elles ordonnaient. Toutes les fenêtres s'ouvraient. Elles broyaient des os. Elles avaient des crocs. Elles avaient voyagé de là-bas à ici. Il ressentait une contraction dans la gorge. Son cœur battait difficilement. Sans crier gare, Klaus n'était plus Klaus Hirschkuh, mais Heinz Weiner. Les fenêtres, un chant des sirènes. Et puis subitement il redevenait Klaus et seulement Klaus.

Un soir, une aube, un moment perdu dans le gris indécis d'entre le jour et la nuit, ce fut une prière qu'il récita : *Assez d'offenses, assez de chats éventrés, assez de cris, assez de gens comme des fléaux, assez, assez, assez, assez de ce qui est survenu, assez de la mémoire !*

Ils avaient la quarantaine. Les années 1960 s'effeuillaient, elles s'achèveraient dans la poussière, l'illusion et une brève aurore. Ils avaient des sous à la banque, la planète leur était offerte.

On était en décembre, à Noël, on était grippé, on serait bientôt en 1971, le temps croulait, passait, quels souvenirs auraient-ils d'aujourd'hui et de demain ? Quelle grippe, et quel réveillon, au lit, transis, moites de fièvre, chacun dans son nuage. Se souvenir.

Ils avaient séjourné à Dieppe, avaient cahoté sur la plage de galets, ils avaient été à Perros-Guirec, ils s'étaient payé l'hôtel du Sphinx ; Saint-Jean-de-Luz où on joua à la roulette au casino, ils s'étaient engueulés, s'étaient réconciliés, dans leur chambre, et ce taureau de carton-pâte d'où pétaradait un feu de Bengale ; à Avignon, ils avaient tourné en rond, les lacets des espadrilles de Klaus se dénouaient sans cesse, ces murs, ce palais, pourtant c'était beau ; à Arles, ils avaient longé le Rhône, ils s'étaient poursuivis dans les arènes, qui était le gladiateur et qui le lion, ils avaient de nouveau quinze ans ; à Rome, ils avaient manqué connaître une rupture, Julien s'était emballé pour un certain Mario, il avait découché, pardonner n'avait pas été facile ni même si heureux que cela, Klaus avait pensé en crever ; Venise, et ils s'étaient demandé ce qu'ils fichaient là, ils avaient dîné à une table ronde de fer ajouré, dans un jardin, sous des treilles, une image de joie, de plénitude plutôt, ils avaient embarqué pour Istanbul, tant de bruit, de poussière et de chaleur, ils s'étaient saoulés au raki, ils s'étaient aimés comme nulle part ailleurs ; ils n'allèrent pas à New York, ils oublièrent simplement d'y aller, ni en Australie ni en Nouvelle-Zélande, peut-être l'année prochaine, prends tes gouttes, ne geins pas comme cela, dors, tu me tiens trop chaud, j'étouffe, dormons.

De la cuisine d'Anselme provenait un drôle de silence, un silence noir, âcre, violent. Il grandissait et s'apparentait à des battements d'ailes, un foudroyant bruissement, explicite. Klaus poussa la porte de la cuisine, la pièce paraissait immense, bâtie dans le roc, une falaise entre chacun de ses pas. Klaus se réduisait à son propre souffle. Avancer équivalait à marcher au bord d'un précipice. Chaque pas, une chute possible.

La chambre de l'ancien tailleur.

Anselme Heurtebanne s'était vêtu d'un costume de tissu anglais d'un gris souris, il reposait sur son lit ; chaussettes en fil d'Écosse gris sombre et chaussures cirées, bras croisés sur le poitrail, mort en gisant, mort la veille ou l'avant-veille, un samedi ou un dimanche, Klaus et Julien étaient au Mont-Saint-Michel, escapade dont soudain il ne subsistait plus rien. Klaus ne toucha pas son ami. Il avait en horreur le froid que dégageaient les morts. Il avait téléphoné à Julien, Julien serait bientôt là, il le lui avait promis, il tenait ses promesses, il était bon, c'était Julien.

Ne pars pas.

Klaus était assis sur une chaise au chevet d'un homme mort, un ami, dans un dénuement intérieur tel qu'il retournait en pensée et en vie dans le baraquement de Buchenwald, penché sur des morts et des morts, englué dans un chagrin qui résistait à tout, il n'entendit pas Julien qui tambourinait à la fenêtre de la cuisine, la peur et la détresse s'agrippaient à lui, lourdes, à le faire se coucher par terre, à le vouloir, mais la voix de Julien s'inquiétait, s'énervait, elle traçait vers lui, Klaus, un chemin, il pouvait se laisser aller aux larmes.

Anselme avait acquis une concession au cimetière du Montparnasse avant la guerre. On aurait à fleurir sa tombe de cyclamens – il ne lui avait jamais dit que c'était sa fleur préférée ? Son épouse les adorait – et de bruyères – Élisabeth les soignerait mieux que personne ; cette femme, il l'aurait aimée comme épouse, s'il avait été moins moche et moins hanté par sa fille, oui, il l'aurait demandée en mariage ; de delphiniums aussi – il n'avait qu'entrevu Julien, mais si Klaus le jugeait un être rare, alors, c'est qu'il devait l'être, et ce Julien vouait une passion aux delphiniums. L'argent qu'il avait tiré de la vente du deux-pièces, de la tanière donnant sur la cour, il l'avait placé à la banque. L'ordre dans ses comptes régnait. Klaus en hériterait.

Des nuages enfumaient le ciel de mai. Une moiteur ralentissait les gestes. Devant la tombe d'Anselme, Klaus se dit que ses parents, vivants ou morts, n'avaient jamais eu la densité de cette absence. Élisabeth se tenait près de lui. Elle serrait la main de Klaus. Dès leur première rencontre, elle n'avait pas été insensible à l'homme. Très vite elle avait appris à renoncer à lui. Les Bayonnat étaient là, avec Léo. René se demandait ce qui avait amené un tel relâchement dans son amitié avec Klaus. Il avait envie de retourner à Sachsenhausen, de visiter le camp où jadis il avait eu tant de peine à demeurer un homme nommé René Bayonnat. Édouard fumait une cigarette. Édouard Mestres respectait Klaus Hirschkuh. Il avait tu leur unique virée à Montreuil. Au hasard de fêtes chez les Bayonnat, Klaus et lui avaient discuté, sans préambule, sans tâtonnement – l'amour, les camps (mais oui, les camps), l'exil. Tu sais, dit Édouard la première fois où ils abordèrent le sujet des garçons, tu sais, ça ne m'intéresse pas du tout avec qui tu couches, mais je t'aime bien, Klaus. Comme c'était étrange, cette confiance que Klaus lui accordait, qu'ils avaient d'ailleurs l'un en l'autre. Il alluma une deuxième cigarette. Pourquoi assistait-il aux obsèques d'un vieux bonhomme qu'il avait si peu croisé en vingt ans ? Klaus était profondément malheureux, ça se voyait tant. Et Dieu qu'il détestait l'humanité, Édouard Mestres ! Sa sœur ? Enfuie, l'attirance qu'il avait pour elle. C'était une petite bonne femme. René ? Une personne à laquelle il n'avait pas grand-chose à dire, mais ce n'était pas un pantin ni un con. Léo ? Un petit salaud, qui serait à l'aune de ceux de Montreuil, qui respirait la bassesse. Et c'était qui, ce gros mec au teint basané qui présentait une mine d'accablé, qui paraissait sous le poids d'un authentique désespoir ? Baramian se mouchait sans cesse. Sa peine était si immense qu'elle le privait de ses larmes. Il suffoquait. Oh ! il survivrait à cet énergumène d'Heurtebanne, l'obèse les enterrerait tous.

Klaus changea les draps du lit d'Anselme, il ne donna pas à dégraisser les couvertures – l'odeur de suri d'un vieil homme les imprégnait, c'était la dernière odeur de son ami, elle se dissiperait, comme un parfum –, il n'avait pas non plus lavé les taies des oreillers et du polochon, quelques cheveux s'y étaient incrustés, il n'en oublierait ainsi pas la couleur. Certains après-midi, il s'autorisait une sieste. Vautré sur le fauteuil Voltaire tapissé d'un reps grenat, il fixait la couche désertée. S'y étendre serait un sacrilège.

Tout dans l'appartement était demeuré en place.

Golo avait écrit deux lettres à son cadet. Les phrases se présentaient courtes, sèches, épineuses, dépourvues de fautes d'orthographe. Leur père était mort d'un cancer du pancréas, puis ç'avait été au tour de leur mère de fermer à jamais les yeux, victime d'une anémie qu'on n'était pas parvenu à juguler. Le cœur avait fini par lâcher. Deux vies. Leurs parents. Psaume sans ampleur. Dans les deux missives il ne fit aucune allusion à son épouse ni à ses filles. Ne se montra pas plus curieux de l'existence de son frère. Il terminait cependant son second courrier par un inouï "Reviens-moi". Klaus ne se rendrait ni à Leipzig ni à Brême. Il avait promis aux Hirschkuh de correspondre avec eux et ne s'y était jamais résolu. Eux non plus n'avaient pas écrit. Ils n'avaient rien réclamé. *N'en parlons plus, n'est-ce pas ? Ne les ramenons pas à la vie !*

Dieppe était une de leurs destinations préférées, car au bord de la mer et proche de la capitale. On se baladait au bas des falaises ou à leur crête, on ne s'en lassait pas. On s'y rendait en voiture. Julien avait obtenu son permis en 1979. L'âge venant, il en avait eu plein le dos du train, des horaires fixes, des contraintes qu'ils imposaient, des valises à trimballer. Grâce à Édouard, il avait dégoté une Peugeot 404 à un prix abordable, d'occasion. Klaus prit lui aussi des cours, mais renonça très vite. Il s'affolait au volant. Et il n'était jamais seul sur une route. Il y avait toujours des trous du cul qui le doublaient, klaxonnaient, gueulaient. Pourquoi se coltiner une peur qu'il ne réfrénerait pas ?

Ils avaient une prédilection pour le village de Pourville, situé à cinq kilomètres de Dieppe. Ils louaient une chambre à l'hôtel de la Terrasse. Ils ne faisaient pas mystère de leurs relations. Si un serveur, un client, un nageur, un promeneur les toisait avec une bonne haine ancestrale, grognait même un sale gros mot qui abaissait ("tante" et "folle" n'étaient plus guère employés, les pédés usaient de leurs poings, ils pratiquaient la musculation et arboraient la moustache épaisse de Gaulois aimant les garçons), ils répondaient par le plus glaçant sourire. L'espoir en demain parasitait leur lucidité. Car que serait demain ? Mais Klaus et Julien ne songeaient pas beaucoup à demain. La province se décorsetait, ce qui ne signifiait pas qu'elle larguait tous ses préjugés. Tout était en surface, comme toujours et comme hier. Les journaux décrivaient la révolution dans les mœurs contemporaines.

Julien bravait le froid de l'eau. On était en juin. Il nageait avec aisance. Le regarder évoluer accentuait le désir qu'avait de lui Klaus. Ce soir, on fêterait ce désir sous les draps, après un bain de minuit, le long de la plage. Klaus ne se baignait pas. Ou plus. Depuis qu'un certain Golo, son frère, lui avait fourré la tête sous l'eau d'un des fleuves de Leipzig, longtemps, et meurs, petite chochotte ! *Ne va pas trop loin !* Dans une chaude somnolence, car le soleil brillait, que de générosité céleste, Klaus, cet après-midi, se laissait rouler par toutes les houles de la mémoire, pourquoi en cet instant ça déferlait-il si sauvagement, sans interruption, mémoire quasi utérine, et il regardait bêtement l'océan, avec en ligne de mire ce point très charnel, oui, c'était bien Julien, *Ne m'abandonne pas, toi.* Il était sur une plage de Normandie, adossé à une digue, presque nu, et on l'emportait, on le précipitait quelque part, jadis telle une pluie de grelots tapageurs, qui ricanaient. Ses paumes épousaient des galets. Julien dansait sous les vagues, au-dessus, ange. Un dieu païen, un corps si parfaitement connu. La connaissance de cet homme serait infinie, voilà, c'était cela l'amour, se délester de toute curiosité, dire : Toi, je te connais sur le bout de mes doigts, ce serait avouer qu'on aimait moins, que tout de l'autre aurait été exploré. L'amour, sentiment vorace et délicat. Cet amour n'en finirait pas de grandir et de se mouvoir en eaux profondes. Lequel des deux s'en irait le premier ? Métaphore pour ne pas se dire que l'un des deux mourrait, en premier, *Entends-tu, il y aura un premier de nous deux, j'ai peur, j'ai tellement peur, retiens-moi.* Tiédeur du ciment sur la jetée de Pourville contre laquelle s'appuyait, confiant, moulu, Klaus Hirschkuh. Galets ronds, oblongs, fendus, deux valves, de la pierre, l'impression d'un organe végétal et sexuel, un cœur concassé aussi, *N'oublie pas le cœur en toute chose.* Personne ne pouvait lui donner l'assurance, même pas Julien, qu'un gourdin, des bottes et leurs talons, une tragédie ne fracasserait plus des hommes et ce monde. Point à l'horizon, Julien, qu'on ne confondait avec rien ni personne, point ardemment fixé, chair aimée, une voix, une personne, toute une vie, une existence à deux depuis vingt ans, *Tu te rends compte ?*, affamés l'un de l'autre, quelques disputes, quelques colères, *Tu m'emmerdes, tu es con, faisons la paix*, cruauté et absurdité d'être si près l'un de l'autre et de se regarder en chiens de faïence, de se maudire et de s'aimer, un mouvement, pas d'impasse, l'éternité en soi, pas une illusion, pas un fantasme, à chaque instant la réalité d'un amour, réalité, oui, un brasier, du silex, un temple, une île, *Dis-moi*, il n'y avait jamais assez de mots pour définir les choses, un sentiment, et parfois on restait sans voix, Julien nageait, intrépide, il revenait toujours, il ne quittait jamais longtemps Klaus, *Je m'appelle Klaus Hirschkuh, n'oublie pas que tu t'appelles Klaus Hirschkuh, une sorte de prière, la prière d'un siècle et pour les siècles des siècles.* Des galets et pas de sable, ou sous les cailloux. Du sable sur les berges des trois fleuves de Leipzig ? Deux gamins en maillot de bain, sexes moulés, ils seraient des hommes, un jour parmi les jours, Golo ôtait le sien, il vénérait sa nudité, Klaus s'en détournait, quatorze ans, quinze, Golo s'exhibait, des filles effarouchées, glousssantes et épatées, Golo osait, mais Klaus n'avait pas le droit d'observer la nudité de son frère impudique et réactionnaire, comme Léo aujourd'hui, graine de fasciste, ce que n'avait pas été Golo, enfin Golo ne s'était pas inscrit au Parti, Golo qui clouait Klaus sur l'herbe ou le sable de la berge d'un fleuve de Leipzig, force décuplée, tant de jouissance, des mots en averse, borborygmes, un loup, et moins qu'un loup, des crachats, et tous les mots pouvaient se faire crachats, Golo lui martelait le visage, de ses phalanges et de son mépris, de sa répulsion, haïssant leurs parents pour avoir engendré un dégénéré, les Hirschkuh, qui aurait cru ça, Golo lui fourrait sous le nez, sur la bouche, sur le front son sexe de quinze ans, Klaus se débattait, sans crier, *Ne crie pas*, ne cria que lorsque les gestapistes lui enfoncèrent une règle de fer dans le cul, lorsqu'on écrasait des mégots sur sa poitrine et sa verge, gland, méat, tout, lorsqu'on lui retira la tête d'un magma d'excréments, mais il ne cria pas en assistant au supplice des copains, d'inconnus, des comme lui et des pas comme lui. Klaus avait exécré la racaille des camps, prisonniers de droit commun, maquereaux et trafiquants et assassins, voleurs/égorgeurs, exécré les officiers, les soldats, les kapos, les gars de sa chambrée, ceux qui avaient planté leur bite dans son cul, qui le considéraient comme une pute, et sois une pute, remplis ton rôle, violer un pédé n'était pas violer, il avait haï et il était haï. Un cabot gambadait sur la plage. Il reniflait le mollet de Klaus Hirschkuh. Tous les chiens parfois étaient les chiens de Buchenwald. Le bichon de la dame se dilatait. Klaus Hirschkuh avait appris à fermer les yeux. Là-bas il avait vécu l'indifférence, pas tous les jours, mais parfois. Horst le baisait. Puis lui faisait l'amour. Rite et un grand désespoir. Une barre au chocolat, quelques tranches de pain qui était du pain, suavité de la mie, croustillante la croûte, et… et… un morceau de jambon, voire un fruit pas trop blet. Klaus Hirschkuh avait appris à fermer les yeux, il serrait donc les paupières devant le bichon infernal, les mains se crispant sur les galets, il criait tout en lui, il pleurait tout en lui. Klaus Hirschkuh, né à Leipzig, puis à Buchenwald, de la première naissance, il n'avait en tête qu'un brouillard moelleux, c'était plutôt agréable, avec des déchirures, cependant. Ses parents tellement soucieux d'aimer. De protéger. Tendres et attentifs. Parents verrouillés. Une règle dans le cul, et il criait. Il essuya ses lunettes de soleil, les chaussa de nouveau. Il n'en portait pas à Buchenwald, mais avec Heinz, oui. Et avec Julien. Buchenwald où il était né une seconde fois. La vraie, l'affreuse naissance. La seule naissance impérissable. *N'oublie rien et tente d'oublier, où en es-tu ?* Se priver de haine n'était pas une mince affaire. *Que dis-tu ?*

Un jeune homme marchait sur la plage, il avait l'apparence de Léo Bayonnat. Qui avait une petite amie et couchait avec elle, voulait cinq enfants, trois garçons et deux pisseuses. Pisseuses, disait Golo. Et René était un ami qui était encore un ami, le serait jusqu'à la fin, envers et contre tout. La silhouette du garçon se brouillait dans la lumière. Une femme, à quelques mètres de Klaus, lisait un journal. Elle en possédait une pile. Et aucun regard pour la plage, les touristes et la mer. Herbert Hirschkuh lisait les journaux, lui aussi, qu'on utilisait ensuite pour se torcher.

Julien sortit de l'eau, avait un mouvement du bras en direction de Klaus. Floraison d'années-lumière. Paris et la rencontre de Klaus avec Anselme Heurtebanne. Guérin et sa disparition. Quelle année ? *Laisse-moi tranquille !* Julien retournait à la mer et reviendrait, puisqu'il revenait toujours. Des journaux traînaient chez Heurtebanne. 1946 ? 1947 ? *Où en étais-tu de toi ?* Si peu d'évènements depuis la rencontre avec Julien. L'amour, ses hauts et ses bas, mais l'amour, de l'amour, *Mon amour*. Le plan Marshall d'aide à l'Europe. Eva Perón recevait la Légion d'honneur. Le comble, n'est-ce pas ? Que retirait Klaus de la lecture des journaux ? Julien lisait *Les Trois Mousquetaires*, ou *Mauprat*, les relisait indéfiniment. Que dit-on aujourd'hui sur les pages que tournait la femme ? Paréo et sandales, ongles rouge corail. Que fait-on des histoires et des évènements ? Christian Dior était mort. Tu te rends compte ? disait Heurtebanne. Et Jacques Fath mourut. Léo était né quelques années avant. Le général Douglas MacArthur, commandant des forces US au Japon. Il orchestrait quoi, lui, décidait de quoi ? Aucun siècle n'était inoubliable. Ni le leur ni ceux d'hier. De la poussière en perspective.

En travail. L'Angleterre, championne du monde. De quoi ? *Réponds!* C'était plus tard. Femmes en blanc de chez Courrèges. *Et pourtant, je reste là, Tu verras, J'aurais, La Maison où j'ai grandi*, des chansons que fredonnait Julien. Pas Klaus. Buchenwald et un voisin de paillasse qui chantonnait en tchèque, un silence, et il était mort. Et Montgomery Clift était mort. On disait qu'il en était, jaquette et tout, à voile et sans vapeur, et c'est quoi un pédé, c'est quoi être pédé ? Comment s'interdire de coucher avec Monty ? Soares, Premier ministre du Portugal. Les Verts en finale. Une nation en transe. Infantilité sublimée. On disait que ces mecs qui jouaient au ballon étaient des artistes. Klaus ne jouait pas au ballon ni Julien. Ils ne pratiquaient aucun sport. L'enfance. Ou *Mon enfance*, composée par une brune bouleversante, puis interprétée, des siècles plus tard, par une blonde, d'origine bulgare, tout aussi bouleversante. Chanson qui voyage. De voix en voix. Simone Veil, présidente du Parlement européen, il y avait une quinzaine de jours. John Wayne était mort. Pourquoi pas ? L'année n'était pas close. Klaus Hirschkuh se prélassait sur la plage de Pourville. Julien nageait. Une femme lisait un journal. Les religieux à Téhéran. Révolution sous un auvent de sourates, et glaives. Israël et Égypte signaient une paix qui n'adviendrait pas. Un chien ridicule montrait les crocs. Demain serait lumière. Sadate et Begin, Prix Nobel de la Paix. Luis Ocaña, un cycliste, qui avait gagné quelle course ? Assouan, un nom. Le rattacher à quel pays ? Être inculte à ce point, tout de même. Le Shah avait épousé Farah Diba. Cecil Blount DeMille était mort en 1959. Ou 1958. Julien était déjà dans sa vie. Hula hoop. *Te souviens-tu, quand le Japon capitula sans condition ?* Déjà hors de Buchenwald ? *Tu n'étais déjà plus là-bas. Mais maigre et malade. Intestins. Tu ne supportes pas qu'un enfant possède une règle en fer. En bois, l'objet sort de ta vie. La règle se fait innocente.* Walt Disney avait fricoté avec le Reich. *Tu dormis à Leipzig, tu dormais.* Parents décevants. *Laisse-les où ils sont désormais.* Le ciel se couvrait, s'éclaircissait, noria normande, Anne Bayonnat et son amitié en demi-teinte. Immigration clandestine juive. *En 1946, tu étais encore en Allemagne.* Pourville. Agréable plage austère. Jeanne Lanvin était morte. Une inconnue pour toi. La mode à Buchenwald, ce n'était même plus un mot. *Tu penses chaque jour à Heurtebanne.* Moins souvent à Robert Müller, mais dans un tel serrement de cœur. *Est-ce que tu t'égares parfois dans tes souvenirs ?* Müller aimait-il les garçons ? *Tu en es sûr, il couchait avec des femmes et aimait les garçons.* Embuscades en Indochine. Syracuse, *la plus belle chanson du monde pour toi.* Celle que tu pourrais chanter. Jane Russell et Marilyn Monroe. Et des hommes qui préfèrent des bruns. Il y avait aussi Ida Lupino et Gloria Grahame, et Danielle Darrieux. Un film affirmait que le blé était en herbe. La Nouvelle Vague avait brûlé ce blé-là, décapité Julien Duvivier, la Terreur. *Dans un train, tu hurles, et René veut que tu la fermes.* On ne hurlait pas dans les années 1980 de ce siècle sur une plage. *Mais on doit bien hurler quelque part, non ?* Les Canadiens avaient débarqué sur la plage de Pourville. Débarquement raté, et des morts par charretées. Où était Julien ? *Ne t'en va pas, Cri de ma vie, Le Locomotion, Tu peux bien. Chante ces merveilles. J'ai besoin d'une berceuse et j'ai besoin de rythmes.* Le ciel noircissait. Il pleuvrait bientôt. Ou non. Merveilleuses incertitudes. La femme proposa à Klaus ses journaux.

C'était rempli de trucs intéressants qu'on oublierait sur-le-champ. Notre vie, en somme. Elle souriait mais ce n'était pas le sourire triste de quelqu'un qui se prend au sérieux. Une gentillesse nette, sans arrière-pensée, neutre, amicale. Merci. Qu'il garde tout. Elle n'en avait plus l'utilité, de ces choses. Elle se leva, se drapa dans sa serviette de bain, au revoir. Où était Julien ? Les pieds léchés par les vagues ? Hors de l'eau ? Julien appréciait ces moments de solitude sans contrainte. Il revenait toujours. Klaus Hirschkuh était préoccupé. Il avait des factures dans la tête, impayées, réclamées. La clientèle se raréfiait, était d'une exigence insensée, elle quémandait des réductions. Le métier de tailleur baissait pavillon. Le jean et sa civilisation le condamnaient à plus ou moins brève échéance. Il vendait des pull-overs d'une irréprochable qualité, mais chers. On discutait ses prix. La marge se réduisait. Ses fidèles avaient vieilli, mouraient, la rue des Thermopyles se ternissait, elle avait un air d'impasse, les maisons se dégradaient. Une corbeille de nuages filandreux. Pleuvrait-il ? On ne passait plus souvent rue des Thermopyles, qui se muait en rue inconnue. On la dédaignait. La voici presque sinistre. Son métier appartenait au passé. À plus de cinquante ans, il en convenait. Plus personne ne savait ce qu'était le chanvre, la cheviotte, l'agneline, la futaine, la finette, la lustrine, la satinette, la gabardine de coton, le tussah, le shantung, le tussor, le prince de Galles, ne parlons pas d'ourdir, de tramer, de filer, de surfiler, les artisans avaient une aura moyenâgeuse, on pousserait un jour une cantilène tissée de futaine et de soie. *Maman résistait à dire "potage" ou "consommé".*

Soupe, alors, et louche, mère incompréhensible, génie sorti de sa bouteille, passez muscade, *à la niche, très chère maman.* Des noms rayaient un tableau noir, façon de décrire le passé, il songeait à Guérin, charitable, bienveillant, soudain rébarbatif, prodigue, déroutant, invisible à jamais, pas d'adieu, une tendresse en suspens, des phrases qu'on n'achèverait pas. *Louche. Soupe.* Les galets durs comme des galets, indestructibles et usés, lavés, tout propres, à l'odeur de lavoir, sous les paumes, les cuisses, et la plante des pieds. *Louche.* Derrière les mots allemands, une haleine, des morts, que pouvait-il y avoir d'autre ? *Le soir, dans le baraquement, t'as du chocolat sur le menton, disaient-ils, t'as pas honte, on va te tringler tous, on va te baiser à crever, on bande, regarde, regarde-nous bien, réjouis-toi, vingt et quelques bites pour toi seul, à Buchenwald, ils disaient que, ils disaient ça, tu n'es qu'un cul, tu n'es rien, tas de viande, sale porc, ta gueule, t'es pas si maigre que cela, les kapos t'engraissent, hein, chien de porc, comme disent les nazis, bouge pas, ne te débats pas, faut qu'on se vide, tu vas servir à quelque chose, tas de viande et tout, tu la fermes, ou ce sera comme la semaine dernière, ça se terminera avec ta jolie tête dans la merde, jusqu'au cou, de la merde dans la merde, tenez-le, je me débattais, un bâillon pour que je ne couine pas, pour pas qu'on m'entende dans tout le camp, truie et pis que les truies, on n'aime pas baiser ton cul, mon chéri, mais on n'a que ça, cul qui pue, cul de tante, cul avarié, t'as pas intérêt à nous refiler la vérole, tenez-le, je commence, puis, tous, du calme, un, deux, trois, Ernst, Otto, Lothar, Herbert, comme papa, ça, non, pas lui, et ne pas pouvoir dire non, bâillonné jusqu'au trognon, Félix, Arthur, Kurt, Friedrich, un Klaus comme lui, pas de*

Golo, un Heinz, Heinz enfoui en moi, inatteignable, Hans, et Michael, le marxiste, le bibliothécaire d'Hambourg, l'intellectuel, et la pire brute en baisant, tous sur moi, et même Jean que les chiens dévorèrent, ont écrasé des mégots sur ma poitrine, les gestapistes, à Buchenwald régnaient le trafic des sèches et le marché noir pour tout, survivre aux dépens d'un copain, qu'est-ce qu'on en avait à faire, coups de pied dans la tête, les flancs, les cuisses, les couilles, tout un baraquement à l'œuvre, tous assouvis et fous, il ne crèvera donc pas, un pédé qui résiste à tout, un monstre j'étais, une tante immortelle, un scandale vivant, tout ce qu'ils disaient, je n'étais bon qu'à ça, sperme et merde, on te pendra par les couilles, ou on te les coupera, ça ne m'est pas arrivé, le camp a été délivré, un coup de queue par-ci, disaient-ils, encore un, je m'évanouissais, ils continuaient à aller et venir en moi, et je n'existais plus, ni ma peau, ni l'intérieur de mon corps, ils me baisaient et je n'en avais plus conscience, c'était ainsi souvent, et Julien qui va prendre un coup de soleil, une insolation, on n'appelle pas son amant sur une plage, car la voix est sexuée, de tendresse, Julien, et les factures à payer, vingt-cinq mille francs à un tel, et dix-sept mille francs à tel autre, où les trouver ? Guérin, Julien, et maintenant Léo, un repas où la rupture fut proche, quasi consommée entre moi et les Bayonnat. Léo et son œil sans pitié. Un cœur de fer, plein de bave. Entre la poire et le fromage, expression qu'affectionnait Klaus et qui le mettait dès lors de mauvaise humeur, Léo déclarait que Klaus avait un amant, un certain Julien Desrenard. Tais-toi, l'avait mis en garde son père. Un fouineur de fils. Tais-toi, puis d'un ton plus sourd, plus pathétique : Mon fils, tais-toi, pas de ça chez moi. Qu'as-tu, bébé ? La petite amie du fils tirait par la manche son amant, on s'en va, et Klaus a le droit d'être pédé, non ? Adieu, j'ai repoussé ma chaise, petit fasciste, j'ai crié, ça existe donc encore, cette engeance ? Mon pauvre René ! Schweinhund ! *râlaient de dégoût les officiers, les soldats, les kapos. Chien de porc. Tu t'en souviens ? Le chien tirait sur sa laisse, la laisse se tendait, elle intimidait comme les crocs, les griffes, on lui donnait du lest, ça jouait sur nos nerfs, l'enfoiré et son molosse, je pense si souvent à ces chiens, on nous traitait de cochons de chiens, ou chiens de cochons, c'est confus en moi. Chiens-toupies, chiens-remous, chiens hauts comme des veaux, chiens-loups et dogues. Cours, rampe ! C'était cochon de chien.* Il ne sait pas ce qu'il dit, s'excusait René. Klaus fixa Léo, *je lui dis* : *Il y avait un garçon qui s'appelait Rudy, ils le plongèrent dans une sorte de baignoire remplie d'une solution de Crésyl, ils l'y noyèrent, même après, les chiens n'en voulaient pas, trop le goût de médicament, le mec.* Vermine contre vermine. Allée des Aigles, avenue principale du camp. Poussière et oiseaux de métal. Dans le ciel, une fumée molle. Pas d'aigle ni de gerfaut. Ciel cotonneux. À l'est, un ciel luisant comme une enclume ou une cuirasse. La terre buvait rouge. Il ne sait pas ce qu'il dit, mon vieux, répétait René Bayonnat. On s'excusait beaucoup là-bas pour ne pas recevoir une balle dans la nuque. Les coups redoublaient. *Depuis quarante ans, Rudy se noie toujours et encore.* Anne intervint, s'interposa entre l'ami et le fils, elle défendait son fils, elle était de son côté, elle prenait le parti de l'ordure, être mère pardonnait tout. *René se penchait au-dessus de la rampe de l'escalier, il ne sait pas ce qu'il dit, me lançait-il. Il ne m'avait peut-être jamais autant aimé.* La plage grouillait de gens presque nus. Voici l'ombre de Julien, voici Julien surplombant Klaus cloué aux galets. Klaus reprenait ses esprits, la plage sa densité et sa beauté. Il ôta ses lunettes de soleil. Son regard était dur et voilé. Qu'as-tu ? Klaus et Julien eurent la sensation que leur grand amour était dérisoire, et puis, il reprit place en ce monde, le leur et celui des autres – un rivage, un ciel, une foule plutôt gaie, leur histoire d'amour, une facture à payer, la 404 garée pas très loin, le projet de s'empiffrer de crêpes, la fraîcheur de l'air, des corps presque nus, le corps presque nu de Julien, les galets, des journaux, les membres ankylosés, l'amour regagnant ses paysages, Julien de nouveau irremplaçable. Klaus tendit les bras vers lui et son ombre nébuleuse. Raconter la tornade mémorielle, les coups de serpe provoqués par le retour des visions infernales, ce serait pour plus tard. Ils avaient l'impression que leur histoire retournait à son début, pavée d'innocence, ambrée, précieuse, leur peau frémissait, la chair palpitait, la semence jaillirait et se répandrait, il y aurait les baisers. Sur cette plage de Normandie chacun de leurs pas avait l'évidence d'une aurore. Clairière. Klaus proposa une balade, le long des falaises brunies par des coulées de terrain, rongées et impressionnantes, sous un ciel aux nuages sans cesse mouvants, ardoisés, crayeux, en rhizomes, en boursouflures, un continent, des isthmes, des rades, le bleu marial renaissait, nuages déchirés, festonnés d'or, lamés d'or, par flots, et celui-ci, solitaire, baleines célestes, floraison menaçante, courte ondée, que de nuages, quelle splendeur, voir, les voir, se repaître de tout cela, marcher côte à côte avec le frère, l'amant, l'époux, cette présence déterminée, déliée autant que compacte, imprévisible, d'une admirable constance, ombre et corps noués, et qu'importaient les inévitables querelles, les bouderies, les chagrins, les colères imbéciles, les argumentations qui se mordent la queue, les nervosités, les impatiences, les convictions qui s'opposent, les conflits, la lassitude débusquée, marée basse, marée haute, comme ici, on irait jusqu'à Varengeville, un amour en métamorphoses successives dont certaines conduisaient au doute, *Viens, adoptons un chat*, Klaus entraîna Julien vers un corral de rochers, l'un déshabilla l'autre, faire gémir et gémir, ne préserver que l'instant et le plaisir, une si vaste histoire que la leur, *Et pourtant, je reste là*, la chanson de Julien, il restait là, *Nous restons là, ensemble, pas de pourtant, pas de bémol.* Ils firent l'amour. Il plut en douceur. Il fallait s'en retourner. La chambre d'hôtel, cette nuit, serait protectrice, comme ces rochers, d'une si grande simplicité était-elle, et enchanteresse. On avait faim. Miradors effondrés. On ne nous tuera pas, se disait Klaus. Retour de l'incendie. Des fragments d'enfer sous le crâne et dans l'âme. Camp libéré et vivants qui mouraient, typhus. Klaus sortant de la porcherie où il s'était terré avec le kapo qui en avait la garde, deux crasseux noircis de poux, il n'était plus ni chien ni cochon, il n'était plus une insulte et de la viande, sur cette plage Klaus embrassa Julien dans le cou, et sa nuque si douce, le jour bruissait, un vent si ondoyant, la marée montait, *Viens*, lequel invitera l'autre à une nuit somptueuse jusqu'à la fin des temps, s'aimer contre ces pierres, avec une pluie de rien, là-bas, *là-bas* n'était plus, *n'était plus, Et pourtant*, ils étaient intouchables, c'était ainsi.

Métro Gambetta, au fond d'une cour, se tenait la menuiserie où travaillait Julien. Ça périclitait. Patron et ouvriers étaient sous une pression permanente. On se montrait moins tolérants envers les défauts des uns et des autres. Une certaine agressivité ébranlait l'esprit de solidarité. On jugeait parfois injuste le patron. Les conciliants, on leur battait froid. Ils étaient sept à manier la scie, l'égoïne, le rabot, l'équerre, la lime. Les cerveaux ressassaient. La vie privée de chacun excitait la curiosité. On attribuait à l'un un priapisme éhonté, à l'autre une impuissance sans cure possible. On tentait de donner de soi l'image d'un gaillard. Le patron, Jean Béchat, héritier de cette menuiserie centenaire, réclamait le silence, condamnait les insultes, séparait les échauffés sur le point de sérieusement se colleter. L'un d'eux surtout attirait son animosité : Serge Tinan, le fort en gueule. Un irrité, un sournois. Jean Béchat avait même songé à le licencier, mais l'homme était son plus ancien salarié. Les prud'hommes n'étaient pas faits pour les chiens, disait Tinan. Il fallait trouver le moyen de neutraliser ses éclats. La bête noire, le souffre-douleur de Tinan devint brusquement Julien. Parce qu'il ne participait pas aux joutes des infantiles faussement lubriques. Les sarcasmes, il les recevait avec distance. Parfois il remettait à sa place Tinan qui alors s'enfiévrait, rien que de très banal. Un jour, Tinan lui lança qu'il n'était qu'un sale pédé de mes deux. La digue céda en Julien. Ce fut la fureur. Boucle-la! Tinan s'enflamma, éructa, le poussa rageusement contre un mur. Raclure et pédé. Et alors ? rit Julien. L'aveu le galvanisa. De son rabot, il frappa Tinan. L'attaque surprit l'adversaire qui riposta aussitôt. Ses poings se démultiplièrent. Ils labouraient, scandaient son irrépressible jouissance à fracasser, à réduire en cendres, à faire d'un visage une bouillie, d'un corps une forme qui se disloque. En quelques secondes, il avait changé Julien Desrenard en un tas gémissant. Des bras finirent par l'immobiliser.

Les poings ferrés de violence avaient brisé sa mâchoire, sa hanche droite, provoqué un traumatisme crânien et une hémorragie à l'œil gauche, fêlé une vertèbre et quelques côtes. Il fut établi que Julien Duresnard serait dorénavant en invalidité. La retraite était proche. Derrière les barreaux de sa cellule, Serge Tinan s'impatientait. Quand se déroulerait son procès ? On gagnait toujours un procès qui vous opposait à un pédé. Il clamait qu'il avait été provoqué, il invoquait la légitime défense. On en était là.

Clinique du Mont-Louis, dans le 11e arrondissement, à quelques centaines de mètres de la rue de Nice. On avait attribué à Julien une chambre sur rue. Murs obligatoirement badigeonnés d'un beige très clair ici et vert d'eau là. Couleurs qui protégeaient, enfermaient, endormaient. Klaus n'avait qu'indifférence envers les malades, les accidentés des chambres jouxtant celle de son amant. Égoïsme qui lui était vital et admissible. Une gaze épaisse masquait le visage aimé de l'aimé, désormais introuvable, enseveli. Sous les pansements, quelle était l'étendue des dégâts ? Pleurer serait dérisoire. Il n'exigeait qu'une chose : qu'un peu de Julien lui fût rendu, que Julien le reconnût. Julien était muet. Aucune vision de Buchenwald ne se superposait à la forme qu'il avait sous les yeux, ne l'oblitérait, ne la détruisait. Là-bas on ne travestissait pas les invalides en momies. Il était tellement sidéré de ce qui était arrivé à Julien, à eux deux, de se tenir à ce chevet-ci, qu'il ignorait à quelle profondeur il souffrait vraiment. La réalité qui se présentait à lui était inconcevable. Si bien qu'il n'éprouvait pour l'instant aucune colère. Béchat l'avait renseigné sur le motif de la violence de Serge Tinan, et comment les faits s'étaient déroulés. Il savait et ne ressentait cependant rien, c'était trop tôt.

L'œil serait sauvé.

Et la vertèbre n'avait qu'une toute petite fêlure.

Il avait fermé l'atelier et décidé de se retirer du circuit professionnel.

Il agaçait les infirmières à rester dans la chambre de Julien Duresnard au-delà du temps alloué aux visites.

Parfois il s'interrogeait : Est-ce que son silence fatiguait Julien ?

Et l'air ? Et le jour ? Et la nuit, où Klaus n'était pas présent ?

Il y eut des jours interminables, et puis il y eut un jour où Julien se hissa hors de son coma. Il percevait le souffle et l'ombre et l'odeur de Klaus.

Julien balbutiait quelques mots.

Rappelle-toi, il a eu la mâchoire brisée.

On le nourrissait avec une pipette. Parfois il s'étranglait. Mourir menaçait à chaque instant. L'œil s'élargissait de terreur, aide-moi, fais quelque chose. Il déglutissait. Il allait mieux.

Klaus Hirschkuh avait téléphoné aux parents de Julien. La panique s'écoutait à l'autre bout du fil.

Les Duresnard rendirent quatre fois visite à leur fils en quatre semaines. Les Duresnard n'adressaient pas la parole à Klaus. Ils posaient des questions plates et virevoltantes à Julien. Leur enfant se taisait. Un homme et une femme convaincus que c'était Klaus Hirschkuh qui avait causé la tragédie dont avait été victime leur fils chéri, et qui n'en démordraient pas. Ils formulèrent leur désir que Julien, pour sa convalescence, réintégrât la niche familiale. Pourquoi d'ailleurs ne vendrait-il pas son appartement ? Leur volonté aride de se réapproprier Julien précipita la colère de Klaus. Éprouver pour ces gens une aversion à ce point franche et fondamentale lui redonnait énergie. La rage, donc, éclata. Muette et évidente elle déstabilisa les Duresnard. Un après-midi Klaus les chassa. Ils lui dirent qu'ils auraient le dernier mot, que les parents l'avaient toujours, que c'était une loi de la nature, qu'il n'y pourrait rien.

Julien s'en sortirait. Klaus en était convaincu. Soudain une mutation se produisit. Il tourna ses pensées et sa fureur contre l'agresseur. *Atelier de merde, mecs de merde, patron de merde.* Il n'avait pas confiance en Jean Béchat. Un second rendez-vous avait été remis plusieurs fois. On se revit enfin. Béchat revenait sur la raclée. Non, il n'y avait pas eu intention de meurtre. Il admettait que Tinan avait eu des torts. Mais n'allons pas plus loin, ce serait extravaguer. L'insulte obligeait-elle à un combat d'une si folle violence ? Klaus Hirschkuh ne rétorquait pas, mais le possédait toute la haine emmagasinée en lui. Il ne tirerait pas aussi facilement que Béchat le souhaitait un trait sur toute l'histoire. Il ne reculerait plus. Il ne crèverait plus de peur. Plus de ça. Jamais. Guérin et Müller l'auraient soutenu. Et Élisabeth serait à son côté. Il y aurait croisade. Il n'en parla pas encore à Julien.

Dès qu'il fermait la porte de leur logis, il ployait sous la solitude. Élisabeth s'était proposé d'y dormir. Il avait refusé. Elle n'avait pas insisté. Il s'était excusé de sa rudesse. Elle comprenait. Il avait souri.

Là-bas il avait survécu, rappela-t-il à Élisabeth, il survivrait toujours, il se tiendrait droit.

Il faisait le ménage, il se cuisinait des trucs insignifiants, il palpait les objets, il s'émouvait de leur rondeur ou de leurs angles, tout dans cet appartement était charnel. Il consultait des livres de cuisine, afin d'établir le menu qu'il offrirait à Julien le jour de son retour. Il se souvenait des recettes que lui avait enseignées Anselme.

Et pourtant, je reste là, fredonnait Julien.

Alors, reste là !

Ombres bavardes des amis morts. Il ne reculait plus devant les ombres ni les spectres. C'était la vie. Mais en foule elles créaient des ténèbres.

À la lumière de leur plus gracieuse lampe – ventrue, en porcelaine à motifs cachemire, rouges sur blanc, et l'abat-jour crème avec ses franges sur lesquelles il soufflait, émerveillé, comme un gosse, et le mouvement soyeux le bouleversait – il s'exerça à écrire une lettre à quelques journalistes. Il choisissait ses mots. Il racontait d'une manière circonstanciée les faits, et avec plus d'émotion ce qu'il attendait d'eux, les journalistes. Son orthographe pâtissait d'un manque de familiarité avec la mise noir sur blanc. Pourquoi Guérin avait-il disparu sans tambour ni trompette ? Il feuilletait son *Larousse*, mais hébété et indécis. Il mit Élisabeth au courant de son projet. Elle avait tout d'abord cherché à le détourner de ce combat qu'il voulait en marche, et très vite, sans attendre. Les ouvriers de la menuiserie, la famille de ce Serge Tinan, les réactionnaires de tous poils, bon, il était à redouter leur vengeance. Il haussa les épaules. Il ne se tairait pas. Il en était désormais incapable. Klaus Hirschkuh était quelqu'un qui ne se tairait plus jamais. Il s'était tu sur ses quatre années à Buchenwald, trop souvent. Et il y aurait aussi à dire sur Buchenwald. Mais pas de charrue avant les bœufs, c'est l'expression française, non ? Elle lui entoura d'un bras les épaules. Elle mesura soudain le besoin qu'avait Klaus de rendre public ce qui aurait pu être un crime. Elle sélectionna des noms de journalistes susceptibles de réagir. Sans doute que Klaus avait raison de partir en guerre contre ce qui l'avait cloîtré quatre années dans un camp, contre ce qu'avait connu dernièrement Julien. Le monde entier était concerné par la haine que montrerait du doigt Klaus Hirschkuh. Et ses raisons. Le racisme sexuel n'était-il pas le plus partagé sur notre planète ? scandait Klaus. Il le pensait aujourd'hui et le pensait depuis toujours. Ni elle ni Klaus ne désarmeraient. Élisabeth conseilla d'écrire à une revue homosexuelle (“gay”, disait-on, depuis quelques années) et à ce grand journal de droite, et pourquoi pas ?

Deux mois que Julien était hospitalisé.

On ôta les bandages du visage de Julien. Il s'était émacié, n'avait pas été défiguré. Klaus embrassait enfin de nouveau ces lèvres et ce front. Bouche tiède, corps tiède. Il commença à s'étendre contre Julien, à se blottir contre lui. Lorsqu'une infirmière faisait irruption dans la chambre, elle les tançait, M. Duresnard était encore fragile.

Il avait de tendres bavardages saturés de grands mots ronflants avec Julien. Justice, intolérance, pugnacité. Tu es bizarre, Klaus, s'inquiétait Julien. Tu me caches quelque chose. Moi ? Non, il avait foi simplement en des mots stimulants, des assertions sonnantes, des idées vraiment humaines, il avait des convictions qu'il étalait avec une fermeté d'ange impartiale. Il se sentait bien en lui-même. Son cœur était là, sous sa peau, pas très loin, *Écoute-le.*

Un pigiste d'un magazine gay et un journaliste d'un quotidien fameux, pas le plus à gauche, ben non, répondirent. On serait intéressé de le rencontrer. Le second émettait cependant des réserves sur la nécessité d'un article consacré à une communauté tout de même très marginale. Klaus s'offensa. Sa voix grimpa dans les aigus du mécontentement. Parlons de l'état de la société, alors, proposa Klaus. J'ai vécu quatre années à Buchenwald, dit-il. Le rendez-vous fut pris.

Le pigiste avait la crinière rousse, un début d'embonpoint, une gravité sans cesse contrebalancée par une jovialité naturelle. Sa jeunesse s'ébahit devant un type de plus de soixante ans, amorçant une lutte avec une désarmante vitalité. Paolo Bernardini s'entretenait pour la première fois avec un type qui avait croupi dans un camp de concentration. Dans son carnet, Paolo inscrivit les nom et prénom de Julien. Les pages se remplissaient de notes. Buchenwald et homophobie dans les années 1980. Et pas d'indemnités pour les pédés, à la sortie des camps. N'oublions rien. On châtrait à Buchenwald, et ailleurs, les pédés. Sans anesthésie. Ils mouraient d'infections diverses. Les pédés n'avaient pas à avoir d'avenir, comme les Juifs et les Tziganes. Lui, Klaus Hirschkuh, avait échappé à "ça". Il ne saurait dire s'il culpabilisait. Sans doute. Peut-être. Deux mots qui parcouraient et cimentaient sa vie – Sans doute et Peut-être, des noms de personnages en somme, et pourquoi pas ?

Le lendemain Paolo appela Klaus. Il avait le feu vert de sa rédaction. Ce serait plus qu'un article de quelques lignes. Plusieurs feuillets seraient consacrés à Klaus et Julien et Buchenwald. Il se pouvait qu'on dresse prochainement un dossier sur aujourd'hui et hier.

Jean Rasplin, le journaliste du célèbre quotidien qui précisa d'emblée qu'il n'avait aucune attirance pour les garçons, rencontra Klaus peu après Paolo. Lui aussi accumula les notes. Le brûlot flamberait bientôt au grand jour. Un de ses collègues, qui est comme vous, l'épaulerait, on pondrait un long article. Il serait impératif de tracer le fil rouge reliant Buchenwald et ces foutues années 1980.

Julien savourait son retour, se prélassait dans l'inaction. Le téléphone résonnait souvent. Klaus s'arrangeait toujours pour se saisir du combiné. Sa fébrilité se communiquait à Julien. Klaus et son interlocuteur semblaient s'adresser des messages codés. Le dossier et l'article étaient parus. Leur retentissement avait été apparemment moins retentissant que prévu. Les chaînes de télévision n'avaient pas relayé les déclarations tempétueuses et bien argumentées de Klaus Hirschkuh. Aucun documentaire sur les triangles roses n'était envisagé. Ni sur les ratonnades dans les parcs et les violences au sein des familles. On téléphonait de plus en plus à Klaus. D'autres articles se préparaient. Un jour, ce fut Julien qui se saisit du combiné. J'écoute.

Il apprit que ce qui était arrivé dans la menuiserie s'étalait dans les canards. À cause de Klaus. Il était hors de lui. Klaus jouait avec le feu. Il avait donné leurs noms. Comme si l'anonymat était une lâcheté. Sans demander son avis. Comme si Julien Duresnard n'existait plus. Comment pardonner qu'on pût l'exposer ainsi ?

Julien exigea une explication.

Il l'eut.

La fermeté et la gravité de Klaus l'impressionnaient.

Donner leurs noms était nécessaire. Ils n'étaient pas des fantômes. Ils avaient une voix. C'était leurs voix qu'on entendrait désormais. Pourquoi la victime n'aurait-elle pas de nom ni de voix ? Parler, dire, lâcher sa fureur, c'était sain. Qui n'en aurait pas le droit ? Il était un déporté, un triangle rose, un des tout premiers de Buchenwald qui avait un nom. Se taire usait. Il y avait silence et silence. Il était amoureux de leurs silences d'amants, mais le silence d'après les humiliations, non, cet autre, non, d'après l'enfer, vivre avec, non, plus ça. *M'entends-tu ? Comprends-tu de quoi je parle ? M'écoutes-tu ?* Qu'on sache ce qu'était être pédé à Buchenwald, et pas gay, pédé, car "pédé" porte en lui les coups reçus, les crachats, la haine assénée, gay, c'est si gentil, plein d'illusions, et on t'a battu il y a trois mois, parce que tu étais un pédé, pas un gay, tu étais à faire disparaître, gay, c'est plein de compromission, j'étouffe dans ce mot, je ne suis pas ce mot, je ne vis pas avec lui.

Julien comprit. Il acceptait les articles, les dossiers et les interviews à venir.

J'écrirai tout. Je vais écrire une vie. Ma vie. Faire exemple.

Édouard ressurgit. Il avait lu un article dans la presse sur Klaus et Julien. C'était gonflé et, qui sait, utile. Il ne trancherait pas. Mais est-ce que ce n'était pas un leurre ? Qui lui prouverait qu'il s'égarait sur le chemin si aisé à emprunter, consolant du cynisme. Une personne artificielle et malheureuse, voilà ce qu'il était, Édouard. Leurres, cependant, ses relations avec ses épouses, ses mômes, Klaus et Julien. On ne le délogerait pas de cette conviction. Les règlements de comptes avec ses deux épouses successives, ses petites guerres reptiliennes avec ses filles, ses appréhensions professionnelles – le garage battait de l'aile – le déprimaient. Il fut encore plus déprimé, sa visite à Julien et Klaus achevée. Ils étaient occupés. Ils étaient dans une véritable action. Et ils s'aimaient. On avait siroté un verre, on s'était détendu, on se détachait pendant deux heures des soucis quotidiens, on prenait congé exsangue, relié à si peu dans sa propre existence, une peur courant en soi comme un furet, une insatisfaction vous saignait à blanc. Vivre l'ennuyait. Mais il savait qu'il ne se tuerait pas. Ce n'était pas son genre. En vieillissant il mutait en quelque créature invisible. René, en revanche, René croulait, s'enferrait dans la dépression, depuis qu'il était à la retraite.

Édouard Mestres ne reviendrait pas de sitôt chez Klaus et Julien.

Le livre avançait, s'étoffait. Paolo Bernardini enregistrait les confessions, la fureur, les tourments de Klaus Hirschkuh, puis mettait le tout au net. Il écrivait le livre. Ils le signeraient à deux. Klaus l'exigeait.

Au passage sur la menuiserie Julien se cabra à la description de son corps meurtri, fracturé, haï. Il pressait Klaus et Paolo de mettre le point final. C'était long, tout était tellement long.

Le procès eut lieu enfin. Bernardini y assista, ainsi que le journaliste du canard incontournable. Comment ne pas être là, n'est-ce pas ?

Julien fixait Tinan, hâve et absent, n'exprimant aucune brutalité. Il se raidissait cependant sous l'attention de Julien. Leurs regards se croisèrent, acquirent une troublante densité. Julien semblait aller bien. Il avait recouvré apparence humaine. C'en était presque scandaleux, pensait Tinan, dont l'animosité reprenait vie, accusait sa pâleur. L'immobilité impitoyable de Desrenard donnait le vertige. La famille de l'agresseur – une épouse, une sœur, un père, un beau-frère, un fils depuis longtemps majeur – observait ladite victime, celui qui réclamait. Casser la gueule à un pédé devrait être légal et mieux : récompensé. La sœur de Tinan, seule, se démarquait du bastion qui raisonnait ainsi. Elle ne manifesterait pas, cependant, sa désapprobation. Elle ne détestait ni n'aimait son frère. Pour la première fois, elle s'intéressait à lui.

On avait chaud. Julien rêvait de s'évanouir. Il serait un temps hors d'ici et hors de lui. La nuque de Tinan le narguait. S'il avait une cognée, il frapperait. Les nuques sont délicates. Il adorait contempler celle des garçons. Il avait également une fascination pour les décapitations. On ressentait, quoi ? Vivait-on encore, après ? Il était en perdition dans cette salle et sans pitié.

Les déclarations des témoins firent dévier le procès vers l'inqualifiable. Béchat et deux ouvriers, des fidèles, des fauves, des lâches, des vertueux, affirmèrent que c'était Julien Duresnard qui avait provoqué Serge Tinan, et que ce n'était pas la première fois, par des propos à double sens, salaces, pédérastiques, qui répugnaient, par un harcèlement haineux. Duresnard avait donc cherché l'affrontement et la bagarre. Il avait récolté la tempête. Klaus protesta. On le somma de garder ses réflexions pour lui, de toute façon il n'était pas présent au moment des faits. À la barre Julien se défendit à peine, il dit que ce qui avait été allégué était faux. Il avait la voix morne en assurant que tout était mensonge. Il craquait, il balbutia brusquement qu'il en avait marre de ce cirque, qu'il voulait rentrer chez lui.

Calmez-vous, lui reprocha le magistrat. La défense s'affolait. Julien sanglota. Larmes de pédé. On l'emmena. Chiffe molle. Klaus était atterré. Le verdict sonna comme un outrage. On libérerait Tinan, après quelques mois de détention accomplis, car rien n'excusait la violence. L'accusé remportait donc victoire. Paolo Bernardini et Pierre Magne rédigeraient de flamboyants articles. La déroute nerveuse de Julien démontrerait la pression qu'exerçaient sur les fragiles les faux témoignages et l'iniquité. Dans le taxi qui les ramenait, Julien s'appuya contre Klaus. Son cœur enflait, enflait, à en être douloureux. Klaus tenait grief à Julien d'une pareille bérézina. La distance qu'il maintenait avec Julien, la gêne de Paolo et de Pierre éternisaient le parcours. Klaus ne ressentait que l'effet d'une trahison par une inacceptable faiblesse mentale. Klaus paya le chauffeur sans un mot. Julien peinait à descendre. Il se voûtait. Il souffrait. Il vibrait de tout le rejet que Klaus lui infligeait. Klaus regroupait dans sa tête les noms des os brisés, fêlés de Julien. Julien qui n'était pas n'importe qui. Il fulmina enfin contre la crapulerie d'un patron et de ses ouvriers. Alors il eut le geste espéré, attendu, le geste de tendresse exclusive : son bras corda la taille de Julien, quelle importance tout cela, ils avaient gagné, les autres, mais en surface, pour quelque temps, eux, ils étaient là, le livre paraîtra, on sera vainqueurs chaque jour de notre vie, mon amour, ne te désole pas, c'est ainsi comme dirait Anne, c'est ainsi.

Les jours qui suivirent le procès, Julien afficha un entrain factice, une gaieté ostentatoire.

Le livre était achevé, annonça Klaus, un soir. On sabla le champagne. La bouteille tiédissait. On buvait peu rue de Nice. Avec une suavité persécutrice Julien invita Paolo à se retirer. Laisse-nous seuls, Klaus et moi. Seuls, ensemble et désunis. Julien déconcertait. Il se déshabilla, se coucha sur leur lit, demanda à Klaus de le rejoindre, ce que fit Klaus, il lui avait interdit de se dévêtir, ils étaient bien comme ça, non ? Le désir que Klaus avait eu de Julien le quitta. Il ne pouvait ni toucher Julien, ni le posséder, ni se donner à lui. L'autre, semblait-il, ne voulait plus l'étreinte, et il avait chassé avec tant de sécheresse Paolo. Klaus déserta brusquement le lit. Julien se recroquevilla sur lui-même.

Klaus dormit sur le canapé.

Julien, dès le lendemain, se mit à ordonner la composition de ses repas.

De jour en jour, Julien apparut de plus en plus amorphe. Les autres parlaient tant, les autres étaient étranges. Les autres racontaient des histoires. Les publiaient. Espèce trop commune. Klaus n'avait jamais pensé qu'on pouvait souffrir tant par l'être aimé. Julien se fermait aussi aux suggestions d'Élisabeth. Elle était certaine que cette potion lui serait salutaire. L'espoir refluait dans cette maison. Devant Élisabeth, Klaus écartait des bras de vaincu, ce qui la mortifiait.

Le livre parut. Sur la couverture, des barbelés en fouillis de ronces et un trait rouge qui les traversait. Les critiques furent élogieuses. C'est ma vie, se disait Klaus, couchée sur le papier, imprimée, et ma vie élève un mur entre Julien et moi. Vivre, aimer étaient des expériences très singulières. Parfois on en mourait. Lui, s'habituerait-il jamais à vivre ? Ce n'était pas Julien qui lui répondrait.

Klaus s'absentait du logis assez souvent pour des salons du livre, des signatures dans des librairies. Julien l'attendait, c'est tout.

Et pourtant, je reste là. Une chanson.

Klaus Hirschkuh devenait un personnage public, presque une icône. Face à un auditoire, il entretenait la verve du combattant. On ne pouvait que l'écouter. Ce qu'il disait n'était pas tissé de vent. Mais soudain il voyageait au-delà de la table ronde. Il se demandait ce que faisait Julien à cet instant. Épluchait-il des légumes ? Passait-il l'aspirateur ? Regardait-il la télévision ? Dormait-il ? Mangeait-il un gâteau ? Quand Klaus lui avait présenté le livre, Julien en avait baisé la couverture en disant : et maintenant, oublions-le.

Je t'aime tellement. Il l'aimait tellement. Le susurrait.

Klaus ne partit plus en province ou ailleurs, il n'y eut donc plus de départ ni de retour, il restait à demeure, *Et pourtant, je reste là*, pas de pourtant, juste rester là, seconde après seconde bâtir l'éternité, la nôtre, une ferveur en houles successives, et Julien échoué contre Klaus, petit enfant et homme et amant et plus que tout cela, il se reposait contre Klaus, il reprenait parfois vie, il était lui, Julien Duresnard, et c'était lui tout entier qu'il offrait à Klaus.

Klaus combattit longtemps, et sans succès, le goût de Julien pour les pyjamas. Julien s'interrogeait à haute voix : Dans quelle toile les confectionnait-on là-bas, dans ton là-bas ? Klaus l'ignorait. En toile, et que ça suffise ! *N'en parlons plus, surtout !* Il tentait de détourner l'interrogatoire en énumérant les rames de tissu qu'il venait de vendre à un jeune tailleur (Klaus avait fermé définitivement le mois précédent son atelier). Les étagères seraient bientôt vides. Julien se tourmentait : On ne trouvait plus de pyjamas rayés dans les boutiques, les grands magasins, pourquoi, qu'est-ce qui arrivait au monde ? On ne se souviendrait plus dans quelques années qu'on les portait jusqu'en enfer, que c'était les pyjamas de l'enfer. La conversation donnait des haut-le-cœur à Klaus. Pyjama, soupe, louche. Les mots dinguaient de nouveau dans sa tête. Ou valsaient, pervers, sur une musique entraînante, comme à Buchenwald, comme dans les camps, quand on égorgeait ou tabassait ou était réquisitionné pour travailler à la carrière, le matin, pendant l'appel, sur une musique guillerette interprétée par un orchestre de détenus. Hivers barbares de la Saxe. Julien se torturait à l'idée qu'il ne vivrait jamais ce froid, ces hivers, qu'il n'accéderait jamais à la souffrance éprouvée par Klaus, qu'il ne serait jamais à la hauteur de son amour. Cette impuissance lui coupait tout avenir. Son désespoir tournait comme lion en cage, ou écureuil. Son insignifiance le dévastait. Il avait, lors du procès, grommelé son insuffisance. Pardonne-moi, demandait-il à Klaus. Prends-moi, suppliait Klaus. Et il posait les mains de Julien sur sa peau, là et là, une caresse s'ébauchait, c'était bon, continue, mon amour. Ils dormaient de nouveau ensemble. Mais Klaus dormait peu. Il écoutait respirer Julien. Rien n'était plus émouvant que ce souffle. Adoration angoissée.

Timide ronflement de Julien, flûté, presque gai. *Ne meurs pas!* Et c'était à lui de s'escrimer à arracher de Julien l'obsession de Buchenwald. C'était au-delà de ses forces.

Jadis, on faisait la lecture près d'un âtre, dans un salon ou à un chevet. Klaus reprit la tradition. Un livre à la main, assis sur une chaise, Klaus lisait près de Julien. Paupières closes, ambiguïté, *Dors-tu?* Il avait sa respiration habituelle quand il lavait, repassait son pyjama, déjeunait, dînait, se douchait, il s'occupait, ne se distrayait pas. Klaus buvait une gorgée d'eau. Ils buvaient au même verre. Le rituel avait été institué par Julien.

Continue!

“... *le dernier des Mauprat, à qui cette propriété tomba en héritage, en fit enlever la toiture et vendre tous les bois de charpente...*”

Ils voyaient ce qui était écrit, lu, ce qui se balançait dans l'espace.

Continue!

“... *puis, comme s'il eût voulu donner un soufflet à la mémoire de ses ancêtres...*”

Parents invisibles que ceux de Julien, orphelin par rejet. Plante qui prolifère par rejets. Forêt vierge.

Et alors?

“... *il fit jeter à terre le portail, éventrer la tour du nord, fendre de haut en bas le mur d'enceinte, et partit avec ses ouvriers, secouant la poussière de ses pieds, et abandonnant son domaine aux renards, aux orfraies et aux vipères.*”

Ça aussi, c'était le monde. Klaus s'en rendait-il compte? Vipères, orfraies, renards et nuit épaisse. Tour éventrée. Éventrés, des garçons. Pierres en viscères. Qu'est-ce qui était impossible ici-bas? Mur d'enceinte. Pour quelle naissance ? Pour protéger quelle progéniture ? Des ouvriers. Tinan en était un. Pullulement des monstres. Et monstres familiers. Bassin fêlé. Mâchoire brisée. Où était son corps ? La vie de Julien épousait celle des Mauprat. Où était son corps, donc ? Est-ce que là-bas, comme il disait, Klaus se posait cette question ? Est-ce que là-bas toute question n'était pas indécente ? Épuisante ? Y avait-il répondu dans son livre, Klaus Hirschkuh ? Quel était le pouvoir de Klaus Hirschkuh sur cette terre ? Poussière. Horreur de celle pelliculant le dessus des meubles, au bas des plinthes. Une intruse. Et celle des chemins ? Celle des Mauprat ? Marcher. Fuir. Et pourquoi se contenter de se promener ? Un plaisir. Poussière blanche, grise, noire, ocre, parfois rouge, absolument rouge. Yeux encroûtés de poussière. Bouche bâillonnée de poussière. Mourir de poussière. Des fées-poussière dans les nuées, à votre chevet, dans vos rêves. Des pieds, des pieds et des hommes qui s'agenouillaient. Décapitation. Ou balle dans la tête. Nuque. L'amour des garçons. Klaus, et l'amour. Klaus ne l'abandonnera pas. Doux mots que ces mots, duveteux comme une poussière d'or. S'abandonner. Un domaine dans le cœur. Et sous les paumes. Une étendue infinie. Céleste et là, tout près, contre son flanc. Il y avait les renards, les orfraies, les vipères et Bernard de Mauprat qui ne serait pas le dernier de la lignée maudite, très beau, très sauvage et qui serait dompté par Edmée de Mauprat. L'amour ne résidait pas que dans les livres.

Tu as assez lu, tu es fatigué. J'étouffe un peu. Ça passera.

Julien affirmait qu'il avait un cœur immense, mais immense à ne plus avoir la force de le contenir.

Mestres téléphona un matin à Klaus. René s'était pendu. Léo condamnait le geste paternel. On s'en serait douté. Un connard prévisible. Alors René s'était tué ? Pendu et tué. Un ami mort. Klaus hoquetait. Une meule lui écrasait la poitrine. Ou le talon d'une botte. Il épargnerait Julien. René se portait bien.

Et puis, et puis.

Ils tombaient comme des mouches. Et ce n'était pas au champ d'honneur. La maladie rongeait des garçons et des hommes par milliers.

Klaus Hirschkuh, toujours vivant. Né le jour où Heinz Weiner s'était défenestré. Où la Gestapo avait défoncé la porte d'un mignon appartement pour deux.

Peur de perdre Julien. Pente descendante. Ténèbres comme des éboulis. En avalanches. Tous ces morts et un unique virus en forme d'oursin ou de pelote d'épingles.

Paolo, défait, le débit en feu roulant, le regard cabossé et en larmes : son compagnon était en train de crever. Les bras de Klaus le berçaient. Antonio agonisait. Une jeunesse interrompue, ou plutôt achevée. Dix-huit berges. Le corps d'Antonio était raclé jusqu'à l'os. Dans les journaux, de plus en plus régulièrement, des photos montraient des gars en chien de fusil sur un lit, pas la paillasse de Buchenwald, mais le même regard enfoncé dans l'orbite. Corps impensables et réels. Et en Afrique, des villages que n'habitaient plus que des vieillards et des enfants.

On ne parlait que de cette endémie. On disait qu'il n'y avait que les pédés pour transmettre une merde si vicieuse. Un homosexuel se repérait à sa facilité à contaminer, et pas d'états d'âme chez lui. L'obscurantisme grondant comme un raz-de-marée. La tolérance en quenouille. Un luxe, la tolérance. Et ennuyeuse. Endormante. Et qui berçait moins que la haine. Paolo baissait la tête, muré derrière ses larmes. Il avait l'impression de ne plus quitter la chambre d'hôpital. Il avait été chanceux de ne pas avoir été infecté. Antonio et lui ne faisaient plus l'amour depuis quelques mois. Un amour passé et un lien indéfectible.

Antonio succomba à son mal un été. Ses parents mirent sur-le-champ à la porte de son appartement l'amant qu'était Paolo. Pleurs de crocodile. Un chagrin de pédé est un chagrin de pédé, on sait ce que ça vaut. Gigolo que ce Paolo Bernardini. L'amour est un sentiment orthodoxe. Klaus et Julien hébergèrent Paolo. Le sentiment paternel que vouait Klaus à Paolo s'alourdit de désir. Julien observait, muet, mauvais. L'ambiance fut irrespirable. Paolo déménagea.

Julien se douchait et Klaus terminait son petit-déjeuner. Il y eut un bruit de chute, mat, chair contre carrelage, insolite et impensable. L'eau éclaboussait, agressive, tonitruante, imbécile, le corps de Julien, écroulé dans sa nudité pour une fois inquiétante. Faire taire le jet ne fut pas aisé. Klaus tremblait comme une feuille. S'agenouiller, piailler sa terreur, appeler l'autre pourtant si proche, toucher l'épaule mouillée, le torse, la nuque, les cheveux, les hanches, toute cette immense tiédeur se glaçant peu à peu, relever ce visage, l'embrasser, le gifler, le palper, ce visage entre tous les visages, c'était arrivé, c'était impossible, c'était toujours ainsi, ce ne pouvait pas être. Il prit dans ses bras Julien, se mouilla à la peau de son amant, il avait froid du froid qui huilait cette peau, il savait et refusait de savoir, il n'était qu'un long cri silencieux, il n'était plus que deux bras et une voix, des étais sans utilité, les bras secouaient un corps, la voix tranchait dans le vide, *Julien, Julien, Julien*, hurlé dans une éternité glapissante, tonneau des Danaïdes, *Ne m'abandonne pas*, et être abandonné, il se disait qu'il devait appeler un médecin, il ne songeait pas qu'il avait pour amis Élisabeth et Paolo, René était mort, et Anselme, des morts à cette minute, des morts inférieurs, mais il continuait à secouer le corps de Julien, il l'enlaçait, et ce poids de chair entre ses bras se faisait hostile, d'une scandaleuse et molle immobilité, l'espoir que tout n'était pas achevé le déchirait de part en part, *Réponds-moi, Julien, je t'en supplie, Julien*, comme si un prénom insondable et répété mille ans durant aurait eu le pouvoir de ressusciter qui le portait, il serrait Julien contre lui, qui n'avait plus que l'épaisseur d'une évidence, corps comme un mur, Klaus se lamentait, berçait l'aimé, et toute une vie en commun, *Regarde-moi, prends-moi, Julien*, oui, il berçait celui qui n'était plus un enfant depuis longtemps, il était là dans ses bras et s'en allait de lui et du monde, tenir dans ses bras n'est pas retenir, vraiment, vraiment il n'y avait plus rien à dire, ou *Serre-moi contre toi.*

Un médecin constata le décès. Il aida Klaus à essuyer le corps, puis à le transporter dans la chambre. Klaus signa des papiers. Il était écrit que Julien était mort d'un arrêt cardiaque. Il téléphona à Élisabeth et à Paolo (où avait-il fourré le numéro du copain chez qui il logeait ?). Il ne permit à personne de faire la toilette de Julien.

Fesses, sexe, aisselles, visage, nuque, doigts, pieds.

Toilette parcellaire d'une précise lenteur.

Une souffrance de plomb comme un épieu.

Il lava ce qu'il ne s'approprierait plus.

Il habilla Julien. Slip, chemise écrue, pantalon de toile bleu marine, socquettes blanches, mocassins en cuir souple, ocre. Julien vêtu comme lorsqu'ils se promenaient le soir sur la plage de Pourville.

Un gisant auquel les mots les plus solaires ne seraient plus adressés.

Mon amour, et cela suffisait.

Encore quelques mots, si.

Du vin ? Un fruit ? Il a gelé cette nuit. Merci pour l'écharpe. Ne prends pas froid. Tu as réservé les billets de train ? Regarde-moi quand je te parle ! Oui, je t'aime.

Mon amour, et cela suffisait.

D'accord.

Mort incontestable.

Il avait déposé quelques gouttes d'une eau de toilette à fragrance de muguet sur l'aine, la verge, la poitrine, le cou de Julien. Il embaumait. Il serait incinéré. Klaus serait l'héritier de Julien. Celui-ci l'avait inscrit dans le testament qu'il avait établi, dès sa sortie de la clinique. Klaus apprit aux Duresnard le décès de leur fils. Un bloc de glace qui craquait de toute part à l'autre bout du fil. Penchés sur la dépouille de leur enfant ils se signèrent. Klaus fut prié de se retirer. Ils s'opposèrent à l'incinération, ils ordonnèrent une messe, ne purent imposer leur loi. Ils râlèrent à la lecture du testament. Klaus renonça à tout. Pendant plusieurs jours Klaus empaqueta, ficela, boucla. Les cartons contenaient des vêtements de Julien, ses livres, du linge, deux lampes acquises en couple, un service de faïence de Gien. Édouard Mestres, chauffeur providentiel, conduisit. Il s'associa à Élisabeth et Paolo et les trois se travestirent en déménageurs. On empila les trésors dans l'atelier de la rue des Thermopyles. Klaus avait décidé d'occuper l'ancien appartement d'Anselme Heurtebanne. Il avait aussi gardé une table ronde en merisier, un guéridon au plateau marqueté, citron et bois de rose, une descente de lit touffue comme une toison de bête. L'ultime nuit qu'il passa rue de Nice, il l'écoula en lisant *Mauprat*. D'une traite. Trônait sur la table de cuisine l'urne funéraire. Il n'en recueillit qu'une poignée qu'il disperserait dans un square, un soir. Le reste serait pour des parents sans entrailles. Des cendres ? Mais Julien voguait ailleurs que dans un appartement, il allait et venait en Klaus, il tourbillonnait, se reposait, il avait sa vie en Klaus. Élisabeth serait la personne qui remettrait les clés de l'appartement aux Duresnard.

Voici la phrase d'ouverture de *Mauprat* que Klaus apprit par cœur :

Sur les confins de la Marche et du Berry, dans le pays qu'on appelle la Varenne, et qui n'est qu'une vaste lande coupée de bois de chênes et de châtaigniers, on trouve, au plus fourré et au plus désert de la contrée…

Continue sans moi.

Et il regardait une fenêtre. Les morts souvent s'y reflétaient. Julien comme les autres.

Il y avait les vivants et les morts. Klaus Hirschkuh haranguait les vivants et exhumait les morts. Le voici accédant au statut de sorte de référence, quant à la déportation des homosexuels. D'autres écrivaient sur leur enfer. Des mots vous retenaient là-bas. *Emmène-moi*, et Julien emmenait Klaus se promener.

Dans son atelier vide qu'il comparait à une salle de bal de campagne, il dressa un autel tendu de velours rouge sur lequel dormaient une photo de Lucie Heurtebanne, les ciseaux de son père, la gourmette offerte par Müller, une dictée corrigée par Guérin, le disque où scintillait la chanson préférée de Julien, *Et pourtant, je reste là*, *Mauprat*. Il encadrait ces merveilles de bougies qu'il allumait.

Emmène-moi.

Julien, sans cesse au rendez-vous.

Il vieillissait. Les rhumatismes ferraient sa main droite, ses genoux, et sa nuque.

Ta main, là. Merci.

Il dînait souvent avec Élisabeth ou avec Paolo. Ils s'engageaient dans la campagne de prévention contre le sida. Act-up serait créé. On était en 1988. Il ne renonçait pas aux garçons. Il eut des aventures. Légères comme des fétus de paille. Sans profondeur. Heureuses. Julien souriait à la vitalité de son amant.

Souris-moi toujours.

Des matins, des soirs, dans la journée, n'importe quand en somme il avait le souffle de Julien sur la joue, sur le front, dans les cheveux. Il racontait une histoire à Julien. Ils se retrouvaient, ils ne se quittaient pas.

Mais les chiens de Buchenwald revenaient parfois, reviendraient jusqu'au bout. Des gens écrivaient qu'une nouvelle apocalypse se préparait. Ne recule jamais, se disait-il.

Je ne recule jamais.

Sur le sol de son atelier il dessinait à la craie des faux, des sabres, des haches. Et des étoiles, des nuages, des vagues.

Il s'engagea dans des démarches pour obtenir des indemnités pour son internement de quatre ans à Buchenwald. On le renvoya d'un ministère à un autre. Il tournait en bourrique. On exigeait des documents qu'il lui serait impossible de fournir. Paolo le soutenait. Il se sacrait ange et héraut. Les démarches étaient absurdes. Elles l'épuisaient. L'absurde stimulait la colère, le combat. Il pissait sur les ténèbres dont on voulait l'envelopper. Le vieux réclamait et on l'emmerdait. Il serait centenaire pour braver autorités et subalternes. On l'entendrait au-delà de la tombe. Il déclina des invitations à des tables rondes. Au printemps 1989 on établit la Journée de la déportation. À Paris on plaça des grilles autour du monument, afin que les associations homosexuelles ne pussent déposer des gerbes. À Lille, la police les refoula. Des voix crièrent que c'était un scandale qu'elles revendiquent tout et rien. Leur présence ternissait l'image des morts et des survivants. On déclara une fois de plus qu'il n'y avait pas eu d'homos dans les camps. Une fiction pure et simple. Ne revenons pas là-dessus. Des insultes fusèrent. Les mêmes qu'à Buchenwald et que dans tous les camps. Klaus Hirschkuh assista à la manifestation à Besançon, parce que Paolo y avait de la famille et avait insisté auprès de son directeur pour représenter par un texte et des photos la province. De la foule et parmi certains déportés on cria : “Les pédés, aux fours ! On devrait rouvrir les fours pour les mettre dedans !”

Les pédés, aux fours !

Alors Klaus Hirschkuh se fit entendre. Comment osez-vous ? Sachez que plus jamais nous ne nous tairons. Jamais.

Jamais. Répété à l’infini.

La stupéfaction, puis la fureur.

Klaus Hirschkuh hurla sa stupéfaction et sa fureur. Il hurla qu’on châtrait, qu’on violait, que les viols étaient souvent collectifs. Il hurla des visions de jadis et qui vibraient, vivantes, devant la foule. Et les édiles se taisaient, chiaient dans leurs bottes. C’était eux, les châtrés.

Oui, comment osez-vous ?

Il avait posé la main sur l’épaule de Paolo. Celle de Julien ne pesait pas sur sa nuque. Ni celle de Heinz Weiner. Ni celle de personne. Des morts. Mais il était vivant et le serait encore et encore. Il était laminé, et hors de lui. Je suis fatigué, murmura-t-il à Paolo avec une étrange douceur. Paolo, l’héritier, l’ami, celui qui continuerait à transmettre. C’est que dans quelques années, on sera tous morts, tous ceux des camps, déclara, angoissé et toujours en rage, Klaus Hirschkuh. Hirschkuh, la biche. Il n’avait rien d’une biche. Dragon, il était. Comment osaient-ils ? Vivre, combien savaient en notre monde ce que ça signifiait. Et pourrir, combien ? Et être ombre ? Et être os ? Et être transparent ? Et être mort et vivant ? Et n’avoir qu’un souffle ? Comment osaient-ils ? Cette planète était en décomposition dès sa création. Comment osaient-ils ? J’ai froid, murmura-t-il, rentrons, mais ne baissons pas les bras. Jamais. Entends-tu ? Jamais. Mais rentrons. Nous ne baisserons pas les bras. Plus jamais. M'entendez-vous ?

Je salue la mémoire de ces déportés pour homosexualité qui témoignèrent de leur expérience concentrationnaire.

Plus aucun d'eux n'est parmi nous.

Il n'y aura bientôt plus de témoins oculaires de ces temps de peste, et les temps de peste sont sur le point de revenir.

Nous devons combattre leurs artisans et les foules bercées de haine. Combattre est une règle de vie. Nous sommes les héritiers de ceux qui sont morts à Buchenwald et dans tout autre camp de concentration ou d'extermination. Nous devons écrire que des êtres pareils à nous y ont crevé, et que certains ont pu échapper à un destin programmé. Ils ne sont plus parmi nous, mais c'est à nous de continuer à dresser le poing et à affûter nos colères.

Je salue en particulier la mémoire de ceux qui apparurent dans le documentaire extraordinaire de Rob Epstein et Jeffrey Friedman, *Paragraph 175*. Citons-les donc :

– Gad Beck
– Albrecht Becker
– Hans Dörmer
– Annette Eick
– Karl Gorath

– Heinz Heger
– Klaus Müller
– Kurt von Ruffin
– Pierre Seel, l'auteur de *Moi, Pierre Seel, déporté homosexuel* (Calmann-Lévy, 1994).

N'oublions pas Heinz Heger et son ouvrage, *Les Hommes au triangle rose* (Persona, 1981 ; H&O, 2005, traduit de l'allemand par Alain Chouchan), et Rudolf Brazda, auteur, avec Jean-Luc Schwab, du récit intitulé *Itinéraire d'un Triangle rose* (Florent Massot, 2010 ; J'ai lu, 2013).

OUVRAGE RÉALISÉ
PAR L'ATELIER GRAPHIQUE ACTES SUD
ACHEVÉ D'IMPRIMER
EN JANVIER 2018
PAR NORMANDIE ROTO IMPRESSION S.A.S.
61250 LONRAI
SUR PAPIER FABRIQUÉ À PARTIR DE BOIS PROVENANT
DE FORÊTS GÉRÉES DURABLEMENT
POUR LE COMPTE
DES ÉDITIONS ACTES SUD
LE MÉJAN
PLACE NINA-BERBEROVA
13200 ARLES

DÉPÔT LÉGAL
1re ÉDITION : FÉVRIER 2018
N° d'impression : 1704457
(Imprimé en France)